シラー詩集(人質)
The children's book of Moral Lessons
The Two Friends of Syracuse
希臘物語
アラビアンナイト
新編三枝物語
鉄研誌
ーリーズ(ダモンとフィシアス)
国民振気篇
正義
新編三枝譚
西詩余韻
品性の修養
シルレル詩集
火柱
西史美談
マス物語
西洋五十名話
梅若丸 真友
修養の模範
経済
世界新お伽
己)
著聞五十譚
精神訓話
壮丁指針
修養訓話
仏教人生観
青年講話
赤い鳥(デイモンとピシアス)
人の言行
修養読本
青年の進路
子供さんのお芝居
救護隊
青年劇
現代の精神修養
修養読本
読本
読本
世界名話五十集
人格と趣味
鳥取県青年読本
小さき人々
千一夜物語
美談逸話全集
仏教より観たる人の一生
千夜一夜
趣味の修身読本
リス小学読本
修身読本
幼年倶楽部
国のいしずゑ
小さき人々
新編シラー詩抄
の読本
世界偉人言行録
新潮(走れメロス)
村岡花子童話集
愛の学園
女の決闘
子供達
健全手帖
富嶽百景
シラー選集
水仙
シルレル詩全集
少年クラブ
富嶽百景
駆込み訴へ
女の決闘
少年百科
学校・二年生
愛の教室四年生
太宰治全集(走れメロス)
アンドリーのかね
50の有名なはなし
富嶽百景・走れメロス
世界英雄ものがたり
太宰治全集
場・領域
家庭・その他
文学

■「メロス伝説」のネットワークグラフ

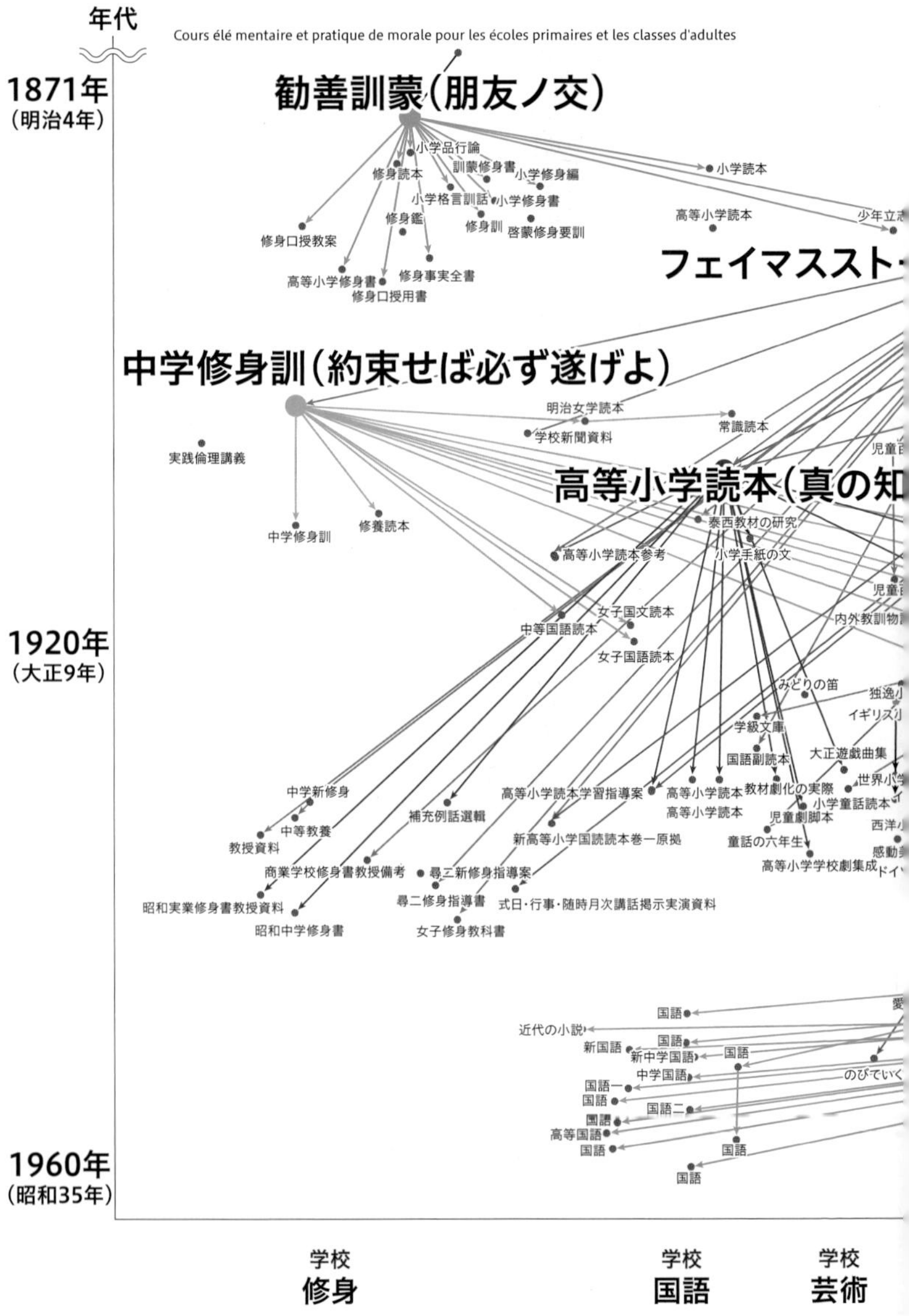

年代
1871年
（明治4年）
1920年
（大正9年）
1960年
（昭和35年）
Cours élé mentaire et pratique de morale pour les écoles primaires et les classes d'adultes
勧善訓蒙（朋友ノ交）
小学品行論
修身読本
訓蒙修身書
小学修身編
小学読本
小学格言訓話
小学修身書
修身鑑
修身訓
啓蒙修身要訓
高等小学読本
少年立志
修身口授教案
高等小学修身書
修身事実全書
修身口授用書
フェイマススト
中学修身訓（約束せば必ず遂げよ）
明治女学読本
学校新聞資料
常識読本
実践倫理講義
高等小学読本（真の知
中学修身訓
修養読本
泰西教材の研究
高等小学読本参考
小学手紙の文
女子国文読本
中等国語読本
女子国語読本
内外教訓物
みどりの笛
学級文庫
国語副読本
大正遊戯曲集
中学新修身
中等教養
教授資料
補充例話選輯
高等小学読本学習指導案
高等小学読本
高等小学読本
教材劇化の実際
小学童話読本
児童劇脚本
新高等小学国読読本巻一原拠
童話の六年生
高等小学学校劇集成
商業学校修身書教授備考
尋二新修身指導案
尋二修身指導書
式日・行事・随時月次講話掲示実演資料
昭和実業修身書教授資料
昭和中学修身書
女子修身教科書
国語
近代の小説
国語
新国語
新中学国語
国語
中学国語
のびていく
国語一
国語
国語二
国語
高等国語
国語
国語
国語
学校
修身
学校
国語
学校
芸術

「走れメロス」のルーツを追う

ネットワークグラフから読む「メロス伝説」

佐野 幹
Sano Miki
著

大修館書店

目次

はじめに　「走れメロス」とは何か

第一部　「メロス伝説」のネットワーク

【凡例】

・各章の扉ページにあるＱＲコードからは、当該の章で取り上げているハブテクストの原文を読むことができる。原文は、以下のＵＲＬからも確認できる。https://taishukan.meclib.jp/melos_text/book/

・本文中の引用では、変体仮名は新仮名に、旧字体は新字体にするなど、なるべく読みやすい形に改めた。

・書籍・雑誌名等は『　』、作品・論文等のタイトルは「　」で記した。洋書は、書籍名を斜体にし、作品・論文のタイトル等は適宜〝　〟で記した。ただし、書籍名と作品名が同一になっているなどの場合は、適宜使い分けている。

はじめに

「走れメロス」とは何か

1　共有される物語

メロスは激怒した。必ず、かの邪知暴虐の王を除かねばならぬと決意した。

暴君ディオニス王に捕らえられたメロスは、友人のセリヌンティウスを人質にして村に帰り、妹の結婚式を挙げ、間一髪のところで約束を守って戻ってくる。

「走れメロス」は日本人であれば大半の人が知っている話だ。作者は太宰治。昭和一五年に雑誌、『新潮』で発表された。

この「走れメロス」、日本を代表する文学作品として紹介されることもある。『林修の「今読みたい」日本文学講座』（宝島社、二〇一三年）、『齋藤孝の音読破2　走れメロス』（小学館、二〇〇四年）等の著名人が書いた本の中では、数ある文学作品の中から「走れメロス」が選ばれ、名作として紹介されている。また子ども読者を対象とした、『子ども版　声に出して読みたい日本語7』（草思社、二〇〇五年）『10歳までに読みたい日本の名作3巻　走れメロス／くもの糸』（学研プラス、二〇一七年）『一話5分！　小学生のうちに読んでおきたい名作101』（日本図書センター、二〇二〇年）等の本でも、子どものうちに読むべき名作の一つとして推薦されている。このような本は枚挙にいとまがないが、「走れメロス」は現在、子どもから大人まで、日本人が読むべき文化的教養の一つとして捉えられている。

『ドラゴン桜２』第６巻　第41限目より（講談社、2019年）
©Norifusa Mita/Cork

特に国語教育の場では、「走れメロス」の存在感はとりわけ大きい。現在「走れメロス」は全ての教科書会社の中学校用の教科書に掲載されており、ほとんどの中学生が学ぶことになっている教材なのである。

丸善ジュンク堂や紀伊國屋のような大型書店に行って、「国語教育」関連の棚に並べられている図書を見てみよう。すると、「走れメロス」がいかに国語教育の場で重要な教材として認められているかが分かるだろう。『メロスはなぜ少女に赤面するのか』（三省堂、二〇二〇年）『対話的な学びで一人一人を育てる中学校国語授業　２「走れメロス」の授業』（東洋館出版社、二〇二一年）等の「走れメロス」をタイトルに据えた図書が目に入ってくるし、授業方法が書かれた本を開けば、そこには教材「走れメロス」を例とした授業づくりが示されている。国語科の代表的な教材になっていることを実感できるのだ。

右のマンガを見てもらいたい。東大合格を目指すマンガ、『ドラゴン桜２』である。この中で、国語教師の太宰府先生が、高校生の早瀬と天野の二人に読解力をつけるために課した課題も「走れメロス」を「まとめる」ことである。他の作品でもよかったかもしれないが、「走れメロス」であれば、早瀬と天野が「中二の国語の教科書で読んだことがある」既習教材であり、なおかつ、マンガの読者も知っている作品であることから、「走れメロス」を選んだのだろう。

　このように現在、国語教育の場では「走れメロス」抜きにしては語れないと言っても過言ではない状況にある。

　さらに興味深いのは「走れメロス」は小説というメディアだけでなく、多様なメディアでも展開していることだ。

　一九九二年には、おおすみ正秋監督「走れメロス」が、二〇〇九年には中村亮介監督「青い文学シリーズ「走れメロス」」が公開・放送された。どちらも大なり小なり原作に変更を加えているが、「走れメロス」をベースにして作成されたアニメである。

　また、「文豪とアルケミスト」は昨今、注目を集めているメディアミックス作品だ。この「文豪とアルケミスト」の原作はゲームである。プレーヤーは、特殊な力をもつアルケミストとなって、文豪たちと「侵蝕者」が消し去ろうとする「文学書」を守る、という仮想的な体験を楽しむことができる。「文豪とアルケミスト」は、二〇一九年には舞台演劇化し、二〇二〇年にはアニメが放送。継いでノベライズ本も出版されているが、このアニメやノベライズ本の第一話が「走れメロス」なのである。メロスとなった太宰治が、芥川と「走れメロス」の物語を完遂させることで、「侵蝕者」か

『TVアニメ「文豪とアルケミスト～審判ノ歯車～」ノベライズ上』
（小学館、2020年）

ら文学書を守る、という内容だ。近代小説が好きな人にはたまらない話かもしれない。
そして、二〇一一年に放送された、大塚食品の「ビタミン微炭酸飲料MATCH」のCMでは、手越祐也が演じるメロスが高校生となって登場した。高校生活の場面の中で繰り広げられる、メロスのコミカルな言動が面白く、視聴者の好評を得た。

これらのコンテンツに共通するのは「走れメロス」が、日本の視聴者に知られている物語であることを想定して作成されていることだ。すなわち、制作者は「走れメロス」が日本人にとっての教養となっていることを前提にして、そのキャラクターとストーリーを有効に活用しているのである。これに対して視聴者は、これらのコンテンツを既知の原作「走れメロス」との共通点やズレを感じながら、味わい、楽しむことになる。

以上のように「走れメロス」は現在、日本の社会において文化的教養となり、いわば、共有された物語になっているのである。それではなぜ、これほどまでに「走れメロス」は社会的に認知され、日本人に共有される物語となったのだろうか。なるほど、太宰治の小説を読めば、その解説を待つまでもなく、彼の小説が人々を魅了するのは分かるような気がする。だが、太宰の「異色の作品」と言われてきた「走れメロス」が、現在では、太宰の代表作とまで言われ、社会に流通している。それはどうしてなのか。

この問いに答えるには、さまざまなアプローチが考えられるが、その中でも、歴史的な視座から、つまり「走れメロス」のルーツを追うことで、解答に迫ることが重要になってくる。

「走れメロス」のルーツといえば、シラーの詩が典拠となっていることはよく知られている。「走れメロス」の文末には「（古伝説と、シルレルの詩から。）」とあり、その「シルレル」（シラー）の詩が小栗孝則《おぐりたかのり》訳の「人質」であることも、先行研究で明らかになっている。しかしながら、シラーの「人質」以外にも「走れメロス」と同じ構造をもつ類話が過去に大量に存在していたことは、それほど知られていないのではないか。

実は、この話は、ギリシャ・ローマに起源をもち、明治時代に日本の社会に流入してきたのである。以後、小説だけでなく、国語、修身、英語の教材や子ども読み物等、領域、ジャンルを越境しつつ読書材として利用され続けたのである。すなわち、「走れメロス」が発表される以前から、元になった伝説は日本の社会で普及し、日本人にとって共有された物語だった可能性があるのだ。現在の「走れメロス」が共有されている理由も、このような過去の事情を踏まえて考える必要がある。

そして、この話（以下、「メロス伝説」と呼ぶ）を活用したのは太宰治だけではなかったことも知っておきたい。太宰以外にも日本の近代文化の発展に貢献した著名な人物たちが関与していたのである。明治の法学者であり明六社で啓蒙活動を行った箕作麟祥《みつくりりんしょう》、近代日本文学の方向性を示した坪内《つぼうち》雄蔵《ゆうぞう》、女子英学塾（現在の津田塾大学）の桜井彦一郎《さくらいひこいちろう》、『赤い鳥』の創刊者で芸術教育運動を先導した鈴木三重吉《すずきみえきち》等である。彼らは「メロス伝説」に何かしらの意義を見出し、日本に持ち込んだり、書き換えたりして、新たなテクストを創造して世に送り出し、この話を普及させていたのである。

では、「メロス伝説」とは一体、何なのだろうか。どのように日本で伝播し、受容され、広がっていったのか。また、どのような役割を果たし、そこにどのような教育的な意味があったのか。

本書の目的は、日本におけるこの伝説の全体像を明らかにし、社会や教育場において読書教材としてどのような価値や問題があったのかを解明することにある。そして、この目的を達成する過程で「走れメロス」が日本の社会で普及した理由も紐解かれるはずである。

本書を読んで私たちが理解できることは、「走れメロス」が社会で普及した理由にとどまらず、「走れメロス」を含めた「メロス伝説」のネットワークが織り成す、ダイナミックな社会・文化現象の存在である。すなわち、この伝説が日本の教育場の中で巨大なネットワークを形成していたということ、また、そのネットワークは、基盤となる領域・ジャンルの志向や目的、各時代の社会・文化との関係性の中で形成されていったこと、そして、強大な影響力をもつテクストが存在し、それらを通じて、日本人の心性に大きな影響を与えてきたという事実である。

この伝説は、近代日本の教育場の中で巨大なネットワークを築きながら、日本社会の人間関係のありようを規定する役割を担ってきた。確か、社会のタイプをゲマインシャフトとゲゼルシャフトとに分類したのはテンニエスだったが、近代という時代は宿命的な共同体が解体していき、自由意志で関係を意識的に選択できる集合体による社会が形成されていった時代である。為政者や大人たちは、集合体による社会の中でも社会秩序を維持させるために、新たな参入者である子どもたちに、人間関係の理想的なありようを示し、そのような関係を実践できる心性を植え付け、社会化する必要があった。

そうした中でこの友情の物語は人と人との関係を示すモデルとして用いられてきたのである。それは戦前においては、大雑把に言って、国民道徳に奉仕するかたちで、自己犠牲の精神に基づいた、友人との嘘偽りのない人間関係を築かせる方向で示されてきた。これは、西洋における社会契約説に基づいた対立する利己的な自己を前提とした人間関係ではなく、利他的な関係を前提とした同化・同調による共同体を想定した人間関係であったのだ。

二〇一一年の東日本大震災、二〇二〇・二一年の新型コロナ危機等、日本は危機的な状況に陥ると「絆」「自粛警察」といった言葉に象徴される集団主義的な「同調圧力」が顕著に表れる[1]。

もしかすると、この伝説はそういった日本人の心性や日本の社会づくりに一役買っていたのではないか。このような大きな問題意識とともに本書は書かれている。

ここで本書の最大の特徴も述べておこう。それは、「伝説」の全体像を明らかにするにあたって、ネットワーク科学の視点を取り入れたことである。詳しくは第一部で説明するが、本書では、「メロス伝説」の総体をネットワークグラフで捉え、テクスト相互のつながりを明らかにし、そのうえで主要なテクストの歴史的意味を明らかにしている。この結果、私たちは一つの作品の解釈では決して知ることのできなかった、数多くの新事実を目のあたりにすることになる。従来の文学・文化史研究の手法では、到達することができなかった、新しい関係性の世界に足を踏み入れることになるのだ。

2　教材としての「走れメロス」と問い直される文学教材のあり方

本書では、「メロス伝説」の全体像を明らかにしていくが、この作業は、現在の「走れメロス」の教材価値や文学教材のあり方を考えるうえでも多くの示唆を与えるはずである。

現在、文学教材の教育的価値が問われている。とりわけ「走れメロス」という教材は、長期に渡って現場の支持を受ける一方で、多くの問題点も指摘されてきた。

根本的な問題として教材価値に関するものがある。早くから須貝千里は「非現実的でばかばかしい物語」と本作をみなす生徒の存在が無視できなくなってきたことに着目し、教材とその授業方法に問題があることを主張してきた。(2) また田中実は、小説の構造が破綻した「失敗作」であると論じた。(3) メロスも語り手も、メロスがふるさとの村にいたときの「未練の情」を問題として捉えていないというのである。また、丹藤博文もこのテクストには「「メロス」の自己欺瞞、他者性なきファナティシズムへの欲望、王の権利強化」があるとし「教材失格」の烙印を押している。(4)

このような批判の適否については別に議論する必要があるが、「走れメロス」を扱った授業内容に対しても多くの論者が疑義を呈している。「走れメロス」の読みが教室内において固定化・制度化している、というものだ。教材分析が不十分なままに、教師の期待から「友情・信実の物語」や「自己変革の物語」として読むことが学習者に一方的に押しつけられ、教師の期待に反した学習者の読み方や反応が、ノイズとして切り捨てられてしまっているというのである。

この問題は教材「走れメロス」にだけあてはまる問題でもなさそうだ。同様の問題は、中学校の定番教材、ヘルマン・ヘッセの「少年の日の思い出」や魯迅の「故郷」にもあてはまり、学校教育という制度の中で文学を扱うことによって生じる問題と考えられる。

文学の価値は一義的で自明のものではなく、時代や文化の影響を受けるものであり、また、文学を鑑賞する場合、その読書体験は個別的で具体的なものである。にもかかわらず、その価値を文学教材として教えるということになると、教師の期待やその背後にある社会の価値体系が知らずと押しつけられることになってしまうのではないか。「走れメロス」を「友情・信実の物語」「自己変革の物語」として、「故郷」を「希望の文学」として、「少年の日の思い出」を「成長の物語」として押しつけてしまうように。

現在、文学教材やその授業にかかわる問題はこれにとどまらない。教育において実用的な知識や技能が求められる中で文学教材の教育的価値が相対的に低下していること。「走れメロス」等の定番教材中心の教科書では、現代の諸課題に対応できていないこと。学校の授業は、依然として登場人物の心情の読み取りに終始していること。言語活動自体が目的化し、文学の読みの成立を顧みていないこと等々。

このような山積した問題を抱えた文学教材の今後のあり方を考えるために私たちは何ができるだろうか。文学教材が学習者にとって有用かどうかという軸だけで話を進めることは一時的な解決にしかならないだろう。本質的な解決を図るには、文学教材とは一体何であるのか、という根源的な問いが求められる。本書では「メロス伝説」に焦点を当て、近代教育の歴史を辿りながら文学教材のあり方自体を問うている。

本書の営みによって文学教材や国語教育の未来を考えるための一つの見方を提供できたならば幸いである。

注

(1) 佐藤優は『人類の選択「ポスト・コロナ」を世界史で解く』(NHK出版、二〇二〇年八月)一四八頁で、「危機になると、同調圧力や相互監視メカニズムのような、日本の国民的特質の地金が出てくる」と述べている。

(2) 須貝千里『〈対話〉をひらく文学教育——境界認識の成立——』有精堂出版、一九八九年一二月。

(3) 田中実『小説の力——新しい作品論のために——』大修館書店、一九九六年二月。

(4) 丹藤博文『文学教育の転回』教育出版、二〇一四年三月。

第一部

「メロス伝説」のネットワーク

1 「メロス伝説」とは何か

「メロス伝説」とは

私たちはこれから「メロス伝説」のネットワークの解明を目指すわけだが、その前提として「メロス伝説」とは何かを理解する必要があるだろう。この伝説は、どこを起点とし、どのような広がりをもって伝えられてきた話であるのか。

この疑問については杉田英明の優れた先行研究が答えているので、それに基づいて説明してみたい。「メロス伝説」の起源は、ギリシャの数学者ピュタゴラスが組織した教団員のあいだの団結の固さを示す逸話として発生したとされている。[1] もっとも古い形態とされているのは、ディオニュシオスが自らの体験をアリストクセノスに語った話であり、それはイアンブリコスの『ピュタゴラス伝』に引用されている。邦訳でも確認することができるので、以下に要約してみよう。

> ディオニュシオスのとりまきである家臣が、ピュタゴラス派を中傷しており、ピュタゴラス派のピンティアスを召し出し、共同謀議の露顕を告げる。そのことで、ディオニュシオスが憤り、死罪を申し渡す。ピンティアスは、自分と共同生活していたダモンとの後始末をさせてほしいと、ダモン

を人質に置くという条件で一日の猶予を願い出る。ディオニュシオスは死罪の人質になる人間がいることに驚いたが、召し出されたダモンはことの成り行きを聞き、人質になることを受け入れ、待つと王に答えた。家臣は、ダモンを物笑いにしたが、一日が暮れようとするとき、ピンティアスが処刑されるために戻り、満場が驚き心服した。ディオニュシオスは、この友愛に自分も迎え入れてほしいと願い出たが、二人は絶えて同意しなかった。

以上であるが、「メロス伝説」の原型は、ピタゴラス派の一門が相互の愛を不撓に守ることを示す典拠として伝えられたのである。[2]

この他にもギリシャ・ローマの作家である、ディオドロス・シケロス（紀元前一世紀のシチリア出身の歴史家）の『世界史』、キケロの『トゥスクルム論議』『義務について』によってこの伝説は記録され、その後、ヒュギヌスが、『説話集』で、ピタゴラス派の設定をなくし、人物名をダモンとピンティアスからモイロスとセリヌンティオスと変え、この伝説を紹介する。

このようにギリシャ・ローマを舞台とした伝説は、その後、一〇世紀から一二世紀にかけて、アラブ中東世界にも表出する。イスファハーニーの『歌謡書』、バクリーの『諺の書注解に関する究極の言葉』、マイダーニーの『諺集成』等であり、そこではギリシャ・ローマの話と共通の構造をもちつつも（ある人物が王に処刑を言い渡され、身辺整理のために猶予を乞い、人質を立てて、約束通り戻ってくる）、「不幸の日」を処刑の契機とし、登場人物名と舞台が変わった（ヒーラの町）話が記録されているのである。

さらに杉田は、イスラム時代を舞台とした『千夜一夜物語』の「ウマル・イブン・アル＝ハッターブと若い牧人との話」にもこの伝説が見られることを指摘している。そのあらすじは、まず、アラブの若者に、長老アブッ＝サクルを殺された二人の息子たちが、裁判官カリフ・ウマルに裁きを求める。アラブの若者は処罰を言い渡されるが、財産の処理をするため三日間の猶予を乞い、その保証人としてアブー・ザッルを指名。アブー・ザッルはそれを承諾し、若者は釈放される。そして、若者は刻限近くに約束を履行して帰還を果たし、二人の息子が復讐権を放棄。最後には、ウマルは、二人の息子に国庫から賠償金を支出することを提案するが、二人は辞退する、というものである。杉田はこの話を「ヒーラの宮廷の逸話からキリスト教的色彩を払拭し、これをイスラム的環境のなかに置き換えようとした者の手になることは明らかである[3]」としている。

その後、中世ヨーロッパでヴァレリウス・マクシムスの『著名言行録』の伝説がキリスト教の説教の手引きとして活用され、また、キリスト教説話集『ゲスタ・ロマノールム』等にも教訓話として伝説は収録されているという。そして、このような流れを受けて一八世紀末にドイツのシラーが、ヒュギヌスの『説話集』を素材として「人質」を作成するのである。

以上のように「メロス伝説」は、ギリシャ・ローマを舞台としたピタゴラス派の団結の強さを伝える逸話を起源とし、あるモチーフや構造を共有しつつ、アラブ中東世界においてもその文化的文脈に見合ったかたちで表出し、中世ヨーロッパにおいて説教話として活用され、近代になってシラーや太宰によって文学作品として書き換えられた話だったのである。

「メロス伝説」の話型

それでは「メロス伝説」に共通したモチーフや構造とは何だろうか。本書のスタートは、歴史の中に埋没している無数の「メロス伝説」を発掘することから始めることになるが、文献を探索するにあたって「メロス伝説」と認定するための範囲を決める必要がある。本書では、その際に「話型」という概念を用いた。話型とは昔話研究で話を整理するための基準として用いられる分類の単位であり、「話を構成する一つないし複数の主要なモチーフが一致し、その配列順序も同じ話を同一の話型として認定」[4]している。本書では、この「話型」のモチーフに、プロップが示した人物の「機能」の考え方やグレマスの行為項モデルを参考として取り入れ、登場人物の行為の配列順序が次のような構造になっている話型を「メロス伝説」とした。

(一) 権威者Bは人物Aに「処罰」を宣言する。
(二) 人物Aは援助者Cを人質(保証人)として「猶予」を乞う。
(三) 援助者Cは人質(保証人)になることを承諾し、人物Aは目的地に「出発」する。
(四) 人物Aは「約束」を遂行し、援助者Cのもとに「帰還」を果たす。

（五）権威者Bは、罪を「許し」、人物Aに降りかかった「難題」が「解決」する。

これらの要素に多少の過不足があったり、変更がなされたりしている場合もあるが、概ね以上の基本構造をもっている話であれば、その表記、文体、人物名、出来事等が異なっていたとしてもそれを「メロス伝説」として認定した。たとえば、人物Aは「メロス」であったり「デーモン」という名であったり、果てには人間ではなく、「兎」だったりする。援助者Cも「ピチアス」であったり、「ピンティウス」であったり、「セリヌンティウス」であったり、あるいは「兎のお嫁さんのお兄さん」であったりする。しかしこのような違いについては考慮せず、右記の話型であれば、一律に「メロス伝説」として認めている。

調査・発掘したのは、日本で発行された図書・雑誌に掲載された「メロス伝説」であり、対象期間は、文部省が設置され近代学校教育が開始した一八七一（明治四）年から「走れメロス」が教材として国語教育の場で定着した一九六〇（昭和三五）年にかけてである。先行研究、とりわけ奥村淳の書誌情報を参考にして調査を進めたが、(5)それ以外にも、本調査で独自に多くの話を新たに発掘することができた。その総数一五四件である。

これらは主に国立国会図書館のデジタルコレクションと国立教育政策研究所の教育図書館の蔵書を博捜したものである。本調査では、基本的に日本語で書かれており、なおかつ「メロス伝説」の話自体が掲載されている図書・雑誌をリストアップ（リストは305ページに掲載してある）した。また先行研究で取り上げられているものでも、その存在を確認できなかったものや先の基準に照らして「メロス伝説」と認められないものはリストには載せていない。なお、英語の参考書についても、日本で発行され、日本語で説明が行われているものについてはリストに挙げておいた。

ネットワーク科学の応用

本書では、リストアップした「メロス伝説」を分類・整理する方法として、ネットワーク科学の知見を取り入れ、伝説同士の引用関係をもとにしたネットワークグラフを作成している。この手法は、管見の限り、従来の近代日本文学や教材史研究では見られないものであり、本書によって初めて応用実践する試みである。だがなぜ、ネットワーク科学の知見を取り入れる必要があったのか。

従来の研究では、「メロス伝説」といえば太宰の「走れメロス」を中心とした分析が行われてきた。また「メロス伝説」相互の関係性については、太宰の「走れメロス」の先行テクストであるという理由からシラーの「人質」との比較研究が行われてきた。

しかし、このような「走れメロス」に焦点を当て、単一のテクストを分析する方法、あるいは「走れメロス」と「人質」といった一対一のテクストを比較分析する方法だけでは、当然ながら「メロス伝説」の総体を捉えることはできない。そればかりか、「メロス伝説」の総体と「走れメロス」との相互関係も不明なままであり、「走れメロス」以外の、影響力をもっていたはずのテクストの存在やテクスト同士の関係も等閑に付されてしまう。そこで本書では、テクスト相互の関係性や全体の構造の理解を射程とするネットワーク科学を応用して、テクストのパワーバランスを見直しつつ、「メロス伝説」総体の解明を目指したのである。

もう少し、ネットワーク科学について説明を補足したい。ネットワーク科学は、伝染病の感染やインターネット、生命、生態系、人間社会等の現象を対象とする学問である。これらの現象は、「複雑系」とも呼ばれ、複雑系は構成要素の個々の知識からは全体の性格や挙動を理解したり、推測したりすることが難しいとされており、これを捉えるためにネットワーク科学では背景にある相互のつながりの仕組みを考察するのである。なお、つながりの様態は、「ノード（頂点）」と「辺」から成るネットワークグラフで表現される。

ネットワークの構造の中で、本書にとって重要なのは、「スケールフリーネットワーク」というものである。スケールフリーネットワークとは、簡単に説明すると、ネットワークの次数分布がべき乗法則にならうネットワークだ。少数の、次数（辺の数）が大きいノード（頂点）と多数の、次数が低いノードとが存在するネットワークのかたちである。たとえば、学術研究における参考文献の引用がこれの典型である。同じ専門分野の研究の中には、よく引用される優れた数少の論文とほとんど引用されない多くの論文がある。論文を頂点として、引用関係を辺でつなぐと、よく引用される論文（頂点）に引用（辺）が集中することになる。

このように次数が大きくリンクが集中するノードはハブといって、ネットワークの中で絶大な影響力をもつ存在として認められる。

それではどのように「メロス伝説」にネットワーク科学を援用したのか。本書では、「メロス伝説」の伝播や拡大の様相を引用のネットワークとして整理している。具体的にはテクスト同士の引用関係を確認し、テクストを頂点として引用関係にあるものをリンクで結び、有向グラフを作成した。これによって複雑化した「メロス伝説」同士のつながりが可視化され、テクストの伝播の様相と、ダイナミックな全体構造の把握が可能となっている。この結果、「メロス伝説」は国語科の教材にとどまらず、多領域を横断した学際的なテクストであること、またこれらのテクストの中には、後続するテクストに波及し、多くのテクストと相互関係（リンク）をもつ、ハブの役割をもったテクスト（以下、ハブテクストと呼ぶ）が存在すること等、さまざまなことが判明した。ハブテクストはそのテクストが発行された時代に注目され、なおかつ、後世への影響力が大きいテクストである。「メロス伝説」の中でも馴染みのあるハブテクストは太宰治の「走れメロス」ということになるが、それだけではない。現代に生きる私たちは知らないかもしれないが、「走れメロス」以外にも、各時代の現実社会において相当数の読者に読まれた「メロス伝説」が存在していたのである。この事実の発見は、ネットワークグラフを作成したことによって得られた成果と言える。

一五〇を超える数の個々の「メロス伝説」の意味を全て理解することは困難であるが、重要な役割を果たしたハブテクストに焦点化し、なぜそのようなハブテクストが生まれ、そこにどのような意味や役割があったのかを分析、考察することによって、伝説の総体の意味の解明に迫ったのである。

なお、本書のリストに載っているテクストが日本における全ての「メロス伝説」であるとは言えず、これ以外にもまだまだ歴史の中に埋もれた伝説が存在していると考えられる。だが発掘したこれらの資料は、ハブテクストを中心に表立ったものであり、「メロス伝説」の総体の傾向を把握するには大きな問題はないはずである。

収集した資料について

収集した一五〇余りの「メロス伝説」のテクストのリストは巻末に載せてある。リストは図書・雑誌の発行順に並べた。「対象」「場・領域」「メディア」は、誰を対象とし、どこでどのような目的と形態で用いられたのかを明らかにするために設けた項目である。これらの項目の詳しい説明はリストの前ページに記したので必要な場合はそちらを参考にしてもらいたい。

ここでは「ソーステクスト」の項目についてだけ説明しておこう。この「ソーステクスト」の項目は、テクスト間のリンクを示した項目であり、「メロス伝説」のネットワークグラフを作成するために重要な項目となる。「ソーステクスト」とは、そのテクストの引用元のテクスト、または、下敷きとしている原文を意味している。ジュネットの言う、イポテクストにも近いが、イペルテクストとならず、そのまま引用、再掲されている原文も含めているためこのような名称を用いた。

「ソーステクスト」の特定は、図書・雑誌の中で出典名が明示されていたり、パラテクストや先行研究、その他の情報から既にソーステクストが明らかになっていたりする場合は、それを「ソーステクスト」として認定したが、明らかになっていない場合は、先行テクスト群と照合し、その類似具合

出版年	作・編・訳者	テクスト名
1799	フリードリヒ・フォン・シラー	「人質」(Musen-Almanach)
1871	箕作麟祥	「朋友ノ交」(『泰西勧善訓蒙』)
1896	ジェームズ・ボールドウィン	「ダモンとフィシアス」(「フェイマスストーリーズ」)
1906	坪内雄蔵	「約束せば必ず遂げよ」(『中学修身訓』)
1910	文部省	「真の知己」(『高等小学読本』)
1920	鈴木三重吉	「デイモンとピシアス」(『赤い鳥』)
1940	太宰治	「走れメロス」(『新潮』)

■「メロス伝説」のネットワークにおけるハブテクスト（ソーステクスト）

によって判断した。

照合作業を繰り返していく中で、多くのテクストは、七つのテクストをソーステクストとしていることがわかってきた。その七つとは先に言及したハブテクスト、すなわち、『泰西勧善《たいせいかんぜん》訓蒙《くんもう》』の「朋友《ほうゆう》ノ交《まじわり》」、シラーの「人質」、「フェイマスストーリーズ」の「ダモンとフィシアス」、『高等小学読本』の「真の知己」、『中学修身訓』の「約束せば必ず遂げよ」、太宰治の「走れメロス」と鈴木三重吉『赤い鳥』の「デイモンとピシアス」である。

2　「メロス伝説」の総体の傾向

系統別テクスト数について

ネットワークグラフを検討する前にリストを数値化したデータをいくつか見ておこう。

先にも述べたが、この伝説の総体は七つのハブテクストを元

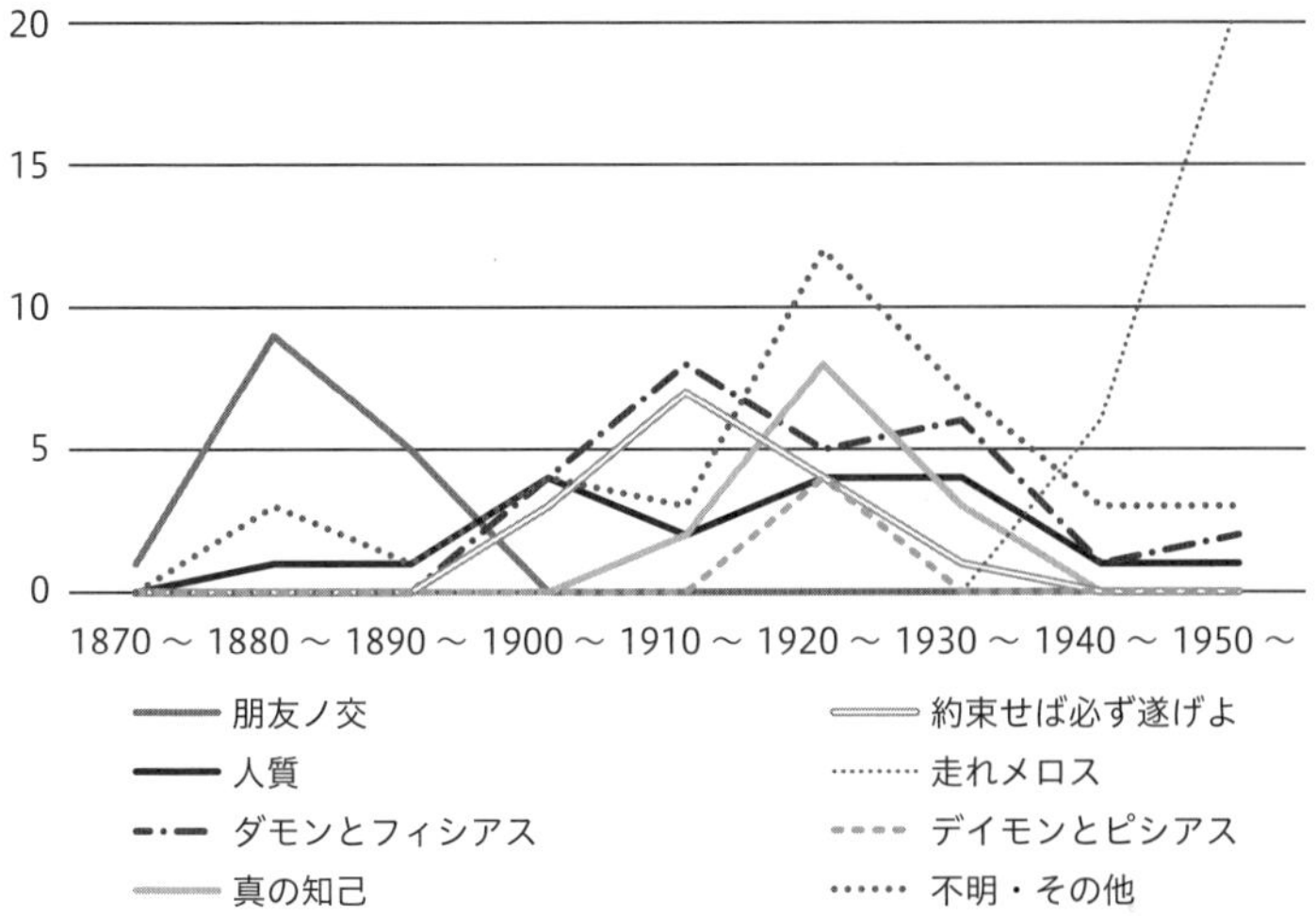

図1　系統別テクスト数

にしたテクストによって大半が占められている。

上のグラフは(図1)、メロス伝説が含まれた図書・雑誌をハブテクストの系統別にして、その発行延べ数を一〇年ごとに分けて示したものである。これによって年代ごとにどの系統の話が流布していたのかが把握できる（ただし、系統別にしたため、ソーステクストの数はそのまま反映されてない）。

七つの系統の種類を再度確認すると、『泰西勧善訓蒙』の「朋友ノ交」、シラーの「人質」、「フェイマスストーリーズ」の「ダモンとフィシアス」、『高等小学読本』の「真の知己」、『中学修身訓』の「約束せば必ず遂げよ」、太宰治の「走れメロス」、鈴木三重吉の「デイモンとピシアス」である。グラフではこれらに加えて、これ以外の系統のものを「不明・その他」として入れた。

時代順に見ていくと、一八七〇年代に「朋友ノ交」が出現し、一八九〇年代まで「朋友ノ交」系統の話を掲載した図書・雑誌の発行が続いたことが分かる。一九〇〇年代には「朋友ノ交」は姿を消し、それ以降、一九三〇年代にかけては「ダモンとフィシアス」、「人質」、「真の知己」、「約束せば必ず遂げよ」の四つの系統の発行数が増えている。

また一九二〇年代には他にも山が形成されているが、この時代には鈴木三重吉の「デイモンとピシアス」が登場し、また、七つの系統に当てはまらない「不明・その他」に当たるテクストも多数発行されている。そのため、この年代は、「ダモンとフィシアス」を中心として、多彩なテクストが出現した時代であると言える。

そして、一九四〇年代以後戦後にかけては「ダモンとフィシアス」「真の知己」『約束せば必ず遂げよ」の三つの系統のテクストの発行数が減り、「走れメロス」系統の発行数が群を抜いて目立ってくる。

対象読者と使用の場・領域の数について

図2は誰を対象としたテクストだったのかを、円グラフで全時代を含めた数を示したものである。「子ども」が三六件あり、全体の四分の一近くを占めている。次に多いのが、「一般」であり、続いて「中学校生」と「尋常小学校生」と「高等小学校生」である。

このグラフから、子どもから青年、一般まで、この伝説が幅広い読者層に受容されてきたことが分かる。

また、図3は、「場・領域」ごとの発行数である(リストに「学校・家庭」と区分したものは「家庭」

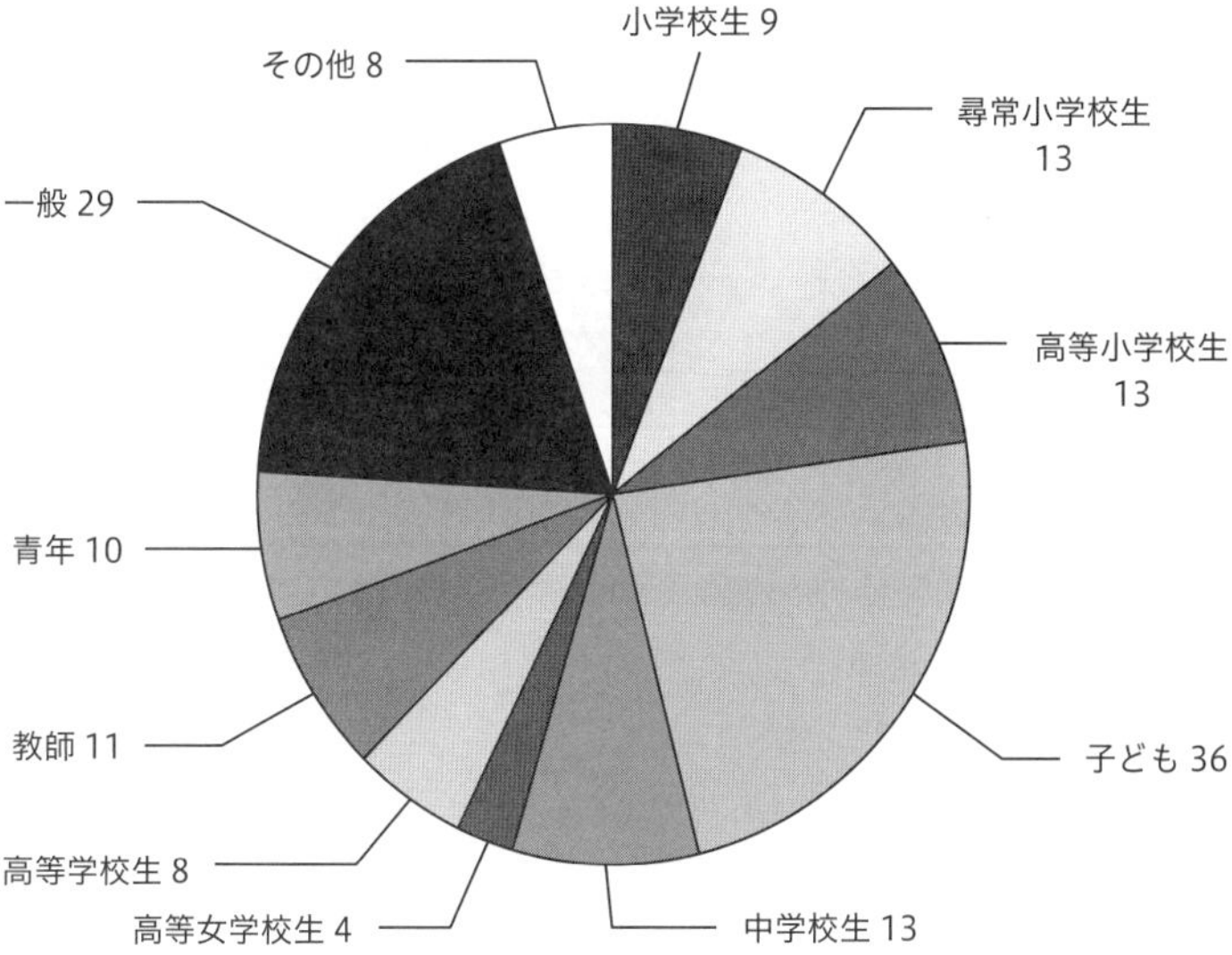

図2　対象読者

にカウントした。ただし、『趣味の修身読本』は、「修身」と「家庭」の二つにカウントした）。

一八七〇年代から一八八〇年代にかけては、修身の場に山が形成されている。これは先述したように「朋友ノ交」が普及したためである。国語教育の場には一九〇〇年代から一九三〇年代にかけて発行部数の増加が見られる。これは、『中学修身訓』の「約束せば必ず遂げよ」が中等学校の国語教科書に続けて採録されたことと「真の知己」「フェイマスストーリーズ」及び「人質」が教科書・指導書・副読本・参考書で用いられたことによっている。また、一八九〇年代から家庭での使用が徐々に増え、一九二〇年代には大きな山を形成していることが分かる。このことから、「メロス伝説」が学校教育の外の教育場においても盛んに読まれていたことが推察される。ま

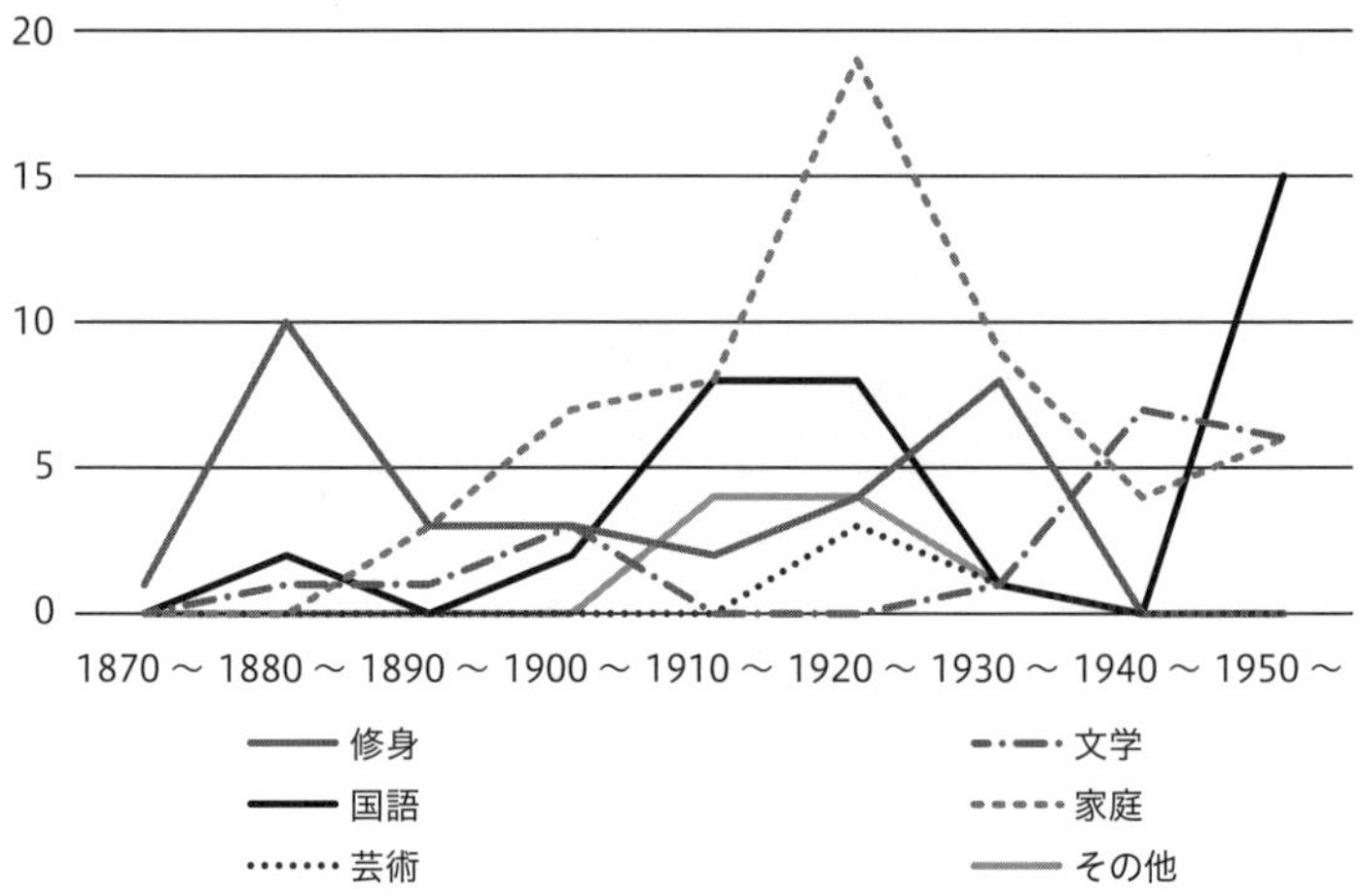

図3　使用の場・領域

た、一九二〇年代～一九三〇年代にかけて少ないながら芸術の領域でも使用されていたことが見てとれる。これは教材劇・学校劇の形式で「真の知己」を素材とした脚本が生み出されたことによっている。一九四〇年代に文学の領域で山が見られるが、これはシラーの「人質」と太宰の「走れメロス」の発行によるものである。一九五〇年代以降、国語教育の場で再び増加しているのは「走れメロス」の教材化によるものである。

3　伝説をつなぐネットワークグラフ

ネットワークグラフの凡例

本節では「メロス伝説」の総体において、テクスト相互のつながりがどのようになっているのか、またテクストがどのように移動・伝播したのかを見ていこう。先述したように、本書ではネットワークを可視化するために「メロス伝説」の引用関係を示すネットワークグラフを作成している（図4）。テクストをノードとし、引用元の先行テクストと引用した後続テクストを辺でつないだ有向グラフである。

グラフを作成するにあたり、取り決めた事項がある。一つ目は引用元のテクストに関して、二つ目は配置について、三つ目はテクスト名の表記についてである。以下説明するが、これは細かい説明になるので、必要ない場合は読み飛ばして次の「4　ハブテクストの役割」に移っていただいて構わない。

引用元のテクストについて

まず、再版や修正版等のバージョンに関わる事項である。厳密には、一つのテクストにも再版や修正版といったさまざまなバージョンがあり、引用元の原文も個々に異なっていると考えられるが、それらを特定することは難しいため、判明したものを除いては、初版のテクストを引用元のテクストとした。

シラーの「人質」に関しては、引用元と考えられるテクストに詩集、全集、訳書等のさまざまなバージョンがあるが、「人質」系統の話は、その先行テクストを「シラー詩集（人質）」として一元化した。同様に「フェイマスストーリーズ」系統の話も「フェイマスストーリーズ」（「ダモンとフィシアス」）とし、千夜一夜物語も「アラビアンナイト」に一元化した。

次に、再掲に関わる事項である。リストには、同一の作品ではあるが、掲載された図書・雑誌が異なるテクストも挙げている。ネットワークグラフでは、その場合の引用元は初出のテクストとした。たとえば、鈴木三重吉の『赤い鳥』（デイモンとピシアス）の引用元はthe two friends of siracuseであるが、「デイモンとピシアス」を再掲した、鈴木三重吉の『救護隊』の引用元は、the two friends of siracuseではなく、『赤い鳥』としたということである。同様にグラフでは、『高等小学読本』の「真の知己」に関しては初出の第二期国定教科書の場合の引用元は『西史美談』と「フェイマスストーリーズ（ダモンとフィシアス）」にしてあるが、それ以外の国定第三期の読本や女子用の読本については、初出の第二期国定教科書の『高等小学読本』を引用元としている。オルコットの『全訳　小さき人々』は初出の『全訳　小さき人々　原名「リッルメン」』『愛の学園』『子供達』に関しても後続のテクストの引用元は初出の『全訳　小さき人々』とした。村岡花子の『幼年倶楽部』の「友のいのち」の引用元は「フェイマスストーリーズ（ダモンとフィシアス）」とし、後続の『村岡花子童話集』の「友のいのち」の引用元は『幼年倶楽部』とした。

次に太宰治の「走れメロス」の扱いである。太宰治の「走れメロス」は『新潮』が初出である。『新潮』の「走れメロス」に関しては引用元を『新編シラー詩抄』としたが、後続の文庫本、単行本、全集に関しては引用元を『新潮』とした。また、教科書教材の「走れメロス」については、引用元を『新編シラー詩抄』とせずに、太宰のテクストとした。具体的には、教科書の注釈に「富嶽百景より」「太宰治全集より」のように引用元が明示されているものや引用元が明らかなものはそれを引用元とした。ただし当時刊行された『太宰治全集』には、八雲書店版と筑摩書房版の二種の全集があり、『国語』（秀英出版、一九五七年）は八雲書店版の全集を引用元として明示していたため八雲書店版の全集（駆込み訴へ）を引用元としたが、『新国語』（三省堂、一九五八年）、『国語』（筑摩書房、一九五八年）、『国語』（秀英出版、一九五九年）、『国語』（学校図書、一九六〇年）は筑摩書房版の全集を引用元として明示していたため、筑摩書房版の全集を引用元とした。引用元が書かれていないものや「太宰治全集」とだけ書かれているものについては、筑摩版全集を引用元として扱った。この操作は書誌的には正確とは言えないが、本研究では太宰の「走れメロス」が教科書教材につながっていることが可視化できれば目的が達成できるため、許容の範囲と考えた。

最後に、引用元が二つあるテクストに関してである。この場合はその二つを引用元とした。『高等小学読本』の「真の知己」がこのケースに該当し、「フェイマスストーリーズ（ダモンとフィシアス）」と『西史美談』の二つを引用元として辺で結んだ。また『高等小学読本学習指導案』は、同じ図書に二つの「メロス伝説」が掲載されている。一つは「人質」であり、もう一つは「真の知己」を書き換えた学習者の作品である。このような場合は引用元を「シラー詩集」と『高等小学読本』（「真の知己」）の二つとして辺で結んだ。

また引用関係にある可能性の高い「フェイマスストーリーズ（ダモンとフィシアス）」と『中学修身訓』（約束せば必ず遂げよ）も辺で結んだ。

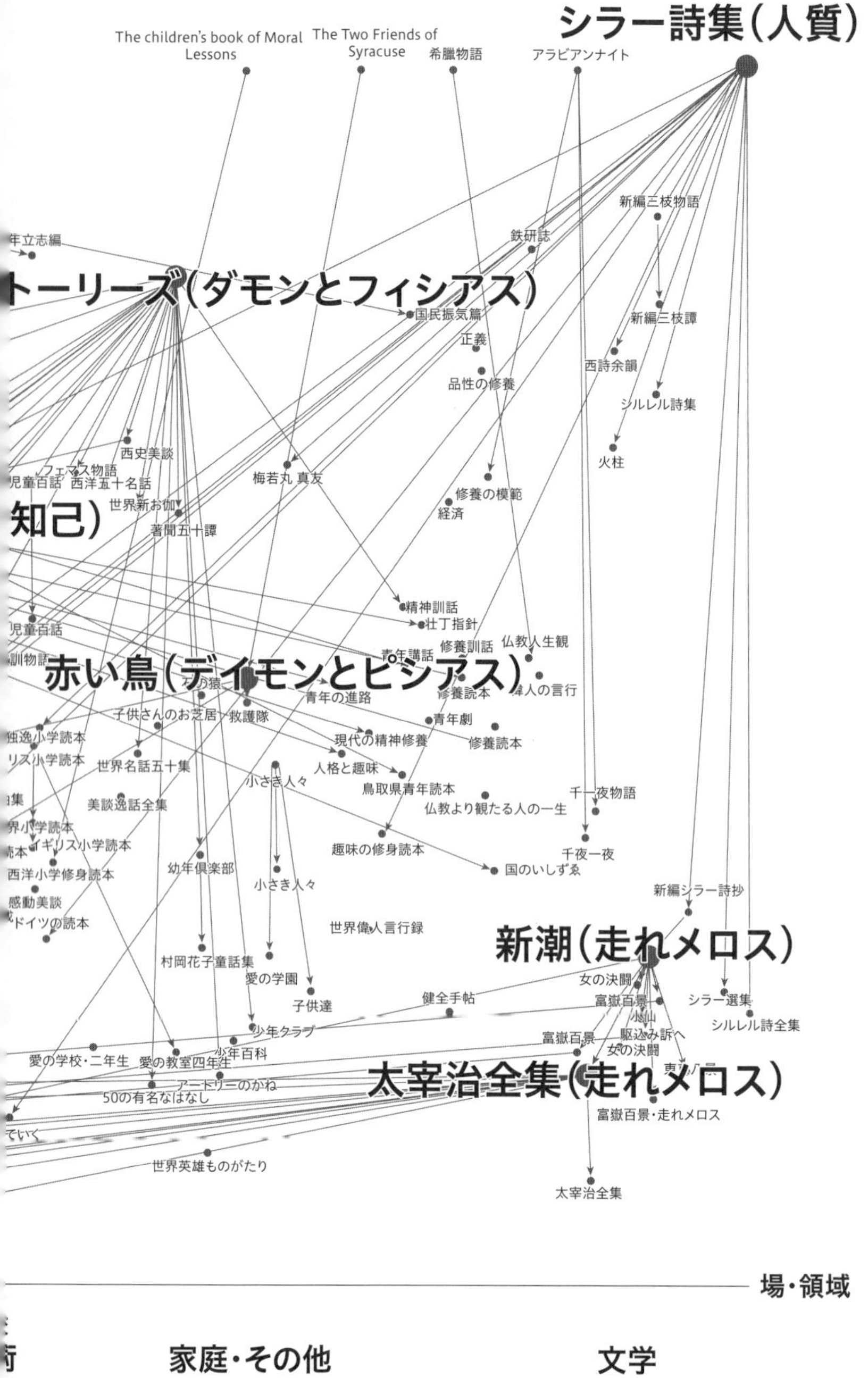
シラー詩集（人質）
The children's book of Moral Lessons
The Two Friends of Syracuse
希臘物語
アラビアンナイト
新編三枝物語
鉄研誌
年立志編
トーリーズ（ダモンとフィシアス）
国民振気篇
新編三枝譚
正義
西詩余韻
品性の修養
シルレル詩集
火柱
西史美談
フェマス物語
児童百話
西洋五十名話
梅若丸 真友
修養の模範
経済
世界新お伽
知己）
著聞五十譚
精神訓話
壮丁指針
児童百話
修養訓話
仏教人生観
青年講話
赤い鳥（デイモンとピシアス）
修養読本
青年の進路
子供さんのお芝居
救護隊
青年劇
現代の精神修養
修養読本
世界名話五十集
人格と趣味
小さき人々
鳥取県青年読本
美談逸話全集
仏教より観たる人の一生
千一夜物語
イギリス小学読本
趣味の修身読本
千夜一夜
西洋小学修身読本
幼年倶楽部
国のいしずゑ
感動美談
小さき人々
新編シラー詩抄
ドイツの読本
世界偉人言行録
新潮（走れメロス）
村岡花子童話集
女の決闘
愛の学園
子供達
健全手帖
富嶽百景
シラー選集
少年クラブ
駆込み訴へ
シルレル詩全集
富嶽百景
愛の学校・二年生
愛の教室四年生
少年百科
女の決闘
アードリーのかね
太宰治全集（走れメロス）
50の有名なはなし
富嶽百景・走れメロス
世界英雄ものがたり
太宰治全集
場・領域
家庭・その他
文学

図4 「メロス伝説」のネットワークグラフ

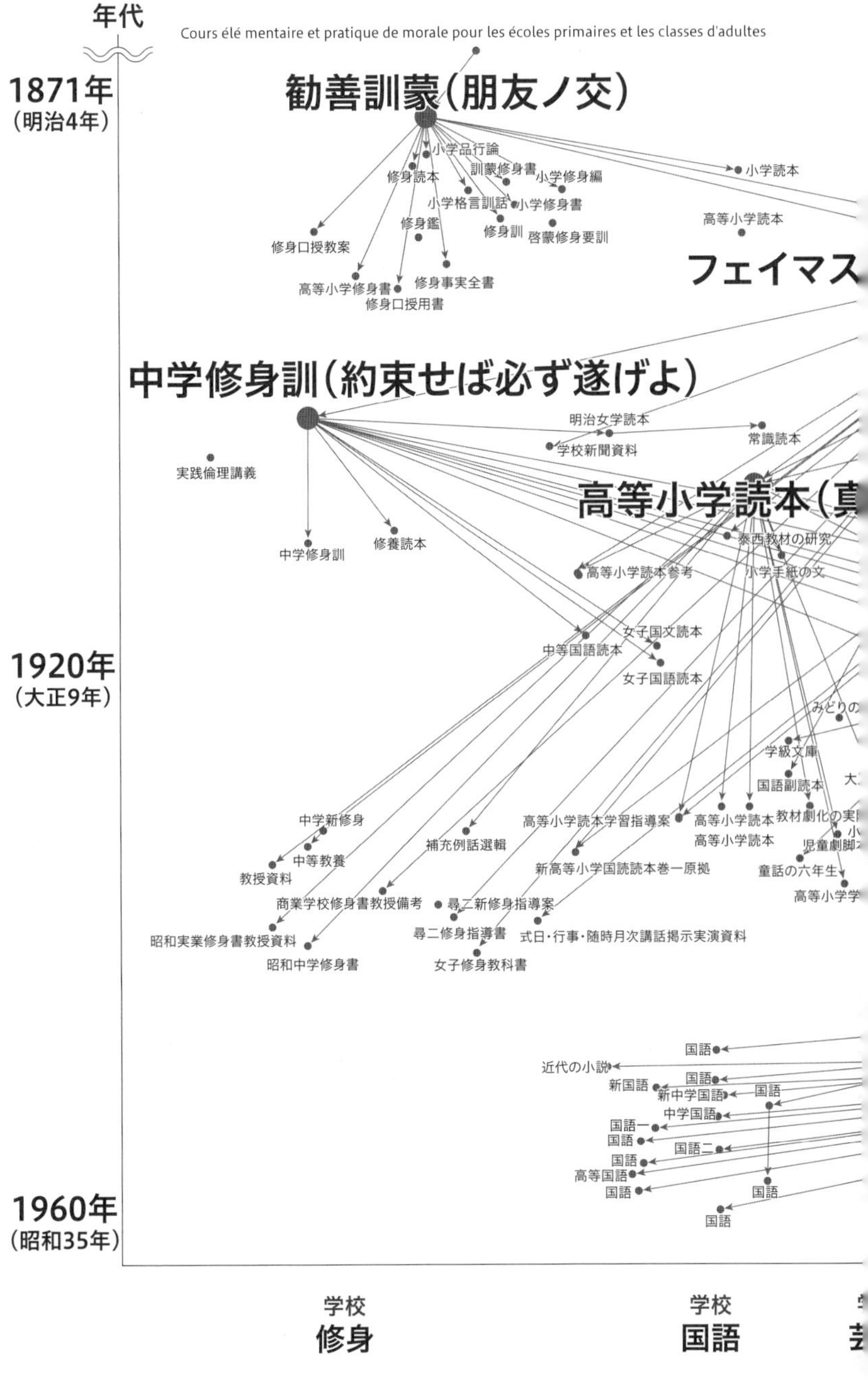

年代
1871年
（明治4年）
1920年
（大正9年）
1960年
（昭和35年）
Cours élé mentaire et pratique de morale pour les écoles primaires et les classes d'adultes
勧善訓蒙（朋友ノ交）
小学品行論
修身読本
訓蒙修身書
小学修身編
小学読本
小学格言訓話
小学修身書
高等小学読本
修身鑑
修身訓
啓蒙修身要訓
修身口授教案
フェイマス
修身事実全書
高等小学修身書
修身口授用書
中学修身訓（約束せば必ず遂げよ）
明治女学読本
常識読本
学校新聞資料
実践倫理講義
高等小学読本（真
泰西教材の研究
修養読本
中学修身訓
高等小学読本参考
小学手紙の文
女子国文読本
中等国語読本
女子国語読本
みどりの
学級文庫
国語副読本
中学新修身
高等小学読本学習指導案
高等小学読本
高等小学読本
補充例話選輯
中等教養
教授資料
新高等小学国読読本巻一原拠
童話の六年生
商業学校修身書教授備考
尋二新修身指導案
尋二修身指導書
昭和実業修身書教授資料
式日・行事・随時月次講話掲示実演資料
昭和中学修身書
女子修身教科書
国語
近代の小説
国語
新国語
新中学国語
国語
中学国語
国語一
国語
国語二
国語
高等国語
国語
国語
国語
学校
修身
学校
国語

配置について

ノードの配置は、グラフの縦と横で意味をもたせている。縦は時間軸である。横はテクストが受容された場・領域で切り分けた。左から、修身、国語、芸術、家庭・その他、文学である。しかしノードはおおよその配置としており、ノード同士が重なることを避けて、多少ずらして配置しているものもある。ソーステクストとして海外のテクストもグラフに記したが、時代が大きく遡るものや不明なものはグラフの隅に配置した。また「学校・家庭」の両方の場で用いられたと思われるものは「家庭・その他」に配置した。

テクスト名の表記について

グラフを見やすくするため、副題、シリーズ名、巻数等は省略し、メインタイトルのみを表記した。ハブテクストに関しては図書・雑誌名に加えてタイトルも括弧内に記した。

4　ハブテクストの役割

七つのハブテクストの位置

グラフから直感的に看取できるのは、「メロス伝説」のネットワークは、スケールフリー性を有しているということだろう。スケールフリーとは、べき乗法則にならうネットワークのかたちである。先にも説明したが、少数のノードが多くのリンク数をもち、多くのノードが少ないリンク数になっているのである。

リンク数の多いテクストはハブとなっており、多くの後続テクストとつながっているのが分かる。これらのハブテクストが「メロス伝説」の普及に大きく貢献したテクストであったということである。このことは、最大のハブテクストとなった太宰治の「走れメロス」が戦後期にこの伝説を世に知らしめたことを考えれば分かりやすい。

以下では七つのハブテクストの位置に着目し、これらのテクストの領域間の移動、すなわち伝播状況を説明する。「配置について」でも触れたがこのグラフは、左から右にかけて場・領域を切り分けている。リンクされ易いのは同じ領域内のノード同士のはずであるが、ハブテクストから長く延びている辺があることから分かるように、ハブテクストは一つの場に閉じていたわけではなく、領域を越境しつつリンクを広げている。

まず、左上にある『泰西勧善訓蒙』の「朋友ノ交」を見てみよう。このテクストは初等教育段階の修身の場を中心にこの話を伝達したわけだが、よく見ると『小学読本』とつながっており、国語教育の場にも越境しているのが見て取れる。また、『少年立志編』『国民振気篇』といった修身読み物や一般書にも引用されており、修身教育の場から学校の外へと伝播したことが確認できる。だが『泰西勧善訓蒙』は、このグラフが示すとおり他のハブテクストに比べると領域への広がりは限定的であったと言わざるを得ない。

シラー詩集（人質）は、文学の場から家庭、国語教育へと広がっていることが確認できる。このハブテクストの傑出した点は、時代をまたいで断続的にさまざまな領域で引用され続けたことだろう。早くには一八八五（明治一八）年に文学作品として『新編三枝物語』に、戦後には、子ども読み物として唐澤富太郎『のびていく』（「デイモンとその友」）として書き換えられている。

『中学修身訓』の「約束せば必ず遂げよ」は、興味深いことに、その誕生した修身の領域内でのつながりは乏しいにもかかわらず、国語教育や学校外へと伝播している。特に『中等国語読本』等の国語教科書の教材となり、中等国語教育の場や、『入営準備　壮丁指針』や『警察　修養読本』に掲載されて軍隊や警察の場へこの伝説を広げていることは注目に値する。

『高等小学読本』の「真の知己」は英語の副読本である「フェイマスストーリーズ」が引用元であり、英語教育の場から越境したテクストである。国語教育の場で、教材として書き換えられ、そこからまた、芸術や修身や家庭の場に越境している。このように「真の知己」は、国語教科書が広範に言語文化を摂取し、また多領域の言語文化を牽引していく中で、ネットワークを張り巡らしていたと言える。国語教科書が言語文化の相互交渉の場となっていることを示す例だろう。

鈴木三重吉の『赤い鳥』（「デイモンとピシアス」）は、そのメディアの社会的影響力からしてみると、ハブテクストの中ではリンクの数は少ない。菊池寛《きくちかん》が編集した『小学童話読本』にも採録されているが、この作品はむしろ「走れメロス」の知名度の向上とともに、「走れメロス」の類話として再注目されたテクストであったと言える。

戦前もっとも伝説を広い領域に拡散させたスプレッダーは「フェイマスストーリーズ」の「ダモンとフィシアス」である。英語教育の場から、修身、国語、学校外の子ども読み物へとリンクを広げており、このテクストの汎用性の高さがうかがえる。そのうえ、「フェイマスストーリーズ」の「ダモンとフィシアス」から派生した『高等小学読本』の「真の知己」は、ハブテクストへと成長している。教育場を媒介し、「メロス伝説」を多領域に橋渡しした「ダモンとフィシアス」は戦前におけるネットワークの中心に位置づいていたと言えるだろう。戦後、「走れメロス」の影に隠れはするが、英語教育や道徳教育の場で使用され続け、戦後においても道徳的な規範の水脈を維持したテクストである。このグラフから「メロス伝説」におけるこのテクストの適応度の高さが確認できる。

そして、右下の「走れメロス」である。このテクスト自体が雑誌の『新潮』から、単行本である『女の決闘』『富嶽百景』へ、そして『太宰治全集』へと増殖していく様子が見て取れるが、それ以上に注目すべきはこの「走れメロス」によって、「メロス伝説」が文学の場から国語教育の場へと再流入していったことである。現在は中学校の定番教材となっているが、教材化初期には新制高等学校で多く扱われていた。また小学校の国語教育の場でも「メロスのやくそく」(輿水実《こしみずみのる》・飛田多喜雄《ひだたきお》『国語』)と題して「走れメロス」を書き換えた教材が使用されている。小・中・高と校種を網羅するかたちで「走れメロス」は国語教育の場に引き出されていたのである。

ハブテクストの世代交代

それほど顕著なかたちではないが、グラフからは、ハブテクストの「世代交代」が行われていたことも確認できよう。「世代交代」とは、ハブテクストの勢力が入れ替わることである。このグラフは、上下が時間軸となっているが、ハブとして威力を発揮していたテクストは、おおよそ「朋友ノ交」→「ダモンとフィシアス」・「約束せば必ず遂げよ」・「真の知己」・「デイモンとピシアス」・「人質」→「走れメロス」という流れで入れ替わっており、ネットワークがハブテクストの世代交代をともなって進化していったことが確認できる。子細に見れば、「人質」や「ダモンとフィシアス」は期間を通じて長く展開しているが、それでもやはり、「走れメロス」とのあいだには、大きな溝があるように見える。戦後は「走れメロス」が他のハブテクストを圧倒し、ネットワークの中でもっとも影響力を強めていくことになる。

この世代交代の様相を見ると、モチーフや構造は同じでも時代に応じて、新しい物語形式が求められ続けたとも言えそうだ。筋書きだけの「朋友ノ交」では、後に来たる読書リテラシーを身につけた子ども読者を引きつけることはできなかったであろうし、「朋友ノ交」に代わってストーリー性豊かに人物たちが行動することで展開する「ダモンとフィシアス」や「真の知己」が受け入れられたのだろうが、それもまた、近代小説を読み慣れた読者たちを満足させることはできず、人物の心情を描いた小説「走れメロス」が求められることになった。

このようにハブたちの「世代交代」は、日本社会の読書リテラシーの変化をも照らし出すのである。

5 「メロス伝説」をつなぐネットワークの世界へ

入り組んだ複雑なネットワーク

本章を通して私たちは「メロス伝説」の全体像を視覚的に理解することができた。私たちは「メロス伝説」といえば「走れメロス」をまず思い浮かべるが、そのようになるのは「走れメロス」がリンク数を急増させ、ネットワークを支配するようになった、戦後以降である。それ以前には「走れメロス」とは異なる「伝説」が複雑なネットワークを構築していたのである。

「メロス伝説」はスケールフリー性を有しており、大きな影響力をもつハブテクストが存在していた。そのハブテクストは七つ（『泰西勧善訓蒙』の「朋友ノ交」、シラーの「人質」、「フェイマスストーリーズ」の「ダモンとフィシアス」、『高等小学読本』の「真の知己」、『中学修身訓』の「約束せば必ず遂げよ」、太宰治の「走れメロス」と鈴木三重吉の「デイモンとピシアス」）あり、多くの派生テクストを生み出し、この伝説を日本の社会に伝播させ、ネットワークを拡大させていたのである。

ネットワーク形成という観点から時期区分すると、第一期が、「朋友ノ交」を中心にネットワークの萌芽が見られた一八七〇年代〜一八九〇年代。第二期が、「ダモンとフィシアス」「真の知己」「人質」「約束せば必ず遂げよ」「デイモンとピシアス」の五つのハブテクストが流通し、国民全体に「伝説」が浸透してネットワークが形成された一九〇〇年代〜一九三〇年代。そして第三期が、「走れメロス」

が台頭し、ネットワークが更新される一九四〇年代〜一九六〇年代ということになる。

このようにして「メロス伝説」は、言語文化の領域を相互に移動し、テクストの世代交代を行いながら受容の裾野を広げてきたのであった。海外から流入したこの話は、学校と学校の外の領域と文化交渉を繰り返していく中で日本の社会に深く根を下ろしていったのである。

以上、本章で見てきたように、ネットワークグラフはテクスト同士の関係や全体の構造を可視化してくれるものである。だがしかし、当然であるがこのグラフからはテクストの意味内容や背景は明らかにならない。そのため「メロス伝説」が歴史の中でどのような教育的社会的意味があったのかを明らかにするには、強力な影響力をもつハブテクストを中心に分析し、歴史の文脈の中に位置づける必要がある。伝説同士の関係性の把握とハブテクストの意味の分析を合わせて行うことで、この伝説の立体的な理解が可能になるはずだ。

次章以降では、「メロス伝説」のネットワークの世界に入り込み、時期区分におおよそ従ってハブテクストの分析・考察を行い、ネットワークがどのように形成されていったのかを見取ることにする。なお、本書における「ネットワーク形成」とは、単にテクスト同士の引用関係の成立を意味するだけではなく、「メロス伝説」の網の目が日本の教育場に重層化して張り巡らされ、その価値内容が日本人の心性を規定する、いわば共有された物語となる状況を指している。

歴史学者のユヴァル・ノア・ハラリは歴史を学ぶ目的を「私たちを押さえつける過去の手から逃れることにある」(6)と言い、過去の出来事の連鎖に目を向けることで、自らを解放することができるとしているが、近代以降の日本の「メロス伝説」のネットワークを理解することで、私たちは、過去の社会が規定してきた約束事や日本人の無意識の一部を知ることになる。その行為は、今を生きる私たちが過去の制約から解放され、想像力を広げて自由に未来を開くための足がかりとなるはずだ。

注

（1）杉田英明「〈走れメロス〉の伝承と地中海・中東世界」『比較文学研究』第六九号（引用は、山内祥史編『太宰治『走れメロス』作品論集　近代文学作品論集成⑧』クレス出版、二八九頁）。

（2）佐藤義尚訳『叢書アレクサンドリア図書館　第4巻　ピュタゴラス伝』国文社、二〇〇〇年一月、一八五―一八六頁。

（3）前掲、杉田「〈走れメロス〉の伝承と地中海・中東世界」三一九頁。

（4）稲田浩二・稲田和子編『日本昔話ハンドブック』三省堂、二〇〇一年七月、二四四頁。

（5）奥村淳「太宰治「走れメロス」について――日本における〈ダモン話〉の軌跡――」『山形大学紀要人文科学』第一八巻第四号、二〇一七年二月、三九―七二頁。

（6）ユヴァル・ノア・ハラリ著、柴田裕之訳『ホモ・デウス（上）――テクノロジーとサピエンスの未来――』河出書房新社、二〇一八年九月、八〇頁。

社会的ネットワーク「弱い紐帯」

「弱い紐帯の強さ」という、アメリカの社会学者グラノヴェターが一九七三年に発表した有名な論文がある。グラノヴェターはこの論文の中で、個人間のつながりの強さを「強い紐帯」と「弱い紐帯」に分類し、「強い紐帯」よりもむしろ「弱い紐帯」のほうが、新しい情報の伝達・収集、コミュニティ同士のつながり、社会の統合等において重要な役割を果たすことを示唆した。

なるほど、普段から親身な関係にある、親友や同僚と一緒に居ると、話す内容が繰り返されたり、同じような考え方になったりして、新たな意味を見出したり、発見したりする機会があまりないかもしれない。それに対して普段、密接な関係にない人とは、自分と立場や環境が違っているためか、考え方や価値観も異なっている場合が多く、新規的な情報や新たな発見をもたらしてくれることがある。

また、学校社会の人間関係を見てみると、普段、子どもたちはクラスの中で、グループをつくって生活しているが、グループが固定化している（「強い紐帯」）クラスよりも、子ども同士が緩くつながっている（弱い紐帯）クラスのほうが、クラス全体としてはまとまっていたりすることがある。「弱い紐帯」のクラスは一見、バラバラに見えるが、決まったメンバーといつも一緒にいる代わりに、いろいろな人と関係を築くことができるために、クラス全員がつながり合うことができるからかもしれない。

人は、どうしても人間関係は強くつながっているほうがよいことだと考えてしまいがちであるが、「弱い紐帯の強さ」の理論からすると、知見を広げたり、集団内で生活したりするうえで弱くつながることも非常に大事だということになる。

とりわけ、インターネットやSNSが普及する昨今、弱いつながりの人間関係をどのように捉えるべきなのかは、現代的な課題になっていると言える。

第二部

明治初・中期

「メロス伝説」のはじまり

第一章　近代化のための西洋道徳

――箕作麟祥訳述『泰西勧善訓蒙』「朋友ノ交」（明治四年）

1 「メロス伝説」の出発点

日本へやってきた「メロス伝説」

「メロス伝説」は日本にいつ、どのように伝わってきたのだろうか。

伝播について杉田は「ローマ作家ヒュギヌスHyginus（前六四―一七年）の『説話集』をはじめ、多くの古典古代の作家」によって語られ、中世になると、「舞台や登場人物名を変えた形で中東イスラム世界にも伝わり」、「日本とも繋がりを持つに至った説話の典型例」[1]であるとしている。杉田の論考からすると、この伝説は古代ギリシャ・ローマからグローバルに展開し、日本に流入してきた話であったことになる。

私たちはこれより、ハブテクストを中心に時代を追って「メロス伝説」の伝播と受容の諸相を観察していくのであるが、本章では、その出発点、すなわち、日本に「メロス伝説」が初めてやってきた歴史を掘り起こしていく。

はじめに確認すべきは、「メロス伝説」が初めて日本にやってきた時期についてである。これについては、府川源一郎の指摘がある。府川はこの話が初めて日本に紹介されたのは、一八七一（明治四）年に発行された『泰西勧善訓蒙』ではないかと推測している。[2]確認してみると、『泰西勧善訓蒙』の「巻之下」の第一八一章には、処刑される「ダモン」が家族に別れを告げるために「ピチアス」を保証人として猶予を乞い、約束通り帰還する話がある。筋書きだけの簡単な話ではあるが、確かにこれは「メロス伝説」と認められる。

この『泰西勧善訓蒙』という書物は、「学制」が頒布された一八七二(明治五)年、『民家童蒙解《みんかどうもうかい》』『童蒙教草《どうもうおしえぐさ》』『修身論』『性法略』とともに「小学教則」(文部省)によって指定された修身口授用(教師が学習者に口頭で伝える)の翻訳教科書であり、文部省設置後、最初に使用された教科書である。(3)驚くべきことに「メロス伝説」は近代学校教育の開始当初から読書材として利用されていた話だったのである。そして現在、「走れメロス」が教科書教材として採録されていることを考え合わせると、「メロス伝説」は一五〇年以上も学校教育の場で受け継がれてきた話ということになる。もっとも『泰西勧善訓蒙』以前に「メロス伝説」が日本に流入していた可能性もないわけではないだろう。だが、たとえそうだとしても、本書がねらうこの伝説の読書材としての価値を考察するには、近代日本の教科書の出発点とも言える『泰西勧善訓蒙』を検討することが、今後の議論の基礎となる重要な作業であることに変わりはない。

本章では、この修身の教科書、『泰西勧善訓蒙』を日本における「メロス伝説」の出発点と位置づけ、「メロス伝説」が当時の社会状況の中でどのような価値が見出されたのかを明らかにする。そのうえで「メロス伝説」がその後どのような伝播と受容を見せたのかを記述したい。明治初・中期の段階ではまだ「メロス伝説」は日本に定着したと言えるような状態にはなかったが、それでも『泰西勧善訓蒙』の生成と伝播と受容の様相からは、「メロス伝説」のネットワークの萌芽を見ることができる。

本章の最後には「メロス伝説」をめぐる問題の所在を示し、今後の議論の方向を示すことにしよう。

2 『泰西勧善訓蒙』と近代西洋の精神

『泰西勧善訓蒙』誕生の経緯

『泰西勧善訓蒙』の翻訳者は箕作麟祥である。知られているように箕作は「日本近代法学の祖」とも呼ばれ、西洋の法律書を翻訳して近代法の整備に尽力した、明治日本の近代化を支えた人物の一人である。だが、なぜ法学者の箕作が修身の教科書を翻訳したのか。専門分野が異なっているようにも思える。

手始めとして、教科書の成立過程を考察してみよう。(4) 『泰西勧善訓蒙』の翻訳は、徳川慶勝《とくがわよしかつ》の依頼で、宇都宮三郎《うつのみやさぶろう》という人物を仲介として箕作麟祥が行ったものである。その事情については、大槻文彦『箕作麟祥君伝』の宇都宮三郎の談話に残されている（〔　〕内は引用者注）。

> 小学校で、子供の心得になる事柄を教へなければならぬが、それに付いて、さういふことを書いた書物が入り用だ、と云ふので尾州侯〔徳川慶勝〕の頼みを以て、私〔宇都宮三郎〕が貞一郎君〔箕作麟祥〕に会つてどうか、子供の心得になるものを、何か翻訳をして呉れ、と云つて頼ん

だ、其原書の撰び方、書き方、又、書物の体裁の如き、総て、あなたに一任するから、どうか、適当なものを拵へて下さい、と云つて頼んだ、それで、其出来上がつたのが、勧善訓蒙と云ふモーラルの書で、それが出来たので、始めて、西洋にも、かういふ道徳の説が行はれて居るか、と云ふことが、世間に知れた、(5)

徳川慶勝は、幕末に倒幕側に立ち、新政府に協力した尾張の大名である。西洋の写真技術を研究した写真家としても知られ、開明的な人物として伝えられている。宇都宮三郎は西洋の科学を学び、明治新政府の官吏として、日本の近代科学技術を発展させた尾張出身の化学者である。福澤諭吉とも親交が深く、お互いよき理解者であったことも伝えられている。(6) このように『泰西勧善訓蒙』の誕生には、翻訳者である箕作麟祥以外にも、徳川慶勝と宇都宮三郎という西洋文化に機敏な二人の尾張の人物が関わっていたのである。

宇都宮と箕作を結び合わせたのも時代が求めた「西洋の知」であった。宇都宮は、一八三四(天保五)年に尾張藩で生まれ、一五歳頃に上田帯刀《うえだたてわき》から西洋砲術を学び、舎密学(化学)を志すようになる。(7) この時に『西洋雑誌』の創刊者となる柳河春三《やながわしゅんさん》と親交を結び、風説書を通して西洋文化に刺激を受け、西洋の知識を吸収する意志を強くしている。一八五七(安政四)年には、西洋砲術を本格的に研究するため尾張藩を脱藩。一八六一(文久元)年、勝麟太郎の奨めで藩書調所精煉方に出仕するようになる。これは西洋砲術の基礎となる舎密学(化学)の知識を評価されてのことであった。(8)

この同時期に箕作もその天才的な語学力を発揮し、一六歳の若さで藩書調所の英学教授手伝並出役となっている。二人は「文明開化」の時代にもっとも求められた「西洋の知」を背景にして学問の中枢地で同僚の関係となっているのである。以後彼らは、専門分野は異にするものの、第一級の洋学者として、洋書調所・開成所・開成学校・大学南校や文部省に出仕し、日本の近代化への先導的・中心的な役割を果たすのである。(9)

脱藩者であった宇都宮が徳川慶勝と接触したのは明治に入ってからだった。脱藩後も宇都宮は尾張藩の軍備の様式化に協力しており、藩との関係を切っていたわけではなかったが、正式的に藩との和解がなされたのは一八六九（明治二）年である。

宇都宮が『宇都宮氏経歴談』の中で自ら語るところによると、一八六九（明治二）年一一月、慶勝から、側近の水野彦三郎を通して版籍を名古屋藩へ戻す旨の申し越しがあり、金百両が手渡されている（宇都宮は、金は受領したが版籍を戻すことは時世に合わないとして断っている）。さらに翌月、五人扶持が宇都宮に与えられ、その御礼のため、一八七〇（明治三）年五月、慶勝のもとに参上し、「藩知事の居間にて謁見種々談話(10)」したと言う。宇都宮の言うことが正しければ、慶勝から宇都宮へモルテクストの依頼があったのは、この「談話」のときか、それ以後ということになる。この「談話」の後、宇都宮は名古屋藩の教育政策に協力し、『泰西勧善訓蒙』の仲介以外にも、お雇い外国人教師ムリエの「洋学校」への周旋も行っている。(11)

慶勝が、脱藩したはずの宇都宮をこれほどまでに歓待した理由は、残念ながら『宇都宮氏経歴談』

の中には語られていない。推測するに、写真技術の研究のために化学的な知識を必要としたことも考えられるが、そのような理由も含めて、西洋の知識と技術を名古屋藩に取り入れようとしていた慶勝にとって、第一級の洋学者であり、尾張の出身でもあった宇都宮のような人間はもっとも必要な人材と見えたからではないだろうか。当時、慶勝は議定を免職となり、麝香間祗候《じゃこうのましこう》という閑職を命じられる一方で、徳川義宜《とくがわよしのり》の後を継ぎ、第二代名古屋藩知事に就任していた。(12) 藩知事の権力は依然として強く、行政権や司法権を掌握し、なお且つ軍隊を所持することが認められ、教育行政に関しても独自の立場でそれぞれの地域の実情に応じた政策を行うことができたのである。(13) 慶勝は、藩知事時代に全国的な学校制度の必要性を提案したり、(14) 名古屋藩に「洋学校」を設置したりしており、教育近代化への必要性を認識し、その整備を進めている。その教育政策の一角に新時代に対応する道徳の問題を見出し、西洋と日本との橋渡し役であった洋学者にテクスト作成という相談を持ちかけたのだろう。

このように、『泰西勧善訓蒙』は、「文明開化」が叫ばれた時代に、西洋近代化を推し進める人たちの手によって、西洋のモラルをも摂取すべく作成されたテクストだったのであり、いわば時代の要請を受けて箕作は翻訳作業に当たったのである。

なお、一地域の教科書として生まれた『泰西勧善訓蒙』は、一八七二（明治五）年、国家の形成を急ぐ明治新政府によって、「小学教則」において修身口授の教科書として全国に指定されることになる。その後、全国の「小学教則」でも多く指示され、「明治初期に普及した代表的な翻訳修身教科書(15)」となっていくのである。

巻之上	巻之中	巻之下
第一篇　勘善学ノ大旨 人ノ努 良心及ヒ善悪ノ分別 徳不徳 勘善ノ道唯一ナル事 剛志柔志 人ノ務ノ種類 **第二篇　天ニ対スル務** 敬天ノ道 天意 **第三篇　自己ニ対スル務** 第一款　自己ノ身体ニ対スル務 第二款　自己ノ精神ニ対スル務	**第四篇　人ニ対スル務** 第一款　公道ヨリ生スル務 私闘 盗奪 背信 遺失物ヲ見出セシ時ノ務 約ヲ守ル可キ務 誹謗讒誣 虚誕 誓詞 慎重 好奇ノ意○書ヲ開封スル事 践約 顧恩 忘恩 私欲 第二款　仁愛ノ務 施恩 好意 復讐 第三款　無生物ニ対スル務 第四款　有生物ニ対スル務	**第五篇　族人ニ対スル務** 夫婦相互ノ務 親ノ務 子ノ務 師伝ニ対スル務 兄弟相互ノ務 兄弟ト姉妹トノ務 族人相互ノ務 老輩ニ対スル務 朋友ノ交 僕婢ニ対スル務并主長ニ対スル務 **第六篇　国ニ対スル務** 国法及ヒ官府ヲ尊敬スル事 租税ヲ納ムル事 兵役○報国志 胆志 士民自由ノ権○所有ノ権 人其職分ニ就テノ道 貧富貴賤ノ別 徳ニ進ムノ法○「フランクリン」ノ教誨

■『泰西勧善訓蒙』の目録

それでは次に『泰西勧善訓蒙』の内容の検討に移ろう。以下では「メロス伝説」の扱われ方を明らかにするために、テクストの構成と内容を読み取っていくことにする。

テクストの構成

『泰西勧善訓蒙』に見られるメッセージは、見田宗介《みたむねすけ》が当時の教科書を分析して示したように、「市民社会のモラルを構成する価値の比重がきわめて高」く、「国民の権利、義務など近代国家の基本的な規範意識を教えることに、かなりの力がそそがれて」いる。(16) また扱うテーマは、広い範囲に及んでおり、運動・健康、自由論、家族、社会契約論、法と道徳の関係等も対象となっている。ただし、これらのテーマは体系的に整理されているため雑然とした印象は受けない。論理の構成は、各主題を演繹して具体化し、押し広げる方法がとられており、全体の構成もツリー構造を採用している。右の表は本書の「目録」(目次)である(傍線は引用者)が、「勧善学ノ大旨」で善行や善悪の区別等を説明し、その後、規範の内容を「人ノ務」として、「天ニ対スル務」「自己ニ対スル務」「人ニ対スル務」の三つに分割し、さらにそれらに下位項目を設けて説明していく、といった手順がとられているのである。

このように『泰西勧善訓蒙』は近代の市民社会や国家の枠組みを土台にして道徳が体系立てられていると言える。「メロス伝説」は「人ニ対スル務」の下位層「族人ニ対スル務」に続く「朋友ノ交」の中に配置されている。「メロス伝説」も近代の市民社会を前提とした道徳体系の中に置かれているのである。

「メロス伝説」の内容

では、「朋友ノ交」の中の「メロス伝説」はどのような内容となっているのか。以下、該当の「第百八十一章」を引用する（傍線は引用者）。

第百八十一章

古「シラキューズ」国王「デニース」其学士「ダモン」ヲ死刑ニ処セントセシ時「ダモン」ハ死ニ就ク前家族ニ別ヲ告ケ且家事ヲ処置ス可キ為メ期日ヲ定メ猶予ヲ得テ其家ニ至ランコトヲ乞ヘリ其友ニ「ピチアス」ト云フ者アリシカ保人トナリテ若シ「ダモン」ノ獄ニ帰リ来ラサルコトアラバ自カラ代テ刑ニ就ク可キコトヲ獄吏ニ約セリ然ルニ「ダモン」ハ期日ニ至リ果シテ其言ノ如ク獄ニ帰リ来リ自カラ囚レニ就キテ従容死ニ処セラレンコトヲ乞ヘリ国王「デニース」此事ヲ聞キ朋友交誼ノ厚キニ感シ「ダモン」ノ罪ヲ赦シテ剰ヘ自カラ両士ト交ヲ結ハンコトヲ求メシトソ是レ朋友交誼ノ互ニ厚キ規範ト成スニ足ル可シ

最後の一文、「是レ朋友交誼ノ互ニ厚キ規範ト成スニ足ル可シ」に読み取るべきことが記されている。

ちなみにここで言う「規範」の内容は、前章にある「朋友ノ窮乏ナル時ハ之ヲ扶ケ朋友ノ危難ニ陥イラントスル時ハ之ヲ救フ可シ此時ニ当テハ死ヲ顧スシテ之ヲ為ス可シ」を指している。献身的・自己犠牲的な友情の規範なのである。

また「朋友ノ交」の命題が記されている「第百七十八章」を見ると「朋友ノ交リハ互ニ親愛シテ相扶持スルニアリ盖シ此務ヲ行フ可キハ天意ト人情トヨリ出ル所ナリトス」と書かれている。つまり、『泰西勧善訓蒙』の中で「メロス伝説」は、献身的な親愛と助け合いの規範の具体例として挙げられていたということになる。

ここで、もう少し深く理解するために、原書との違いも確認しておこう。宮城千鶴子によると箕作が訳した『泰西勧善訓蒙』の原書は、パリで発行された、ルイ・シャルル・ボンヌの *Cours élémentaire et pratique de morale pour les écoles primaires et les classes d'adultes* である。(17) この原書が出版された一八六七（慶応三）年は、パリ万国博覧会が開催され、箕作が視察のため徳川《とくがわ》昭武《あきたけ》らと渡仏した年である。おそらくこのときに箕作は原書を入手したのだろう。(18)

この原書の特徴は、キリスト教の要素が多分に含まれていたことにある。宮城の論考からすると、原書は、道徳教育が世俗化へと進む当時のフランス教育界において、それに対抗するかたちでキリスト教の立場から「神からの道徳教育」を志向して著した道徳用のテクストだったようだ。だがしかし、『泰西勧善訓蒙』では、日本がキリスト教禁制下にあったため「霊魂の不滅」「礼拝行為に関する内容」「教理問答」等キリスト教の教義に関わる部分は翻訳者の計らいによって削除されている。原書はキリスト教を宣揚する色彩の濃いテクストだったが、翻訳時にそれは希釈されたことになる。

原書の「メロス伝説」の箇所を見ると、「メロス伝説」の話の後に“192 La morale chrétienne n'est-elle pas encore supérieure à la philosophie ?”（キリスト教のモラルとは、哲学に勝るものであろうか）とあり、その答えに「友人のためにこれほどまでに忠誠であった哲学を評価するのであれば、人間全てに同様の愛情、忠誠を求め、「汝自身を愛するように汝の隣人を愛せよ」と説くキリスト教のモラルを評価、実践すべきではなかろうか。」とある。ここで言う「哲学」（Philosophie）とはダモンの属するピタゴラス学派を指す。哲学（Philosophie）とキリスト教のモラル（morale chrétienne）を比較させ、キリスト教を「哲学に勝るもの」として哲学に対するキリスト教のモラルの優位性を説いているのである。しかし、『泰西勧善訓蒙』ではこの「問答」と呼べる部分が削除されている。また、原書には「是レ朋友交誼ノ互ニ厚キ規範ト成スニ足ル可シ」に該当する言葉は存在しない。キリスト教宣揚の文脈を消し、その代わりに主題を一元化・明確化しているのである。

一方で、尾形利雄が指摘するように、『泰西勧善訓蒙』には、「被造物たるすべての人間は、平等の存在として尊重せらるべきである、というキリスト教的平等観[19]」などは残されており、『泰西勧善訓蒙』を通読すると「自由・平等の道徳原理を教示した」テクストと見えなくもない。「朋友ノ交」の根拠も、神の被造物たる人間を平等に扱う「隣人愛」から導かれたものだと解釈することもできるだろう。このテクストには、十分なかたちとは言えないかもしれないが、後の自由民権運動に通じる「天賦人権」の思想が織り込まれているのである。

近代西洋の精神

ところで、翻訳者である箕作麟祥はフランスから帰国後、その関心は西洋における、自由・平等の思想にあったようだ。明六社を中心とする当時の知識人同様に、箕作は西洋諸国の強さは技術力や軍事力だけではなく、社会制度やそれを動かす精神にあると見ていた。箕作は『泰西勧善訓蒙』について、西洋の修身学の梗概は示せたものの「其論ノ深奥ニ渉ル者希ナリ」[20]と内容的な物足りなさを憂い、その続編としてウィンスロウの「モラルフィロソフィー」を一八七三(明治六)年、翻訳出版している。その書『泰西勧善訓蒙　後編』の序文で、読者に読み取ってもらいたいメッセージとして西洋の「人民自由ノ権」を挙げている。

要スルニ欧米諸国ノ如キハ其政体ノ如何ヲ問ハス人民自由ノ権ヲ保護セサル者ナキニ因リ其要領ニ至テハ各国互ニ差異アルニ非ス読者宜シク其意ヲ諒スベク(後略)[21]

このように「人民自由の権」が中心的なメッセージになっていることから、個人の内面を問題とする「道徳」よりも、この教科書の扱う道徳の範疇はかなり広いことになる。また、この『後編』はなかなかに刺激的な内容が含まれており、政府が「人民」を「阻撓シ人民ノ自由ト善道ト」を「妨害スルニ至ル」時には「人民啻ニ之ニ抵敵シ其ノ政ヲ変易ス可キノ権アルノミニ非ス必ス之ヲ為ス可キノ義務アリ」とまで書かれている。そのため一八八〇(明治一三)年には文部省の方針に反する「危険思想の教科書」として真っ先に使用禁止となっている。[22]

さらに箕作が『明六雑誌』に発表した「リボルチーノ説」では、国力強盛のために「人民の自由」の必要性を説いているが、その中で、「ディオニュシオス王」を「自由を授与せざる」王として例示している。ディオニュシオス王の政治体制に人民の自由がないことを問題視しているのである。もしかすると、箕作は「メロス伝説」を翻訳する際に、専制政治が友情の力によって自由政治に変化する、という構図を思い描いていたのかもしれない。

もちろん、「メロス伝説」と「自由・平等」を直接結びつけることは性急だろう。しかし、これらのことから言えるのは、箕作の関心は、西洋近代国家の要諦にあり、その一つが道徳で、人民の自由だったことだ。箕作は日本の「慣習」にそぐわない道徳や法を受け入れることに批判的な見解をもってはいたが、西洋の「慣習」に「人民の自由」を見て、その「慣習」を生む社会原理そのものを日本に翻訳＝輸入しようとしていたのである。

『泰西勧善訓蒙』は西洋道徳を知るためのテクストとして編まれたものであり、西洋の精神を日本に敷衍する役割を果たした。実際のところ、キリスト教の教義を削除したもので西洋の精神が正確に伝えられたとは思えない。また、伝統的な儒教道徳の言葉も随所に見られ[23]、その西洋の精神は儒教のフィルターを通したものであったかもしれない。しかし、それでも『泰西勧善訓蒙』には「東洋道徳・西洋技術」といった当時の人々が抱いていた認識を改めさせるだけの力はあったようだ。先に引用した、宇都宮三郎の談話の続きを見てみよう。

それまでは、西洋と云ふ所は、学術技芸は、東洋より開けて居るが、道徳修身などのことは、左まで行はれて居ないかのやうに、誰も思つて居たところが、箕作君の勧善訓蒙が世に出て、始めて、西洋にも、かういふ教へがあつて、しかも、余ほど進歩して居ると云ふことが、世間に分かつた、それに、其の書物が、大層売れたところから、それが、大いに世の中に益を為し、随つて、西洋の学問も、追々、世の中に拡まつて来、大いに益を為すに至つたことである、

また、松崎實も同様の見解を示している。

これが西洋倫理書の始めての紹介で、人倫道徳と云へば孔孟の訓へ以外にはなく西洋はただ不倫無道の野蛮国とばかり考へてゐた明治初年に於て出版されたものだから、少からず世人を驚かせたのである。[24]

だが、『泰西勧善訓蒙』に対する評価は肯定的なものばかりではない。たとえば、江木千之などは、「而してわざわざ泰西勧善訓蒙と頭に泰西の二字が割註がしてある。泰西とさへ書いてあれば、当時世間の気受けが宜しかつたのである」[25]と、「欧米心酔」期の産物として否定的に捉えている。しかし、江木に代表されるような翻訳教科書を否定的に捉える立場の言説からも、当時の人々が「西洋の知」を強く求め、『泰西勧善訓蒙』から西洋の倫理に興味を寄せていたことが察せられる。おそらく、当時

ベストセラーとなった『西国立志編』が、西洋の「自主自立の精神」を伝え、立身出世の個人的欲望を日本に植え付けたものだったとすれば、西洋社会における近代的な倫理のあり方や仕組みを同時代の読者に伝えたのが、『泰西勧善訓蒙』だったのではないだろうか。

要するに、『泰西勧善訓蒙』は、これまでおぼろげな理解でしかなかった西洋道徳やその体系を知るための窓口の一つとなり、その一端に「メロス伝説」があったのである。この伝説は、時代の欲望が「西洋の知」を求める中、献身的・自己犠牲的な親愛と助け合いの規範を示すと同時に、近代西洋社会における対人関係のありようを日本に知らしめる言語文化財として機能したのだと考えられる。

3　ネットワークの萌芽

受け継がれる「朋友ノ交」

教育史研究者である唐澤富太郎の『教科書の歴史』による教科書の時代区分からすると、『泰西勧善訓蒙』等の翻訳修身教科書の時代（外国の翻訳された書物を教科書として用いた時代）は、自由民権運動への抑圧と儒教道徳の巻き返しにより幕を閉じ、一八八〇（明治一三）年からは儒教主義復活の時代（前近代的な儒教道徳を重視した時代）に移り変わる。[26]

だが、儒教主義復活時代にも『泰西勧善訓蒙』に書かれた訓辞や「朋友ノ交」（以下、『泰西勧善訓蒙』の系統の「メロス伝説」を「朋友ノ交」と呼ぶことにする。）は断片的に後続するテクストに掲載され、受け継がれていったのである。具体的な後続テクストを挙げれば、吉田利行編『修身学　小学品行論　上』（古賀男夫、一八八〇年六月）、宮本茂任・福井掬『小学必携　修身読本　巻二』（林斧介、一八八一年六月）、那珂通世《なかみちよ》・秋山四郎編『高等小学修身書』（共益商社書店、一八九二年）等の修身教科書や、中嶋操・伊藤有隣編『小学読本　巻之五』（小林八郎、一八八一年六月）の読書科（国語）の教科書等である。

後続の教科書において「メロス伝説」は、儒教主義の風潮を強く受け、徳目を説明する話として市民道徳の体系からは切り離されて利用されていく。中でも注目すべきは『高等小学修身書』である。一八九〇（明治二三）年に「教育勅語」が発布された後に発行されたこの教科書では、「メロス伝説」は「教育勅語」の徳目の一つである「信」（「朋友相信」）の項目の下に配置されている。この教科書では「教育勅語」を巻頭に掲げ、徳目主義に立脚して編纂が行われているのだが、そこでは「信」を「言に詐りなき意味」としたうえで「朋友の信」を「朋友は互いに信といふことを守り、心に誠ありて、言に詐なきやうに心得よとの聖旨」とし、その例話の一つに「ダモン、ピチアスの信誼」と題して「朋友ノ交」を掲載しているのである。この『高等小学修身書』の説明にもあるように、「信」「信実」「信義」という徳目は、言葉と行動を一致させる嘘偽りのない言行一致の実践を人々に求めるものである。死ぬために戻ってくると言って約束を遂行するダモンと自己を犠牲にしてまでダモンを信じて待つピチアスの行為がこの徳目を強調して体現するものとして利用されたのだろう。

ネットワーク形成という点からすると、確かに「朋友ノ交」系統の伝説は、修身を中心に小学校教育の場に広がりをみせたものの、範囲は限定的で、受容された時代も明治初・中期にとどまっており、国民全体に浸透したわけではない。だが「朋友ノ交」に認められた価値とその広がりからはネットワーク形成の萌芽が認められる。

まず、「メロス伝説」が修身の教材からスタートを切ったということ。このことはネットワークの拡大において、道徳との関係性が重要な要因となることを予感させるものである。そして、先に示したように『高等小学修身書』で「メロス伝説」が「教育勅語」の具体例として利用されていたことは、今後、「メロス伝説」が国体イデオロギーと密接な関わりを取り結ぶ兆しと捉えられる。『高等小学修身書』が発行された一八九二（明治二五）年の時点では「教育勅語」は、それほど学校教育の中で影響力をもっていたわけでもなく、徳目も「皇運扶翼」に収斂されるようには一般的に解釈されてはいなかった。[27] だが今後日本の歴史が、天皇中心の国家づくりを一層推し進めていく方向に歩むことを考慮すると、両者の関係は注視していく必要があるだろう。

また、『泰西勧善訓蒙』の「朋友ノ交」が、後続テクストに継承される際に西洋の道徳体系と切り離されて儒教道徳の中で受容されていったということは、「伝説」は伝播する際に社会的・文化的文脈に応じて価値を変化させながら広がっていくことを示唆している。この後の章では、おおよそ年代の順に「メロス伝説」の伝播と受容の諸相を観察していくが、この伝説が伝播する際の意味や価値の変容の問題についても目配りしていく必要がありそうだ。

西洋から流入した「メロス伝説」は、以後、日本の近代化とともに形成された修身、国語、文学等の教育場や領域に浸透していく。私たちはこの後、その諸相を検討しながらこの伝説が日本でネットワーク化した意味に迫っていくわけだが、それは同時に、近代につくられてきた諸制度やその枠組みを見つめ直すことでもある。そしてこの地道な作業を経ることで太宰の「走れメロス」や教材「走れメロス」に対するこれまでの見方は相対化されていくことになる。

注

（1）杉田英明「〈走れメロス〉の伝承と地中海・中東世界」『比較文学研究』第六九号（引用は、山内祥史編『太宰治『走れメロス』作品論集　近代文学作品論集成⑧』クレス出版、二八八・二八九頁）。

（2）府川源一郎『明治初等国語教科書と子ども読み物に関する研究――リテラシー形成メディアの教育文化史――』ひつじ書房、二〇一四年二月、四三三頁。

（3）小学下等の第八級から第五級において修身口授は週一・二時間設定された。第八級では『民家童蒙解』『童蒙教草』等の教科書を用いて「教師口ツカラ縷々之ヲ説諭ス」ことを、第七級では「前級ノ如シ」に、第六級では『勧善訓蒙』『修身論』等を用い「教師之講述スルコト前級ノ如シ」に、第五級では『性法略』等の「大意ヲ講授ス」ことが、それぞれ示された。

（4）教科書生成の経緯については、先行研究、尾形利雄「箕作麟祥訳述『泰西勧善訓蒙』（明治四年）について」（『比較文化史研究』創刊号、一九九六年六月）三―一四頁を参考にしている。

（5）大槻文彦『箕作麟祥君伝』丸善、一九〇七年一一月、六三・六四頁。

(6) 豊田市郷土資料館編『舎密から化学技術へ――近代技術を拓いた男・宇都宮三郎――』豊田市教育委員会、二〇〇一年一一月。

(7) 道家達將「幕末・明治初期の化学技術者、宇都宮三郎ゆかりの地を訪ねて」『化学と教育』、一九九一年二月、五五頁。

(8) 交詢社編『宇都宮氏経歴談』丸善、一九〇二年二月、五六―六〇頁。

(9) 宇都宮三郎は、開成学校への出仕に関して前掲、交詢社編『宇都宮氏経歴談』、一四三・一四四頁で、「開成所（旧幕府の学校）の教官等何れも開成学校（新政府の学校）へ出仕仰付けられ自分も亦同校の中助教に任ぜられたが其節開成学校頭取秋月侯より口達を以て教官の内大島惣衛門柳川春三箕作貞一郎（後麟祥）及び自分との四人は若し日々出勤迷惑ならば自宅に於て御用取調べ候ても苦しからざる旨達せられ其後再び自宅に於て御用取調の者は日勤のものと区別する為め月給二等を減ずる旨口達があった」と述べている。

(10) 前掲、交詢社編『宇都宮氏経歴談』、一四五頁。

(11) 加藤詔士「名古屋藩洋学校お雇いフランス人教師P・J・ムリエ」加藤詔士・吉川卓治編著『西洋世界と日本の近代化――教育文化交流史研究――』大学教育出版、二〇一〇年五月、四二―六五頁。

(12) 竹内誠・深井雅海・太田尚宏・白根孝胤・藤田英昭『江戸時代の古文書を読む――徳川の明治維新――』東京堂出版、二〇一一年六月、一〇六・一〇七頁。

(13) 本山幸彦『明治国家の教育思想』思文閣出版、一九九八年七月、三二頁。

(14) 愛知県教育委員会編『愛知県教育史　第3巻』愛知県教育委員会、一九七三年七月、三一・三二頁。

(15) 海後宗臣編『日本教科書大系　近代編　第1巻　修身（一）』講談社、一九六一年一一月、五九六頁。

(16) 見田宗介「明治体制の価値体系と信念体系――第Ⅱ期国定教科書の内容分析――」『集団と社会心理』中央公論社、一九七二年一月、一三八頁。

(17) 宮城千鶴子「『泰西勧善訓蒙』に関する一考察――特に原書との比較を中心として――」『日本の教育史学　教育

史学会紀要』第二四集、一九八一年一〇月二六―四四頁。
(18) 前掲、尾形「箕作麟祥訳述『泰西勧善訓蒙』(明治四年)について」による。
(19) 前掲、尾形「箕作麟祥訳述『泰西勧善訓蒙』(明治四年)について」、三―一四頁。
(20) 箕作麟祥訳述『泰西勧善訓蒙　後編　巻1』中外堂蔵版、一八七三年、一頁。
(21) 前掲、箕作『泰西勧善訓蒙　後編　巻1』、二頁。
(22) 中村紀久二『教科書の社会史』岩波書店、一九九二年六月、五三頁。
(23) たとえば、第七章には「己レノ欲セサル所人ニ施スコト勿レ」とある。原書ではこの部分は"Ne fais pas aux autres ce que tu ne voudrais pas qu'on te fît."(自分がされて嫌なことは他の人にもしてはいけない)。
(24) 松崎実「泰西勧善訓蒙解題」『明治文化全集　第15巻』日本評論社、一九二九年六月、一二頁。
(25) 江木千之「教育勅語の煥発　本邦徳育の沿革」国民教育奨励会編『教育五十年史』民友社、一九二二年一〇月、一五二頁。
(26) 唐澤富太郎『教科書の歴史』創文社、一九五六年一月、一〇三―一四五頁。
(27) 籠谷次郎『近代日本における教育と国家の思想』阿吽社、一九九四年七月、一〇二―一四八頁。

第二章　英語教育と文学のはざま

——桜井彦一郎校訂 *Famous Stories* "Damon and Pythias"

（明治三四年）

1　戦前期最大のスプレッダー

前章では日本における「メロス伝説」の出発点である『泰西勧善訓蒙』の「朋友ノ交」を検討した。「朋友ノ交」は小学校の修身教育の場を中心に広がりを見せ、ネットワークの萌芽が認められたことを確認した。本章では、「朋友ノ交」系統の「メロス伝説」が消滅した後に出現したハブテクストを検討する。そのハブテクストとは、「フェイマスストーリーズ」の"Damon and Pythias"（「ダモンとフィシアス」）である。戦前期において、もっとも多くのリンクを獲得したテクストだ。（以下、「フェイマスストーリーズ」の系統の「メロス伝説」を「ダモンとフィシアス」と呼ぶ。なおこの呼称は当時一般的に使われていた呼び方である。）戦後、最大のハブテクストとなったのは太宰治の「走れメロス」であるが、戦前においては、この「フェイマスストーリーズ」の「ダモンとフィシアス」がもっとも伝説のネットワークを拡大させることに貢献した。また「ダモンとフィシアス」は学校内外の教育場に伝説を拡散させており、その伝播の広さから「メロス伝説」のスーパースプレッダーとも呼べるネットワーク形成の要となったテクストである。

では、「フェイマスストーリーズ」とは何か。

「フェイマスストーリーズ」について

「フェイマスストーリーズ」の原書は、ジェームズ・ボールドウィン（James Baldwin）の*Fifty Famous Stories Retold*である。一八九六（明治二九）年にアメリカで出版された、西洋の英雄や著名人にまつわるストーリーを中心にして小学生低学年のために短く易しい文体で書かれた逸話集である。一九〇一（明治三四）年に英語副読本として日本に紹介されて以降、イソップ物語やアラビアンナイトとともに英語教育の場で広く長く受け入れられた。戦前は旧制中学校や高等女学校で普及を見たが、戦後も新制高等学校の副読本として多く用いられ、文学による多読指導が盛んだった一九六〇年代には「万人の読むべき古典の一つである[1]」とまで評価されている。

このようにもとは英語教育の場で使用されたものだが、日本語にも翻訳され、その中の逸話は、家庭教育の場や国語、修身・道徳教育の場へと次々と越境し、後続テクストへと継承されていく。「ダモンとフィシアス」の話も、のちに国定教科書『高等小学読本』の「真の知己」の下敷きとなり、「メロス伝説」を国語教育の場に広げ、膨大なメタテクストを生み出すことにつながっていく。しかし、言語教材として日本の教育界に幅広く定着し、影響を及ぼしたにもかかわらず、このテクストが日本に流入した経緯やその役割についてはベールに包まれている。

本書の目的である、「メロス伝説」の総体を解明するには、ハブテクストの中でも特にスーパースプレッダーとなった「フェイマスストーリーズ」を考察することは必須条件である。本章では、「フェイマスストーリーズ」が日本に導入された経緯に光をあて、なぜこのテクストが日本に流入し、読書材としてどのような価値が認められたのかを明らかにし、このテクストがネットワーク上で強大な力をもった背景と要因に迫りたい。

2　女子英学塾と副読本

文武堂版*Famous Stories*

明治三〇年代には三種類の「フェイマスストーリーズ」が日本で翻刻されたものと考えられる。一九〇一（明治三四）年九月に文武堂から発行された*Famous Stories*と、一九〇二（明治三五）年四月に興文社から発行された*Fifty Famous Stories*と、一九〇五（明治三八）年一一月に鍾美堂から発行された*Favorite Stories for the Young*である。本書では、これら三冊をはじめとする、*Fifty Famous Stories Retold*由来のテクストの総体を指して、「フェイマスストーリーズ」と称する。

本章では、文武堂から発行された*Famous Stories*を考察する。その理由は第一に、文武堂版は、もっとも早くに日本で紹介・翻刻されたものであり、初めて日本に流入したいきさつを知るためには、文武堂版を調査することが不可欠であるからだ。次に、文武堂版の奥付には「女子英学塾蔵版」と記され、「校訂者」も女子英学塾の業務に携わった「桜井彦一郎」の名が記されていることである。女子英学塾は後の津田塾大学であり、津田梅子《つだうめこ》が創立した学校である。当時女子英学塾では、桜井が運営する英学新報社が関わって、英語副読本を次々に発刊していた。津田梅子編集の*English Stories*をはじめとして*Popular Fairy Tales, Old Greek Stories, The Stories of Don Quixote, The Story of Jon of Iceland, Story of Caesar, A Tale of Two Cities*等がこの時期に発行されており、*Famous Stories*もその中の一つだったのである。つまり、文武堂版は、女子英学塾が組織的に関与して作成したテクストであり、女子高等教育の場から発信されていたことになる。文武堂版を考察対象とすれば、津田梅子や女子英学塾の教育活動の検討を通じて、「フェイマスストーリーズ」に託された役割を明確に表出できるという利点がある（以後、桜井校訂の*Famous Stories*は、「文武堂版」と称する）。

「ダモンとフィシアス」の本文

はじめに、"Damon and Pythias"（「ダモンとフィシアス」）の本文の特徴についても簡潔に説明しておこう。次ページに本文を引用しておく（訳は引用者）。

本文は英文であるために単純な比較はできないが、明治前期に普及した『泰西勧善訓蒙』の「朋友ノ交」と比べると、両者、基本的な構造は同じだが、「朋友ノ交」が単純な筋だけの話であったのに対して、「ダモンとフィシアス」は、場面に膨らみがあり、ストーリー性豊かな物語になっているのが分かる。

[和訳] ダモンとフィシアス

フィシアスという名の若者がディオニュシオスが好まないことをした。この罪によって彼は牢屋へ引きずられた。そして、彼が死刑に処せられる日が決められた。彼の家は遙かに遠かったが、死ぬ前に父や母や友人にとても会いたがった。

「ただ、家に帰る許可を与えてください。そして愛する人々にさよならを言わせてください」と彼は言った。「そうしたならば私は戻ってきて命を諦めよう」

その暴君は彼を嘲笑った。「どうやったらお前が約束を守るとわかるのか」彼は言った。「お前は、私をだまし、自分を助けたいだけなのだ。」

その時、ダモンという名の若者が話して言った。「おお、王様！私を友人のフィシアスの代わりに牢屋に入れてください。そして身辺整理と暇乞いのために彼を故郷に行かせてやってください。私は彼が約束通りに戻ってくることを知っています。というのも彼は決して約束を破ったことのない男だからです。しかし、もし彼があなたが決めたその日にここにいなかったならば、その時は私が彼の代わりに死ぬつもりです。」

暴君は誰かがそんな申し出をすることに驚いた。彼は終いにはフィシアスを行かせることに同意し、若者であるダモンを牢屋に閉じ込めるようにと命令を与えた。

時は過ぎた。やがて、フィシアスが死ぬことを決められた日が近づいた。そして彼は戻ってきていなかった。暴君は獄吏にダモンをしっかり監視するように命じた。そして彼を逃がさないようにした。しかし、ダモンは逃げようとはしなかった。彼はなお、友達の信実と名誉を信頼していた。ダモンは言った。「もしフィシアスが時間通りに戻ってこなかったら、それは彼の落ち度ではないのだろう。彼の意志に反して妨げられているからだろう。」

とうとうその日はやってきた。そしてまさにその時間もやってきた。ダモンは死ぬ心づもりをしていた。彼の友人に対する信頼は相変わらず固かった。そうして彼は自分がそれほどまでに愛している人のために苦しまなければならないことを深く悲しんだりはしないと言った。

そして、獄吏が彼を死に導くためにやってきた。しかし、ちょうどそれと同じ瞬間に、フィシアスがドアのところに立っていた。彼は嵐と難破によって遅れてしまったのだ。そして、彼はあまりにも遅くなってしまったことを恐れていた。フィシアスはダモンをあたたかく迎え入れ、そして自分自身を獄吏の手に委ねた。フィシアスは幸せだった。なぜならば彼は、たとえ最後の瞬間であっても時間に間に合ったと思ったからである。

暴君は、他人の美徳を理解できないほど悪い人ではなかった。彼は、ダモンとフィシアスのように、お互いを愛し、信じた人は、不当に苦しむべきではないと感じた。

そこで彼は彼ら二人ともを自由にしてやった。

「私はそんなによい友人をもつためならば、自分の全ての富を捧げるだろう。」と彼は言った。

［原文］Damon and Pythias

A YOUNG man whose name was Pyth'i-as had done something which the tyrant Dionysius did not like. For this offense he was dragged to prison, and a day was set when he should be put to death. His home was far away, and he wanted very much to see his father and mother and friends before he died.

"Only give me leave to go home and say good-by to those whom I love," he said, "and then I will come back and give up my life."

The tyrant laughed at him.

"How can I know that you will keep your promise?" he said. "You only want to cheat me, and save your-self."

Then a young man whose name was Da-mon spoke and said,—

"O king! put me in prison in place of my friend Pyth-i-as, and let him go to his own country to put his affairs in order, and to bid his friends fare-well. I know that he will come back as he promised, for he is a man who has never broken his word. But if he is not here on the day which you have set, then I will die in his stead."

The tyrant was sur-prised that anybody should make such an offer. He at last agreed to let Pythias go, and gave orders that the young man Da-mon should be shut up in prison.

Time passed, and by and by the day drew near which had been set for Pythias to die; and he had not come back. The tyrant ordered the jailer to keep close watch upon Damon, and not let him escape. But Damon did not try to escape. He still had faith in the truth and honor of his friend. He said, "If Pythias does not come back in time, it will not be his fault. It will be because he is hindered against his will."

At last the day came, and then the very hour. Damon was ready to die. His trust in his friend was as firm as ever; and he said that he did not grieve at having to suffer for one whom he loved so much.

Then the jailer came to lead him to his death; but at the same moment Pythias stood in the door. He had been be-layed《ママ》 by storms and ship-wreck, and he had feared that he was too late. He greeted Damon kindly, and then gave himself into the hands of the jailer. He was happy because he thought that he had come in time, even though it was at the last moment.

The tyrant was not so bad but that he could see good in others. He felt that men who loved and trusted each other, as did Damon and Pythias, ought not to suffer un-just-ly. And so he set them both free.

"I would give all my wealth to have one such friend," he said.

場面で言えば、フィシアスとディオニュシオスとの問答やダモンが獄中でフィシアスを待つ場面が加えられ、ダモンが死刑に処せられようとする瞬間にフィシアスが到着しているシーンなどは物語の山場を作っている。

また、ダモン、フィシアス、ディオニュシオスという登場人物がしっかりと確立されている。彼らの言動は直接話法を交えて描かれており、それによってストーリーが展開するため、読者は人物の言動を中心に場面の様子を具体的にイメージして物語の世界に引き込まれるようになっていると言える。

さらにその文体は、現代の視点で見ても、多少見なれない単語はあるが、平易で分かりやすい英文である。つけ加えていうと、これ見よがしな教訓も付けられていないため読後感も清々しい。

「フェイマスストーリーズ」が必要となった背景

「フェイマスストーリーズ」はなぜ日本に取り入れられたのだろうか。

文武堂版の奥付には「女子英学塾蔵版」とあるが、女子英学塾は知られているように津田梅子が一九〇〇（明治三三）年に創立した女子高等教育機関である。専門的知識と豊かな教養を与えることで、女性の自主自立と地位向上を図り、英語教員の養成を目指して設立された学校だ。この、専門的知識と豊かな教養を与えて自立した人間を育てようとする教育理念は、明治初期にアメリカから渡来した宣教師たちによって設けられた、キリスト系私学の流れを汲んでいる。これらの学校はキリスト教主義に立ったアメリカ的な教養主義を標榜し、英語教育を布教の手段として用いていたのである[2]。女子英学塾や一九〇一（明治三四）年に設立された日本女子大学校はキリスト教主義を前面に押し出さなかったが、教養を身につけて人格を形成させようとする思想は教育理念として中心に据えられている。したがって本章のアウトラインとして、「フェイマスストーリーズ」は英語の専門的知識を与え、人格を形成させるために必要とされた、というおおよその目処をつけることは難しいことではないだろう。このことは先行研究からも裏付けられる。

ママトクロヴァ・ニルファルは女子英学塾の教授法を考察し、津田の教育理念の斬新さや教授法の独自性を指摘している[3]。この中で英学塾において「英語・英文学はその専門的な知識を習得させることはもとより、高度な教養や倫理、円満な人格の形成のための手段として使われていた」とする見解を示している。確かに、津田は折に触れて英語学習や文学を「自己の修養[4]」に役立てることを主張しており[5]、この見解は適切であったと言える。

ただし注意を要するのは、津田は『英語教授』の中で"Language is only a means, an instrument, and literature is one of the ends, the greatest one perhaps of all."と述べており[6]、「言語」と「文学」を分けて考えていたことだ。「言語」を手段や道具と見なしていたのに対し、「文学」は目的として重要視していたのである。このことは、「英語」から「文学」へという段階的な教育活動に具体化されており、後で詳しく考察する。

津田が初めて作成した副読本である*English Stories*のPREFACEには、英学塾で副読本が生み出されるに至った経緯が語られている。PREFACEの中で津田は、長年英語教師を経験し、学生がリーダーを学んだ後、文学に至るまでのあいだを補う教材が不足していることを感じていたと言う(7)。そのうえで、会話のための題材を提供してくれる、海外の生活を日常の言語を用いて描いた興味深い教材が必要であったと述べている。

このPREFACEが示唆しているのは、*English Stories*が、女子英学塾の指導方法に則って作成されたテクストであり、ストーリー内容は読むためだけでなく、会話のための題材にもなっていたことである。また重要なのは、津田が「リーダー」と「文学」とのあいだに教材が欠けていたと認識していたことだ。

では、この時期に副読本を編集する行為は英学史の中でどのような意味があったのか。

英語教科書史の区分では、この時期は「翻刻本時代」から「邦刊本時代」への移行期に相当している。英学塾が編んだ副読本も、日本人の必要に応じて日本人が作成した「邦刊本時代」に生まれたテクストの一種であり、この時期、この他にも英語副読本が数多く発行されている。江利川春雄の調査によると、英語副読本の検定教科書は、明治三一年まではほとんど刊行されていなかったが、明治三二年以降増加し、明治三四・三五年にはそれぞれ三三点を数え、その数は英語教科書全体の過半数であったことが示されている(8)。

新たに副読本が必要になった要因として、一八九九(明治三二)年の中学校令改正、実業学校令、高等女学校令の公布によって中等教育機関の生徒数が急増し、英学が大衆化したことで、それに応じたテクストが必要になったことが挙げられる。これまで一部のエリートが身につけた「英学」の枠組みはここにきて崩れ去ろうとしていたのである。この状況を斎藤兆史は「「英語で学ぶ」ことと「英語を学ぶ」ことが渾然一体であった時代から「英語を学ぶ時代」になった」と表現し、日露戦後には、「「英語」は学習・研究の対象として完全に客体化され」、「中等教育レベルでは教科としての英語教育となり、高等教育レベルでは英語・英文学研究へと専門分化した」と述べている。(9)

これらの状況を考えると、津田は、この過渡期に顕在化した問題に直面していたことになる。彼女は高等教育機関で英語・英米文学研究を行うにあたって、「リーダー」と「文学作品」とのあいだ、つまり「英語教育」と「文学研究」とのレベルの差を埋める教材の必要性を感じていたのである。

ちなみに読書の歴史に目を向けると、この時代には活版印刷の普及によって人々の読書生活が変容し、一冊の本を音読・精読する読み方ばかりでなく、複数の本を黙読・多読するスタイルが新たに構築されようとしていた。(10)教科書を聖書のように扱うのではなく、複数のテクスト（副読本）を用いて学習するスタイルも構築されてきていたのである。このような明治三〇年代に起こった多元的な読書習慣の確立もリーダー以外の副読本が求められるようになった一つの側面として指摘できるだろう。

3 「フェイマスストーリーズ」の特徴

Fifty Famous Stories Retold と *Famous Stories* との異同

桜井によって翻刻された文武堂版は、ボールドウィン版（以下 *Fifty Famous Stories Retold* はボールドウィン版と称する）と異同がある。本章では二つのテクストの異同を見ることで「フェイマスストーリーズ」に何が期待されたのかを読み解いてみたい。

文武堂版では物語内容や文体自体を大きく書き改めた痕跡は見られない。しかし、そのまま翻刻したわけではなく、「幾多の訂正」が施されている。以下に重要な異同を三点挙げて検討してみよう。

一つ目は詩歌の削除である。削除されたのは、"The White Ship" "A Story of Robin Hood" "The Bell of Atri" "Horatius at the Bridge" "Casabianca" に挿入されていた詩歌類である。しかし、全ての詩歌が削除されたわけではなく、"The Black Douglas" の

"Hush ye, hush ye, little pet ye,
Hush ye, hush ye, do not fret ye,
The Black Douglas shall not get ye."

はそのまま残されている。この歌は、英国の婦人が子どもを大人しくさせるために歌った歌である。当時、英国人たちはダグラスを恐れており、“Black Douglas”の名前は、言うことを聞かない子供を黙らす効果があることから、婦人たちが子どもを大人しくさせるために歌っていたのである。この“The Black Douglas”の話の見どころは、この歌を婦人が歌った後、当のダグラスが婦人の前に現れ、“Don't be so sure about that!”と言う展開にある。よってこの婦人の歌をカットしてしまえば、山場が崩れてしまうことになる。おそらく編者は、ストーリー展開を崩すような削除は避け、ストーリー性を優先し、理解するのが難しい歌であっても残すことにしたのだろう。

もっとも、詩歌を削除したからと言って編者がその教材価値を軽視していたわけではない。桜井は「英詩評釈」の中で、「英文学は思想界の宝庫である」とし、特に思考力を養ううえでも高めるうえでも英詩の趣味を養うことが大切だと論じているからだ。[11] したがって詩歌をカットしたのは、詩歌という文学ジャンルを教育の場から排除しようとしたのではなく、テクストの役割を明確化させたと捉えるべきだろう。すなわち、英語の初学者でも意味を取りやすくさせ、このテクストの特性である興味深く読み進めることができるストーリー性を際立たせる方向で精製したのである。

二つ目は一見して明らかなようにテクスト名の違いである（*Fifty Famous Stories Retold* と *Famous Stories*）。これはテクストに含まれた話の数の違いである。ボールドウィン版は題名どおり五〇（Fifty）話であるのに対し、文武堂版は四七話となっており、“Three Men of Gotham”“The Endless Tale”“Mignon”の計三話分がカットされている（正確には“Three Men of Gotham”は次の“Other Wise Men of Gotham”と一つにして“Wise Men of Gotham”と題してまとめられている)。“Three Men of Gotham”や“Mignon”は、他の話に比べて、ストーリー性と読みやすさにおいて難点を見出せる。“Three Men of Gotham”であるが、この話は、二人のゴッサム人が橋の上で羊を通すかどうかを、羊がいないところで口論していたところ、第三者が、持っていた袋の中の粉を川に流し、現前に無いものについて喧嘩するのは空袋と同じで知恵がないことだと忠告する、という話である。会話文が中心で、その主な内容は言い争いであり、大した意味をともなっていない。また、場面が固定され、人物の動きが少なく、出来事が展開していかない。要するにこの話は、他の話に比べてストーリー性に乏しく、分かりづらいのだ。ストーリー性の乏しさと意味の取りにくさからカットされてもおかしくない話である。

次に、“Mignon”であるが、この話の原典は、登場人物名や話の内容から、ゲーテの小説『ヴィルヘルム・マイスターの修業時代』であると考えられる。ボールドウィン版では、*Fifty Famous Stories Retold*の中では、ヴィルヘルムとミニヨンとの出会いの場面が採録されている。実際に読んでみるとヴィルヘルムとミニヨンが登場する筋だけをつなげ、ストーリーを単線化し、簡易に書き改められたものとなっている。しかし、ここでも詩歌(「ミニヨンの歌」)があり、なおかつ、結末はミニヨンの素性が隠された状態で終わっている。“Mignon”は一義的な解釈で理解できる物語とは言い難く、カットされたのはその複雑な文学性が敬遠されたと思われる。先に検討したように、英学塾では副教材に「英語教育」と「文学研究」との隔たりを埋める役割を期待していたわけであるから、編者は“Mignon”という文学作品は初学の学生には難しいと判断した可能性がある。

しかし、“The Endless Tale”に関しては、ストーリー性と読みやすさでは説明がつかない。この話は、ある若者が、王の難題（「終わらない話をしろ」）を解決し、王女と結ばれ王位を継承する、という一種の難題聟譚である。ストーリー展開がしっかりしており、イナゴが永遠に穀物を運び続ける「終わらない話」によって王が辟易する様子も面白い。

あえて削除した理由を探すとすれば、天皇制秩序へ配慮した可能性はある。この話は『少年園』にも一八八九（明治二二）年に「尽きぬ物語」として翻訳、紹介された話である。[12]『少年園』では場所の設定が「或国」となっているが、「フェイマスストーリーズ」では“Far East”となっているのである。この話が極東の日本を舞台とした話ということになれば、ここで登場する王は天皇を指してしまうことになる。やり込められ王位を譲る王が天皇ということになれば、天皇家を侮辱し、さらには万世一系に疑義を生じさせてしまいかねない。そのような事態を避けようとしたのではないだろうか。

三つ目の異同は日本人読者を想定して行われた部分的な修正である。たとえば、“this country”は“America”に修正され、ゴールドスミスについて、“He wrote many de-light-ful books, some of which you will read when you are older.”となっているのを、“He wrote many de-light-full《ママ》 books, which you will read some day.”と改めている。前者が子ども読者に対して、年を取ってからゴールドスミスを読むことを予言しているのに対し、後者は年齢が比較的高く、短期間に英語を学習する日本人読者にも受け入れられる表現となっている。

以上の検討結果から少なくとも次のことを指摘できる。つまり、桜井は使用者を日本人の初学者に設定し直し、詩歌を削除することでストーリー性を際立たせたテクストに仕立て上げていたということである。言い換えると、総合的な能力の育成を目的とするリーダーとは異なり、興味関心と読みやすさ・わかりやすさにねらいを絞って校訂していたということだ。

しかし、この指摘の妥当性を高め、テクストの価値をより一層正確に把握するには、単体として考察するだけでなく、他のテクストとの関係や教育活動からその位置を知ることが有効だろう。

4　いかにして「フェイマスストーリーズ」は読まれたか

カリキュラムから

ここでは学校のカリキュラムに表れた使用教科書の配列から、当時「フェイマスストーリーズ」がどのような位置づけを与えられていたのかを確認する。調査したのは、当時の代表的な女子高等教育機関（日本女子大学校、青山女学院、同志社女学校、女子英学塾）の教育課程である。

類似した傾向として、学年が上がるにつれて、リーダーや文法書が減り、文学関連のテクストが増加していくことが挙げられる。特に高学年用のテクストとしては、シェイクスピアとディケンズの作品、*Silas Marner*が複数校で確認できた。この傾向について日本女子大学の学校史では「一年の間は尚、実用英語に重点をおき、二年から少しく文学的趣味を加へ、三年に於て略ゝ文学の大体に通ぜしめるといふ方法をとつた」[13]と説明があることから、「実用英語」から「文学」への移行という段階的な教育課程が意図されていたことが分かる。女子英学塾においてこの傾向は顕著に表れており、それはこの時の「学科課程表」にも明確に示されている。[14]本科生の「必修科目」に限って示すと、一年次で「実用英語」の科目（読方・綴字・作文・会話・文法・訳読）が一〇時間分配置されているのに対し、二年次では七時間に減り、教職に関する科目（心理・教育学・教授法）二時間と英文学（散文）三時間が組み込まれている。最終学年である三年次では「実用英語」の科目は「修辞学・作文・和文英訳」の三時間（和文英訳は二期から）、教職に関する科目が二時間（一期のみ）となり、文学の科目（英文学・英文学史）が八時間に増加しているのである。一週間の総授業時間数が「撰修科目」を含めても一五・一六時間であった中で、三年次で八時間以上の時間、つまり半分以上を文学研究に費やしていたことになる（また、「撰修科目」では英文学（詩）が二・三学年に二時間分用意されている）。

津田は文学を通して西洋の思想を与えようとしていたわけだが、文学研究において用いられたテクストはその目論見通り、道徳的な態度が貫かれている*The Attic Philosopher*をはじめ、教養小説とされる*Silas Marner*や、個人道徳を説いた*Character*等、西洋の倫理道徳に基づいた人格の陶冶をメッセージとする作品で占められているのである。

では、「実用英語」から「文学研究」へという道筋の中で「フェイマスストーリーズ」はどのような位置づけがなされていたのか。女子英学塾の使用教科書を見ると「予備科」に配置されているのが分かる。「予備科」とは「英学の力足らざる者の為に」[15]設けられ、修業年限としては実質二年間を要した。当時、英学塾では、入学試験は課したものの志願者全員の入学を許可しており、入学者の学力差に応じた課程を設けていたのである。[16]よって「予備科」の教育内容は高等女学校や師範学校修了程度を目指していたと考えられ、このテクストは文学研究へと至る前段階で用いられていたことになる。ちなみに、青山女学院高等普通科、同志社女学校普通科では五学年でこのテクストが配置されている(青山女学院高等普通科で使用されているのはその名称から興文社版と思われる)。五学年は高等教育機関へと連絡する学年であることから、女子英学塾と同様にこの二つの学校でも文学研究へと至る前段階で用いられていたことになる。やはりここでも「フェイマスストーリーズ」は英語教育から文学研究をつなぐ中間点で使用されていたのである。

英学塾での受容

さて、それでは「フェイマスストーリーズ」はどのように読まれたのか。英学塾で文武堂版は「予備科」で使用されていることになっているが、「予備科」の教科書は、*English Stories*, *Famous Stories*, *Aesop's Fables*とストーリー性が高く興味を引く言語教材が複数用意されている。標準的英語教科書とされたナショナルリーダーと初学者に向けた英語文法書である齋藤《さいとう》秀三郎《ひでさぶろう》の*English Conversation-Grammar*とで基礎を固めつつ、複数の副読本で英語に慣れ親しむ工夫が凝らされていたと言える。

このような教材の配置は学校の教育方針がよく反映されている。津田は、良質で簡略化された文学作品を多く読ませる必要性を説いていたが、[17]『英語の学び方』の中で、「中学や女学校で、reader の三四冊を生噛りにして、直ちに泰西の文学事物を読み解こうするのは大いなる間違い」と従来の方法を批判したうえで、次のように述べている。

成るべく簡易なものを沢山広く読ましめなければ駄目です。然し簡易なものだとて、同一の本を繰り返せば、直ちに倦怠の念を生じて来ますから、同程度のものを広く、そして趣味のある本を選んで、最多く読む事が大切です。斯様にして其基礎を固め、然る後難かしいものに進ましめたなら、必ず読書力が増進する事と思はれます。[18]

英学塾ではこの趣旨に則り、「生徒に独習時間を与へて、教科書以外の簡易なもので、趣味のある本を選んで自由に読ませて」いたと言う。津田は、興味関心を喚起し、各自の力に見合った読書体験を通して読書の世界を広げようとしていたのである。そのために、教科書や既存の読み物だけでなく、多くの読み物教材を準備する必要があったのだ。

さらに津田は、文学作品の与え方として、教師が話を要約し、背景的知識を語って聞かせたうえで、重要で主要な場面を子どもたちに読ませる方法も提案している。[19] 副読本は読解の教材に限定されず、課外時などでも広く読書指導という観点から個々の目的に合わせた使い方がされていたのである。

実際、「フェイマスストーリーズ」はこの方針に沿って使用されていた。英学塾の卒業生である石川静子が「フェイマスストーリーズ」の恩恵を受けたことを証言しているのである。石川は一九〇一(明治三四)年に設けられた「別科」(高等小学校在学中に通学できる学科)に入り、その時、鈴木歌子から「神田の二リーダー、フェーマスストーリーズ等を習」ったとし、

> 塾で用ゐました書物は皆学校の教科書と比べますと、どちらかと云へば、容易なもの計りでしたが、却つてそれが面白くらく《ママ》に読め、よく活用が(私のもちまへの知恵だけの)出来ました為め、学校の本まで比較的らくに、面白く読む事が出来る様になりました、をかしい様ですがつまり、少し楽な本で、英語に馴らされたとでも申すのでせうか。[20]

と、その教育効果を述懐している。「別科」での話ではあるが、「フェイマスストーリーズ」が英語を習い始めた学生に簡易で面白い読み物教材の一つとして提供されたことが再度確認できる。

5 「フェイマスストーリーズ」の価値

雑誌『英学新報』と『英文新誌』から

女子英学塾が作製した副読本の役割を別の側面から知ることができる資料に『英学新報』(明治三

四年一一月創刊、三五年一一月休刊）と『英文新誌』（明治三六年六月改題発行、四一年三月廃刊）がある。この二つの雑誌は桜井彦一郎が主に編集にあたり、新渡戸稲造《にとべいなぞう》が顧問をつとめ、津田梅子とアリス・ベーコン、アナ・ハーツホンが編集を補助したと言われている。『津田英学塾四十年史』などでは、実質的に女子英学塾の事業として捉えられている。

明治三一年から明治三五年にかけては、『実用英語』『青年』『イーストレーキ英語新誌』等が創刊されており、雑誌出版業においても英語研究が活況を呈した時期である。その中にあって、桜井の雑誌は読者参加型の方向性を強く打ち出していたことを特色とし、読者投稿欄の職名からすると、中学生から英語教員、あるいは一般読者まで、幅広い読者層を全国に形成していたと考えられる。各コーナーでは読者たちとの密接な結びつきを利用しながら本を紹介・宣伝しており、これを読むことで副読本にどのような価値が付与されていたかを知ることができる。

結論を先に言うと、英学塾の副読本の多くは予備知識が習得できることをアピールポイントとしていたのである。

たとえば、「ギリシャ神話を知るには何を読むがBestに候や」という読者の質問に対して、編者はその回答として、「神話研究の手始め」には、「Kingsley's "Greek Heroes"」と「James Baldwin's "Greek Stories"」が、「最も宜敷候」と答えている。(21) *Greek Stories*は津田が校訂したテクストを指しているが、神話研究への導入教材として意味づけされているのである。また「編者の机上」というコーナーには、「"Story of Caesar"版成る。これは四六版百十頁の冊子で、平易に、羅馬国の組織、シーザー大帝の生涯を叙し、且つ侵略地図や、羅馬の風俗を挿入してあるので、この大人物を知ると共に、羅馬史を知り、羅馬を知ることが出来る。[22]」とあり、ここでもテクストを通してローマの文化・歴史の知識を容易に習得できることを触れ込んでいる。これらの言説に見られる、①平易に編集したテクストで、②知識を得て、③文学研究に臨めるようにする、といった定型化された文法は他の副教材の宣伝にも使われている。

このような言説が通用するベースには、訓詁学的に文学作品を読解する勉強法の流行[23]や文学研究を行うためには作品の背後にある思想的文化的背景を知るべきだとする解釈法が説かれていたことがある。たとえば、本田増次郎《ほんだますじろう》は「神話研究」の中で、「Bible」「Mythology」「Arthurian Cycle」（聖書、神話、アーサー王物語）の三つについて、

> 此三者は欧米人に在つては、幼少の時から耳に熟し目に慣れて居る事で、日常の談話想像思考の材料となり、従つて又詩文の材料絵画彫刻の題目となる事が多い。然るに日本人は此辺の素養なくして欧米の国語文学美術に臨むから、恰かも古事記や儒教仏教の思想伝説を知らずして、日本の文物を窺ひ知ろうとすると同様の不都合を感ずるのである。[24]

と述べ「英語英文学を修むるものの必ず研究せねばならぬ三大要素」と位置づけている。別に「昔話の研究法」という記事にも、「聖書、ギリシャ・ローマ神話、御伽噺」の知識は英文学研究上不可欠

だとして、「"Popular Fairy Tales"は主として、英国御伽噺中から、其最も有名なものを撰んで、平易なる文章に書き改めたのである。[25]」と宣伝されている。

以上のような言説が充満する中で、*Greek Stories* は神話研究を、*Story of Caesar* はローマ史を、*Popular Fairy Tales* は御伽噺を読み解くために予め押さえておく予備知識としての価値が付与されていたのである。では、「フェイマスストーリーズ」はどうか。この状況からすれば、相当重宝されたものと思われる。というのも「フェイマスストーリーズ」はその名前どおり、引用率の非常に高い逸話の集合体であるからだ。先ほど検討した英学塾で用いられたテクストに限っても、「フェイマスストーリーズ」内の話と重なり合っているものがある。たとえば、*Lays of Ancient Rome* におけるホラティウスの詩は「フェイマスストーリーズ」に"Horatius at the Bridge"の話として存在し、*Julius Caesar* には"Julius Caesar"の話がある。そして、*Silas Marner* の中には「剣が頭上に吊るされていようとも[26]」という一節があるが、これは「ダモクレスの剣」の話の引用である。この話も「フェイマスストーリーズ」に"The Sword of Damocles"の話として存在しているのである。

そもそも、筆者のボールドウィンはこのような、間テクスト性を十分意識して編集していた。彼はこのテクストの Concerning These Stories（序文）の中で、「私たちの人種の文学と思考の中に組み込まれた多くの由緒ある話があり、それらの知識が教育には不可欠である」という認識のもと、読むことで喜びを与え、広く文学研究の基礎となることを願って本書を作成したと記している。

つまり、「フェイマスストーリーズ」は極めて使用頻度の高い、間テクスト的な知識を供給できる逸話集であり、文学テクストを字義通りに解釈していくために最適な副読本だったのである。

以上のように副読本の多くは基礎知識を供給する役割も担っていたわけだが、しかし注意を要するのは、その知識理解の延長線上には「英語英文学を通じて、アングロサクソン人種の雄大なる精神を我邦に移植せんとする[27]」という「大きな目的」が設置されていたことだ。この『英文新誌』の主張は、大英帝国の繁栄に倣おうとするものであり、極端な場合には「アングロサクソン人種が、何故に世界に膨張し、其国語をして、世界語たらしめるに至つたかの其根本を、其語学により、文学によりて研究するものであらんことを希望するのだ[28]」とまで述べている。日英同盟を締結し、朝鮮半島をめぐってロシアと対立を深めていた時代状況からして、この目的は人種差別や植民地主義を正当化する思考に結びつく危うさも孕んでいたと言える。西洋近代のまなざしを内面化することは、津田が考えていたように封建的な思考から女性を解放し、地位の向上や権利の獲得といった近代的な恩恵を受けることに通じていたが、その一方で津田の意図とは裏腹に、西洋の近代化が世界にもたらした負の側面を同時に背負うことでもあったことは、付記しておきたい。

「フェイマスストーリーズ」の波及力

さて、まとめに入ろう。本章では、「フェイマスストーリーズ」は、「英学」が英語教育と英米文学研究とに分化した時代に輸入されたテクストであり、この両者を結びつける役割を与えられていたことを明らかにした。

桜井がストーリー性を際立たせたように、このテクストは平易なうえにストーリー性に富んでいたため、初学者が興味をもって英語に慣れ親しむことができる読み物教材としての価値が認められたのであった。また同時に、間テクスト的な知識を豊富に内包していたため、文学研究に役立つ予備知識を供給できる補助的言語教材としても重宝されたのである。いわば、リーダビリティーに優れ、読者の可読性を高めることで、英語教育から文学研究への橋渡しを約束してくれる副読本だったのである。

ネットワークグラフが示すように、この後、「フェイマスストーリーズ」の「メロス伝説」は英語教育の場からさまざまな教育場へと越境していく。注目すべきは、明治後期から大正期にかけて日本の子どものために翻訳され「子ども読み物」として流通していったことだ。これらの本の序文を読む限り、テクストに内包するストーリー性と徳性が評価され、楽しみながら教訓を学び品性修養に資することができる点が重宝されたようだ。日本の子ども読み物に変換され、家庭教育の場で展開するにあたって、このテクストの徳性が際立って意識されていったと言っていいだろう。

このように「フェイマスストーリーズ」が契機となり、「メロス伝説」は陸続と後続テクストに継承され、ネットワークを形成していくのだが、第三部では、明治後期から昭和期にかけて「メロス伝説」のネットワークが幅広い読者層へと重層的に広がりを見せる諸相を「真の知己」等のハブテクストを中心に記述していくこととする。日露戦争を経験し、日本人の中に国民意識が形づくられた時期に「メロス伝説」は次なる展開を見せることになるのである。

注

(1) 佐山栄太郎編註『高校英語副読本 1 FIFTY FAMOUS STORIES』研究社出版、一九六二年五月、三頁。
(2) 天野郁夫『大学の誕生(上)』中央公論新社、二〇〇九年五月、二八〇―二九五頁。
(3) ママトクロヴァ・ニルファル「初期の女子英学塾における教授法に関する一考察――津田梅子の目指した高等教育――」『早稲田大学教育学会紀要』第一二号、二〇一一年三月、七九―八六頁。
(4) 当時は精神を錬磨して人格の形成につとめることを「教養」よりも「修養」と一般に表現しているため、以後、当時の表現に即す場合は「修養」という言葉を用いることとする。
(5) 津田梅子「女子と英語」渋谷新平編『英語の学び方』大阪屋号書店、一九一八年二月、三三六―三五二頁。
(6) 津田梅子 "Possibilities of English Literature in Middle Schools"『英語教授』第八巻第五号、一九一五年一〇月、一―六頁。
(7) 津田梅子 *English Stories* 文武堂、一九〇一年三月、PREFACE。
(8) 江利川春雄「データベースによる日本英語教科書史の全体像」小篠敏明・江利川春雄編著『英語教科書の歴史的研究』辞游社、二〇〇四年八月、一―一四頁。
(9) 斎藤兆史『日本人と英語――もうひとつの英語百年史――』研究社、二〇〇七年一〇月、一二・一三頁。
(10) 永嶺重敏『雑誌と読者の近代』日本エディタースクール出版部、一九九七年七月。
(11) 手塚竜磨「桜井鷗村と英学」『英学史研究』第一一号、一九七八年、一一九―一二八頁。
(12) 府川源一郎『明治初等国語教科書と子ども読み物に関する研究――リテラシー形成メディアの教育文化史――』ひつじ書房、二〇一四年二月、七一四―七一七頁。
(13) 中村政雄編『日本女子大学校四十年史』日本女子大学校、一九四二年四月、九八頁。
(14) 津田塾大学創立90周年記念事業出版委員会編『津田塾大学　津田梅子と塾の90年』津田塾大学、一九九〇年一〇月、三〇―三一頁。

(15) 前掲、津田塾大学創立90周年記念事業出版委員会編『津田塾大学　津田梅子と塾の90年』、三〇頁。
(16) 英学塾への入学条件は「満15年以上の女子にして高等女学校又は師範学校を卒業せる者若しくは之れと同等の学力を有する者且つ第四リーダーを習読し之に相当する会話文法等の素養のある者」(前掲、津田塾大学創立90周年記念事業出版委員会編『津田塾大学　津田梅子と塾の90年』、三〇頁。)であったのだが、高等女学校や師範学校では英語は必修ではなかったため、ミッション系の私立で英語を履修してきた者とそうでない者とでは学力差が相当開いていたのである。
(17) 津田梅子 "Possibilities of English Literature in Middle Schools"『英語教授』第八巻第五号、一九一五年一〇月、一—六頁。
(18) 津田梅子「女子と英語」渋谷新平編『英語の学び方』大阪屋号書店、一九一八年二月、三三六—三五二頁。
(19) 津田梅子 "Possibilities of English Literature in Middle Schools"『英語教授』第八巻第五号、一九一五年一〇月、一—六頁。
(20) 石川静子「一番町時代の別科」『会報』記念号、一九一〇年一一月、五—七頁。
(21) "EDITER'S FILE"『英文新誌』第二巻第一六号、一九〇五年二月、二二頁。
(22) 「編者の机上」『英学新報』第二巻第九号、一九〇三年三月、三二頁。
(23) 江利川春雄『日本人は英語をどう学んできたか——英語教育の社会文化史——』研究社、二〇〇八年一一月、七七頁。
(24) 本田増次郎「神話研究」『英学新報』第二巻第七号、一九〇三年二月、五頁。
(25) 「昔話の研究法」『英学新報』第一巻第七号、一九〇二年二月、一八・一九頁。
(26) 引用は、ジョージ・エリオット『サイラス・マーナー』岩波書店、一九八八年八月、五三頁。
(27) 『英文新誌』の中に「英文新誌の主張」として掲げられている編集方針である。
(28) "EDITOR'S DESK"『英文新誌』第一巻第九号、一九〇三年一一月、二八頁。

近代日本における初めての国語教科書

近代教育が始まって、日本で初めて使用された国語の教科書は、どのようなものだったのだろうか。もっとも当時は現在の「国語科」という教科は存在していないため、あくまでそれに相当するものということになるが、文部省『単語篇』(明治五年)、田中義廉編『小学読本』(明治六年)、榊原芳野編『小学読本』(明治七年)等が、明治初期の代表的な国語の教科書と言われている。

この中でも当初、田中義廉編『小学読本』は、人気が高く、各地域でも翻刻・普及した教科書であった。しかし実は、この教科書、ウィルソン・リーダーという、アメリカの英語教科書をもとにつくられており、多くの部分をそのまま翻訳したものだったのだ(特に巻一と巻二)。その文体は、翻訳調の強いものであった。次のような調子である。

此猫を見よ、○寝床の上に、居れり、○これは、よき猫にはあらず、寝床の上に来れり、○汝は、猫を追ひ退くるや、○私の手を載するときは、猫が私を噛むべし、……

このように主語、述語、目的語を明確に示し、一文が短くなっているのである(「○」は、改行や文の区切りを示している)。

また、この教科書の、巻一の第一回の教材は、

凡世界に、住居する人に、五種あり、○亜細亜人種、○欧羅巴人種、○メレイ人種、○亜米利加人種、○阿弗利加人種なり、○日本人は亜細亜人種の中なり

とあり、その下に「五人種」の図が掲げられていた。現在の教科書では考えられないような内容であるが、文明開化の時代にあって、当時の人々はこれを見て、「世界」へと視野を広げ、西洋的なものの見方を身につけたのである。当時は欧米の書物を用いて、文明国である西洋の思想や言語文化を知ること自体に教育的意味があり、『小学読本』は、西洋を志向する日本の教育の在り方を象徴する存在だったのである。

第三部

明治後期・大正期

「メロス伝説」を広げた近代の教育

第一章　約束を実践させる訓話

——坪内雄蔵『中学修身訓』「約束せば必ず遂げよ」（明治三九年）

1　国家の中核への浸潤

第二部において、私たちは明治の初中期に「メロス伝説」が流入し、ネットワークの萌芽が見られたことを確認した。時代が下り、明治後期から大正期になると、「メロス伝説」を伝播させる複数の影響力の強いテクストが登場してくる。その一つが今回検討する『中学修身訓』の「約束せば必ず遂げよ」である。『中学修身訓』は一九〇六（明治三九）年に三省堂書店から発行された中学校修身用の教科書だ。その巻二第八課「約束せば必ず遂げよ」の中に「メロス伝説」が含まれているのである（以下から『中学修身訓』系統の「メロス伝説」を「約束せば必ず遂げよ」と呼ぶが、本章においては教科書の巻二第八課の「約束せば必ず遂げよ」と区別する必要が出てくる。その場合は坪内版「メロス伝説」と呼んでいる）。

第三部では明治後期に発行された、この『中学修身訓』（「約束せば必ず遂げよ」）（第一章）と『高等小学読本』（「真の知己」）（第二章）の二種の教科書と、『赤い鳥』（「デイモンとピシアス」）（第三章）という大正時代の子ども読み物を対象とし、これらのハブテクストの意味を解明し、伝播の諸相を見ていくこととする。

「約束せば必ず遂げよ」とその時代

明治後期の日本は、鉄道網や図書館等のインフラの整備により新聞・雑誌等の活字メディアが中央から地方へと均しく全国的に流通し、国民の読書基盤が整備されると同時に、[1]日清・日露戦争を経験し、日本人の国家への帰属意識が明確になっていく時期である。これらを背景に「メロス伝説」は国家の道徳、すなわち国民道徳の中に有機的に結びつき、そのネットワークは階層や領域を越えて国民全体に張り巡らされていく。その中で大きな役割を果たしたのが、今回検討する「約束せば必ず遂げよ」である。このハブテクストは中学校の修身教育の場で誕生し、明治、大正期の中等教育の国語教科書に採録され、国語教育の場に「メロス伝説」を伝播・流通させた。そのうえ、国家の実力組織である軍隊・警察に関わる教育場にも伝播しており、「約束せば必ず遂げよ」は、国家の中核層へとこの伝説を浸潤させることになったコア・ハブテクストとも呼べる存在である。

『中学修身訓』の著者は、近代日本文学の先駆者であり、また『国語読本』の編者でもある、あの坪内雄蔵（坪内逍遙《しょうよう》）である。坪内に関する先行研究は、文学関係のそれは豊富な蓄積があり、『国語読本』に関する研究も詳細に行われている。しかしながら『中学修身訓』に関しては、当時、その独自性が評価され、さらには旧制中等学校を中心に、後続する教科書教材の供給源となったにもかかわらず、十分な分析や考察がなされているわけではない。つまり、この教科書の意味も「フェイマスストーリーズ」と同様に、十分に明らかになっていないのである。

そのため私たちは、まず『中学修身訓』の内容と教科書史の中の位置を見定め、歴史的意味を解明することから始める必要がある。その次に「約束せば必ず遂げよ」の伝播と受容の様相を見ることにしよう。国家の中核へと「メロス伝説」を浸潤させたテクストはどのようなもので、伝播する要因にはなにがあったのだろうか。

2 「倫理」から「修身」へ

当時の制度

はじめに、当時の修身教科書をめぐる制度的状況を確認する。当時の中学校の道徳教育の場が変容期にあたっていたためである。具体的な出来事としては、一九〇一（明治三四）年の「中学校令施行規則」の制定と一九〇二（明治三五）年の「中学校教授要目」の公布がある。「中学校令試行規則」では、道徳教育の学科名がこれまでの「倫理」から「修身」へと改称され、「中学校教授要目」では、中学校の教育内容が定められ、教科書内容が実質的に規定されたのである。

石川佾男によると、修身科と改称される前の「倫理」の時代の教科書は、「日本人の手による倫理教科書が刊行された[2]」が、その内容は「教育勅語」発布にともなって、「勅語」の主旨に基づいた、儒教を主とした東洋道徳が基調となっていた。また、学校現場では『教育勅語衍義』をはじめとした教育勅語注釈書を倫理教科書と併用していた状態であった。それが修身科の時代になると、「教育勅語」

に基づく思想・情操教育を実施する方針が「施行規則」に示される一方で、倫理教科書に代わる「修身教科書」が次々と出版され、その中には「西洋倫理思想を根幹としながら東洋伝来の倫理思想にも及ぶという、新鮮な内容」の教科書も表れたのである。これから検討する『中学修身訓』もこの時代に生まれた新たな教科書のうちの一つということになる。

「倫理」から「修身」へと学科名が改称された背景には教育界において中学校に対する見方の変化があった。米田俊彦は、改称が「倫理学という学問ではなく修身という道徳教育を施す主旨」であり、「中学校を学問の教授の場から自己完結的な普通教育機関へ転換させるという方針を象徴的に示している。[3]」と言う。米田は「試行規則」には、当時、普通学務局長であり、カリキュラム改革の中心人物だった澤柳政太郎《さわやなぎまさたろう》の意図が反映されているとし、そのうえで、澤柳が、国力の増進を図るために、中学校を、国民の中堅を育成する要として捉え、「細分化された学問的知識ばかりを教授するのでなく、「国民品性」を高めることにつながる「普通教育」を施す方向へ[4]」と改革しようとしていたことを指摘している。

米田の指摘どおりであるならば、学科名の改称は、中学校の道徳教育の場を、学問的知識を教授するアカデミックな場ではなく、国民の人格を陶冶させる実践的な場へと捉え直した結果であったと解釈できる。

実践性の重視は、澤柳の個人的な主張というわけでもなかった。当時の雑誌記事を読むと、中学生が習得した倫理的知識が、日常生活の実践に活かされていないことが大きな問題として取り上げられている。[5] 学問的知識を授けるだけの道徳教育は批判の対象となっており、これまでの知育偏重に対して情育・意育の重要性を訴えるかたちで、学問知と実践知の統合の問題が盛んに語られていたのだ。

前章でも触れたが、中等教育への進学者と中等学校の数が増加したのは、ちょうどこの時期である。少数のエリートが集まる機関であれば、学問知を伝達するだけで十分だったものが、中等教育が大衆化する中で、日常・社会生活で通用する実践知や実用知を身につけさせることが教育に求められるようになるのは必然の流れであっただろう。

澤柳の意向が「試行規則」にどれだけ反映されているのかを判断することは難しいが、少なくとも「倫理」から「修身」への改称とともに、中学校での道徳教育は、実践的な道徳を身につける場である、という認識が教育界に広がっていったのである。

こういった動向の中で坪内雄蔵は、道徳をどう実践させるか、という課題に率先して取り組み、『中学修身訓』を作成したわけだ。

ところで、先述したように当時の中学校の教育内容は一九〇二（明治三五）年に出された「中学校教授要目」によって規定され、実質的に当時の修身教科書の内容は「教授要目」に従って編纂が行われた。これは現代でたとえると、「学習指導要領」に従って教科書を編集するようなものである。当時主流だった修身教科書、たとえば井上哲次郎《いのうえてつじろう》の『再訂　中学修身教科書』や吉田静致《よしだせいち》『中学修身教科書』等を見ると「中学校教授要目」の内容に倣って構成され、内容が決められていることが分かる。

ところが、奇妙なことに、坪内が編集した『中学修身訓』に限っては大胆にも「教授要目」が示した順序には従っていない。この教科書は極めて独創的な編集がなされているのである。一体、坪内はどういうつもりで教科書を編纂したのか。

独自の編纂原理

『中学修身訓』の編纂原理が端的に示されているのは「『中学修身訓』編著の主旨」（以下「編著の主旨」と呼ぶ）である。この「編纂の主旨」は一九〇六（明治三九）年一一月に発行された『中学修身訓参考書』に記されており、『逍遙選集　第6巻』にも採録されている。

「編著の主旨」では、従来の教科書の欠点を挙げながら、『中学修身訓』の編纂原理を説明している。この説明は少し長いが、要は、「少年の発達段階を考慮し、具体的な例話を中心に、格言、比喩を系統立てて構成することで、「論語」や「バイブル」のように感動を誘い、情意を動かすことによって人格の陶冶を実現させようとした。」というようなことが書かれている。「編著の主旨」の最後の段落には、「本書は以上の持説、見解にもとづきて編著せるものなれば、形式に於ては在来の諸著とは甚しき逕庭あり」と記されており、松野憲二が指摘したように、この教科書には坪内雄蔵個人の「かねてからの倫理教育観を教科書に具現化しようとする企図を明確に表明している」[6]と考えられる。

その坪内雄蔵であるが、彼は文学者、劇作家以外にも、教育者と研究者の顔も併せもっていた。一八九六（明治二九）年から早稲田中学校の教頭となり、校長を経て、一九〇三（明治三六）年の退官まで、実際の中学生を相手に道徳教育に携わったのである。中学校の教頭に就任した時に坪内は「修身処世訓を説く」必要に迫られ、「中学教頭としての第一当面の責務は徳育即ち実際的倫理の教訓と誨導とに在らねばならぬ」と決意し、実践倫理の基盤の整理に取り組むことになる。(7) この時の成果として、坪内の著作の中でもっともよく読まれたものの一つである『通俗倫理談』がある。「「通俗」とは「実践」の意であり、実践倫理論が論にとどまらずに実際化される方途を真摯に求め、実践化される倫理とは何かを求める逍遥の姿勢(8)」が表れたとされる著作である。

道徳の実践性が問われた時代にあって、道徳的実践を啓発する立場となった坪内だったが、金子馬治は彼の仕事について「先生は徳目や倫理綱目を極めて細かに（やや煩瑣と見える位にまで）分析され、又徳行の本質を極めて細密に解剖され批判された。(9)」と述べている。坪内は、「余暇の許す限り、倫理書並びに其関係書類」を「貪るやうにして(10)」読み、古今東西の道徳教育を博捜、整理し、本格的な研究活動を行ったのだ。『通俗倫理談』には、道徳概念が分類・整理された図表が所々に見られるが、これなどは、独自の標準と理論を求め、実践的道徳の体系を樹立した証である。

では、坪内は、どのようにして徳育を実現させようとしたのか。彼は、現行の道徳教育のあり様を次のように見る。

小学校に於ける修身科も、中学校に於ける倫理科も、其の第一の目的は品性の陶冶すなはち感化の実効に在ることは今更言ふを俟たぬ所なれど、又所謂徳育は一種の情育たるに外ならねば、少くとも其の端を発く初めに当りては、主として先づ情育的手段を取るべく、彼の知育的手段の如きはむしろ賓位にのみ置かるべきものなること、是れ将た殆ど争議せらるまじき程の道理なれども、なほ方今の小、中学に就きて其の倫理教育の実際を観来れば、事実は全く此の理と相反す。(11)

と、中学校の倫理科が「知識の教授」あるいは「漢文の教授」にとどまっている現場の現状を痛烈に批判し、知育よりも情育を先行させる必要を訴えている。

そして「知識の教授」ではない、情意を動かすための方法として坪内が重要視したのが「例話」である。以下は「編著の主旨」からの引用である。

著者の経験によれば、教師の実践躬行に次ぐ品性陶冶の緊要具は例と例話と比喩と格言となり。就中例話は修身訓の生命なり。然るに適切なる例、例話、比喩、格言ほど求めて得易からざるはなし。求め得たるも之を活用する技倆拙ければ其の効殆ど空し。綴りて文拙く、語りて弁巧みならざれば、好材料も力を失ふ。感興は呼ぶを得たるも、感化力は皆無なることあり。若し夫れ無系統なる例話集、格言集などは存外は効力薄きものなり。正当なる修身書は系統ある教訓を多少具体的に綴りたるものならざるべからず。(12)

そして「修身書は只自ら読みたるばかりにても幾分か感化力あるものたるを要す」として、「論語」と「バイブル」は「只読みても多少の感動を誘ふ力あり」と言う。要するに、坪内は、生徒の情意を動かすために、個々の例話を系統づけることで、感化力のある正典のような教科書をつくろうとしたのである。

ここでもう少し坪内の言う「例話」の効用を理解するために、補助線として、坪内の「文学」と「感化」との関係についての考え方を参考にしておこう。坪内は、「文学芸術の三作用」(13)の中で、文学の作用を「忘我」「遊神」「同化」の三段階で捉える。「忘我」とは、文学に接した『当座暫くは心陶然として酔へるが如き』感覚のことであり、「遊神」とは、長時間にわたり「さながら夢みつゝあるが如く惝々然たる」状態となることをいう。しかし、これらの段階にとどまらず、真の作用は「同化に至りて極まる」と坪内は考える。「遊神」はあくまで「夢裡の心境」であり、「夢の穏かなる間のみ作用するが、「同化」は「現実界」に引き戻されずに、その作用が持続することだと言うのである。

すなわち穢かりし心も自然に美しく、荒々しかりし心も自然に優しく、めいりたりし心も引立ち、快活となり、厳粛ともなる。一言以て評すれば、当の芸術品の内容と自家の心とが相融会して一となるなり。狭隘なる現実界以外に若しくは以上にいつしか一の常住界、安住の別天地の成立てるを意識して何となく心に余裕あるを覚ゆ。所謂心広く体胖かなる心状態是れなり。之を芸術の同化作用と做す。(14)

坪内にとっての「同化」は、文学をくぐり抜けたあとも日常世界を超越したものへと影響力が継続する。現実の認識を変えるにとどまらず、世界観をも改変させる新境地に達する現象と言ってよいかもしれない。
以上の坪内の「文学」と「感化」の考え方を「例話」と「感化」の関係に置き換えてみると、坪内が『中学修身訓』で目指していたのも、一読すれば日常世界を善化させる、すなわち、「同化」作用を発揮する魔術的なテクストであったと考えられる。
誤解のないように付け加えておきたいのは、確かに坪内は文学（例話）の感化力を重要視してはいたが、しかしその力を過信してはいなかったということだ。彼は、道徳的実践で効果的な方法は、文学が最善であるとは考えていなかったのである。あくまで例話による陶冶は「教師の実践躬行に次ぐ」方法であり、もっとも重要なのは教師がモデルを示すことだと考えていた。その理由として、少年期の特性を挙げている。

少年は模倣性に富むものなれば、教へられたることにして行ひ易くば、常に之れを行ひ試みんとする傾きあり。是れすべて教訓は其の年齢、境遇に相応し、十分具体的ならんことを要し、行ひ試みんと欲せば、直ちにも行ひ得らるべきを要する所以なり。(15)

坪内は少年期に見られる発達の特徴を分析し、少年の特徴に模倣性を見て、その能力を活用し、教師の行動に倣わせることで陶冶することが一番であると考えていた。それが適わない代わりに、例話を導入しようとしたのである。「修身訓は教師みづから実践躬行によりて示すほど具体的なるはなく、適切明確なるはなく、模倣し易きはなけれど、之れを今の中学に向かって常に望むを無理なりとすれば、例話、格言、比喩を以て其の足らざるを補うこと最も肝要なり(16)」と考えていたのである。

この坪内の考えは、認知発達論的に見ると、感情的、心情的な側面に偏っているように思える。小学生であればともかくも、中学生にとってこの方法が本当に適切であったのだろうか。もっと理性的な側面にアプローチしてもよいのではないか。このような疑問は生じるものの、系統立てた例話の導入は、実践倫理を希求した坪内が発達段階を考慮したうえで導き出した方法だったのであり、それはきっと、理論の構築に努めただけでなく、普段から中学生と真摯に関わり合うことで得られた観察経験の成果だったに違いない。

教科書の実際

次に実際に教科書がどのように編集されているのかを見てみよう。

「修身訓」は全五巻からなり、これを大きく分けると巻一～巻四が「道徳」、巻五が「倫理学」に関する記述になる（この点は「教授要目」に準拠している）。巻ごとにタイトルのつけ方や内容の傾向が異なっているが、それぞれの課は、ある程度の内容的なまとまりをもって配列されている。

各巻とも共通する筋書きは、まず、前半に、基本的な心構えを説き、中盤で、あるべき実践的な行動が示され、後半に、国家や世界への献身・貢献を訴えていることである。大雑把に言って、この教科書では「独立を成し遂げられる主体性を善き習慣によって確立し、他者と協力して国家、世界に貢献せよ」というメッセージが込められている。

では、このメッセージを実践させる方法として坪内が重要視した「例話」等はどのように取り入れられているのか。巻五に関しては第三課と第十三課以外は「例話」が見られないものの、巻一から巻四にかけては、長短の「例話」を随所に織り交ぜている。「例話」の他にも「例」、「比喩」、「格言」なども含めると（以下これらをまとめて「お話」と呼ぶ）膨大な数の引用がなされている。登場する人物の数から言うと一八〇人以上挙げられているのである。これほどまでの量は同時代の教科書には類を見ない。なお、「例」や「比喩」とは「つまり勇気を見せびらかさぬが真勇の證拠なり。茶坊主に辱められて争はざりし木村重成の優しさ、油つぐ老僧を手捕りにせし平忠盛が思慮沈着など好き例なり。」のようなかたちで、比較的短文でたとえとして示されている文章のことである。

この「お話」は「ある地面持の懺悔話」（巻一第十課）、「剛毅、勇敢の実例としてのコロムブス」（巻一第十六課）、「真男の一例としてのリギングストン」（巻二第十三課）のように、一つの課が「お話」で占められている場合もあれば、森蘭丸の話やある青年の話のように地の文の中に「お話」が埋め込まれている場合もある。また、複数の人物名とその行動を並べ立て、引用を列挙している場合もある。「お話」の地域は、西洋、中国や日本のものが多数を占めているが、「朝鮮」の話（巻三第六課）も含まれている。人物に関しては儒者が多いものの、「基督」、「釈迦」も所々登場する。他にも文学者、哲学者、劇作家、研究者、実業家、為政者等、バラエティーに富んでいる。

このように『中学修身訓』は、古今東西、多領域多分野の著名な人物の言動や格言、長短交えた「お話」を寄せ集めて引用し、坪内の道徳的実践の体系の中に織り込んでいるのである。

該博な坪内ならではの引用範囲といえるが、それらは衒学的というよりは、「ナポレオン」「コロムブス」「リギングストン」「森蘭丸」など、教科書や子ども読み物によって幾度も繰り返し掲載されている有名な「お話」が採用されており、当時の中学生であれば、説明がなくても理解できる内容だったと推察される。先にも述べたが、『中学修身訓』は中学生が、ただ読むだけでも感化される魔術的なテクストを目指していた。坪内は恐らく、読み手の知識量に配慮したうえで、抵抗なく一読して理解できるようにと、卑近な「お話」をあえて選択したと考えられる。

3 「メロス伝説」の役割

「フェイマスストーリーズ」との違い

さて、外堀りを埋めたうえで、以下では、いよいよ「メロス伝説」を検討しよう。

「メロス伝説」は、巻二の第八課「約束せば必ず遂げよ」の中にある。以下は坪内版「メロス伝説」の部分の引用である。

グリースの学者ピシヤス、時の暴君ダイオニシヤスの怒りに触れて、罪なくして死刑の宣告を受けけるが、ピシヤスは一たび故郷に帰り、家族に告別せんことを願ひけり。王冷笑ひて「一たび放たれし者がわざわざ殺されに帰る筈なし。偽りて逃れんとするならん」とて許さざりしを「不安心に思し召すならば、帰るまで身代りに」とて、親友デーモンといふを差出だしければ、日数を限りて帰郷を許されけり。かくて其の日数もきるるばかりになりしが、ピシヤスより何の便りもなし。さてこそ逃げしならんといふ噂高くなりけれど、身代りのデーモンばかりは獄中にありても少しも不安心の気色なく、必ず其の日までには帰り来るべしといひをりけり。いよいよ此日限りといふ日は来りぬ。ピシヤス約束に背きし上は、其の身代りとしてデーモンを死刑に処せざればならずとて、罪なきデーモンは引出だされ、断頭台の下に据ゑられたり。されどもデーモンはわるびれたる様子もなく、おちつきていひけるやう「親友ピシヤスは決して人と約束せしことを破るやうなる男にあらず。帰り来らざるは、何事か思はぬ妨げの生じたるならん。」かくいひつつ徐かに頭をさしのべて刃を受けんとしたりける時、ピシヤスは駆けつけ来り、刑場に走り入りて、途中大風にあひて船の進まざりしために時日後れたりし由を語り、速かに死刑に処せられたしと願出でければ、流石暴君のダイオニシヤスも深く二人が間柄の立派なるに感じ入り、かくてこそ真の友ともいふべけれ、ああ、我もかかる友を得たしと羨み誉め、終に二人ともに赦しけり。

はじめに典拠について確認したい。教科書、指導書ともに典拠名は記されていないが、内容や分量、さらに当時の「メロス伝説」の伝播状況からすると「フェイマスストーリーズ」から採った可能性が高い。『中学修身訓』の参考書である『中学修身訓参考書』にも「フェイマスストーリーズ」の書名が散見されるため、坪内自身も「フェイマスストーリーズ」には目を通していたと考えられる。

しかし、「フェイマスストーリーズ」と一致しない点も気になる。「フェイマスストーリーズ」では、フィシアスが、牢屋に引きずられた理由が、"something which the tyrant Dionysius did not like"となっており、ディオニュシオスが好まない何かをしたこと、つまりフィシアスに「罪があった」ことになっているが、『中学修身訓』では「罪なくして死刑の宣告を受ける」とある。また、ダモン（デーモン）が人質となるきっかけも異なっている。「フェイマスストーリーズ」では、"Then a young man whose name was Da-mon spoke and said."とあり、ダモンが自ら名乗り出たように読めるが、『中学修身訓』ではピシヤスがデーモンを差し出したことになっている。

これらの違いにより、「フェイマスストーリーズ」が典拠であると断定することは避け、「フェイマスストーリーズ」の可能性が高いと言うにとどめておきたい。『中学修身訓』の、第八課で用いられている例話は「メロス伝説」の他にも、「チャールス子ーピエルの話」と「アメリカの女学者の話」があり、これら三つの話の共通点はどれも西洋を舞台とした話であることから、おそらく西洋の読本やその翻訳本などから引用したものと考えられる。

典拠を確定できないため、残念ながら先行テクストとの比較による方法ではテクストの意味を浮き上がらせることはできない。だが、第八課「約束せば必ず遂げよ」の内容や前後の関係を読み解くことで、「メロス伝説」が何を実践させるための教材だったのかは理解することができる。

教材としての役割

この第八課は、その前の第七課と一つのまとまりをなしている。第七課は「約束を破るは一種のいつはり」というタイトルで、冒頭に「約を守るは最も善き習慣の一つなり」とあり、武士道の誡めを例に出し、約束を破ることが自分勝手で他人に迷惑をかけることや、約束する際にはその約束を遂げられるかどうかを考える必要があると説いている。

第八課は、この第七課を受けたかたちとなっており、その主題は、第七課と同様に「約束を守る」習慣を身につけることとなっている。

先述したように、この第八課で用いられている例話は三つある。一つは、友人よりも名も知らぬ少女との先約を優先した「チャールス子ーピエルの話」、二つ目は、講演の約束を果たすために貨物列車にまで乗り込んだ「アメリカの女学者の話」、そして三つ目は「メロス伝説」である。これらの話の前後には、教訓が添えられており、「チャールス子ーピエルの話」では、「先約あらば他の約を結ぶべからず」とあり、「アメリカの女学者の話」では、「約束は出来得る限りの方法を尽して守る」べきとあり、「メロス伝説」では、「破約」が「悪しきこと」だとある。この「破約」がなぜ「悪しきこと」なのかといえば、一つは「他人に迷惑を掛」けるためであり、二つには、「意気地のなき証拠とも」

なるためだとしている。「意気地のなき証拠」とあるのは、巻一の第二課で示された「薄志者の癖」を指していると思われる。巻一の第二課では「薄志者《いくぢなし》は人間の屑なり」と辛辣に意志の弱い人間を批判しているのだが、それは「真の人間」となるには「根気」をつむる癖をつけ「独立」することが必要であるとする考えからきている。道徳を実践するにあたって、「薄志者の癖」は「根気」に対置され「悪しき事の根」としてもっとも忌み嫌われるものとなっているのである。

以上のことから「メロス伝説」は、独立できる人間となるために、「約束を守る」という「善き習慣の一つ」を日々実践し、身につけさせるための例話として用いられたことになる。ちなみにこの「約束を守る」習慣は社会生活の基本として、第七課では次のように説かれている。

学校、社会をはじめ、苟も多数の人々の集りより成れるものは、一へに此の約を守るといふことによりて立行くなり。これを大にしては一国もまた同じ。学校に規則多きは約を守らぬものの多きが為なり。国にいろいろの法律の生ずるも同じ道理ぞ。

このように「約束を守る」習慣は、規則・法律の基礎をなすものであり、社会の秩序を支える重要な習慣の一つとされている。「メロス伝説」も帰するところ、一人の独立した人間として社会の秩序を維持する主体をつくるために用いられた例話だったのである。

4　教科書史の中の『中学修身訓』

中等国語教育で評価される「メロス伝説」

次に、『中学修身訓』（「約束せば必ず遂げよ」）が教科書史の中でどのように評価され、展開していったのか見てみよう。

『中学修身訓』は当時、高く評価された教科書であった。学校サイドからの評価として、師範学校の校長小山忠雄は、修身教科書について「坪内博士の「中学修身訓」を除いては失礼ながら、我々当事者を首肯せしむるに足るもの、一つも見当らず」「同書はあらゆる修身書中に群を抜いて独り其異彩を放てり。其趣向の如何にも斬新奇抜にして、説明の周匝自在なる、且行文の軽快透徹せる[17]」ものであるとしている。また、少し時代は後になるが、『実業国文読本教授参考書』の解説には、「文章の趣致に富むと、組織の斬新なると実例の豊富なるとを以て、此の種教科書中一頭地を抜いた良書と称へられた[18]」とあり、文体、独自の体系、例話の豊富さ等、坪内雄蔵が傾注した部分がそのまま評価されていたことがうかがえる。また、自らも修身教科書を編集した澤柳政太郎は「従来の中学修身教科書は、僅に坪内博士の編集したるものを除いては、他は悉く実践躬行すべき心得、本務等を示すに過ぎないものである」と、従来の画一的な教科書を批判しながらも『中学修身訓』の実践性の高さには一目置いているかのような発言をしている[19]。

以上のように当時、一定の評価を得た『中学修身訓』だったが、この教科書が後代に与えた影響も少なくなかった。知られているように坪内雄蔵の『国語読本』は教材の宝庫となり、後の国定国語教科書や後続するテクストに多大な影響を与えた。橋本暢夫は、坪内の作品の教材化の状況を調査し、

旧制中等国語教材史からみた坪内逍遙は、独自の見識をもつ教育者、啓蒙家としての評論・論説・歌謡等の作者、及び、教科書の編輯者として登場しているといえる。

その後は、「桐一葉」や、「ヴェニスの商人」、「ジュリアス＝シーザー」などによって、新しい時代の扉を拓いた劇作家、翻訳家として取り上げられ、明治期から、昭和戦前期に至る中等国語教材史の上に大きい役割を果してきた。[20]

としているが、『中学修身訓』の教材も、主に、評論・論説として、相当数の後続する教科書に取り入れられたのである。

梅澤宣夫が調査した「明治期以降の国語教科書・国語読本等に採用された逍遙作品」[21]では、『中学修身訓』における訓話の受容状況も確認できる。それによると『中学修身訓』から採用された教材のタイトルとその数（修正・改訂版等に引用されたものを含む）は次ページの表のとおりである（表は梅澤の調査をもとに引用者が作成したものである）。

巻	課	タイトル	被引用数
一	九	正直なれば恐ろしきことなし	1
一	十	ある地面持の懺悔話	17
一	十六	剛毅、勇敢の実例としてのコロンブス	2
一	十八	漏斗となるな、海綿となれ	12
一	二十二	孝行は父母の心を安んずるを第一とす	1
一	二十五	世の中は兼ねあひにて栄ゆ	2
二	四	心の的に勉強の矢を射かけよ	4
二	八	約束せば必ず遂げよ・約束	7
二	十二	勇気なきは男にあらず・真の勇・真勇	18
二	十六	密使となりて危きを冒しし小僮の話	8
二	二十三	人となれ、生まれ甲斐ある人となれ	1
三	二	誠実と克己と忠恕・克己	4
三	六	友愛	3
三	十四	心育と体育	14
三	十九・二十	読書・読書の益・読書の心得・読書の用	68
四	一	一生の危機	2
四	十	自恃	18
四	十一	青年の任務	1
四	十九	ルネッサンスと明治の盛代	2

■『中学修身訓』から明治期以降の国語教科書・国語読本等に採用された話のタイトルと被引用数

この調査では「署名のあるものか、無署名でも明らかに逍遙作品とわかるものだけを採用した。」とあることから、実際に引き継がれた訓話の数はこれよりも多いと考えられる。

もっとも多く採られているのは「読書・読書の益・読書の心得・読書の用」で、六八の教科書で採用されている。「読書」という題材が国語に相応しいと判断されたのだろう。

梅澤の調査では、「約束せば必ず遂げよ」は「約束せば必ず遂げよ・約束」として、七つの教科書に採録されていることになっているが、これに奥村の調査[22]と筆者が発掘したものを加えると、少なくとも以下一〇の後続教科書に坪内版「メロス伝説」は引き継がれたことになる（ ）内の（梅）は梅澤、（奥）は奥村、（筆）は筆者が発掘した資料であることを示している）。

・教育学術研究会編『明治女学読本』同文館、一九〇七（明治四〇）年一〇月。（筆）
・同右、修正再版、一九〇八（明治四一）年一月。（梅）
・藤井利誉『女子　修養読本』宝文館、一九一一（明治四四）年七月。（筆）
・吉田弥平篇『中学国文教科書　巻一』光風館書店、一九一二（大正元）年一二月。[23]（奥）
・落合直文編、荻野由之・森林太郎補『改訂　中等国語読本　改訂版巻一』明治書院、一九一三（大正二）年一〇月。（梅）
・同右、改訂再版、一九一三（大正二）年一二月。（梅）
・関根正直著『女子国文読本　訂正再版巻一』大場久吉・目黒甚七・河出静一郎、一九一四（大正三）年一月。（梅）
・同右、訂正四版、一九一四（大正三）年一一月。（梅）
・藤村作編『女子国語読本　初版巻一』大日本図書、一九一八（大正七）年一二月。（梅）
・同右、再版、一九一九（大正八）年四月。（梅）

「明治・大正・昭和を通じて最も多く採用された」と言われている[24]、吉田弥平の『中学国文教科書』

への掲載も確認されており、安定した教材として受け入れられていたと考えられる。

それではなぜ、国語読本に引き継がれることになったのか。以下では引き継がれるに至った理由を、国語と修身の学科領域という視点から考えてみたい。

大きな状況から見ると、中等学校の国語教育の場が「現代文学進出期[25]」にあたっていたことがある。大正から昭和初期にかけては、片山伸が『文芸教育論』で「文芸の精神による人間の教育」を主張したように文学が重視される時代となった。そのような状況の中で国語の教科書が相次いで刊行され、「現代文に関して、新鮮な教材の発掘を競いあうこと[26]」になり、「現代文学に向かって国語教材が拡張せられ、現代作家の作品が著しい増加を見るに至った[27]」のである。

このような状況下においては、作家の名声が教科書掲載に影響したと思われる。当時の教科書の目次には、「徳冨蘆花《とくとみろか》」「島崎藤村《しまざきとうそん》」「正岡子規《まさおかしき》」「国木田独歩《くにきだどっぽ》」「夏目漱石《なつめそうせき》」「森鷗外《もりおうがい》」等、当時第一線で活躍した著名な作家が名を連ねており、その豪華な顔ぶれに目を奪われるが、同様に「坪内雄蔵」の署名も、教科書に一定の権威を与えたものと考えられる。ちなみに「約束せば必ず遂げよ」が採録された、先に挙げた後続教科書の目次を見ると、その著作者として「坪内雄蔵」の名がしっかりと記されている。これは「約束せば必ず遂げよ」が、主に三つの例話の引用が文章量のほとんどを占めているにもかかわらず、「坪内の作品」として提示されているということを意味している。

現代において高校国語の教科書を採択するときには、作家名が大きな効力を発揮するが、同様に、当時も作家の署名は教科書採択する側にとっても重要な判断材料になったのではないか。「坪内雄蔵（逍遙)」は、文学界および教育界における権威的な存在として一般に認知されており、文学重視の時代の中で、彼の署名の下に置かれた作品群には、その名前だけで教材としての信用が担保されていたと推測できる。「中学校教授要目」に記された「国語講読」には、「名家ノ平易ナル著作又ハ抄本ヲ併用スルモ妨ナシ」と「名家」が教材の条件として挙げられてもいた。

そして、梅澤の調査以外にも奥村や筆者の調査により、坪内版「メロス伝説」は中等学校用だけでなく、少なくとも次の八つの図書にも採録されていることが判明している。(( ) 内の (奥) は奥村、(筆) は筆者が発掘した資料であることを示している。)

・市川源三・大島庄之助『補習 常識読本 上巻』育成会出版部、一九〇八(明治四一)年一一月。(奥)
・野田千太郎『入営準備 壮丁指針』浅見文林堂・浅見文昌堂、一九一三(大正二)年九月。(奥)
・警察研究会編『警察 修養読本』豊文社、一九一七(大正六)年一一月。(筆)
・吉野芳洲編『現代に於ける青年の進路』博愛書院、一九二〇(大正九)年三月。(奥)
・春日靖軒『現代の精神修養』文武書院、一九二三(大正一二)年三月。(奥)
・石角春洋『修養道話 人格と趣味』榎本進一郎、一九二四(大正一三)年二月。(28)(奥)
・江口治編『修養読本』豊文社、一九二四(大正一三)年五月。(筆)
・軍事教育研究会編『国の礎』聚文館、一九三二(昭和七)年一月。(奥)

これらのタイトルから、一般読者や青年を対象として用いられたことが分かるが、それだけでなく、『入営準備　壮丁指針』、『警察　修養読本』、『国の礎』のように警察・軍隊といった実力組織が関与したテクストに採録されている点も見逃せない。

一般読者を対象とした『修養道話　人格と趣味』の序文では「関東大震災」からの「国民の精神の復興」が必要だとしており、青年を対象とした『現代に於ける青年の進路』では、青年を「国家の中堅」として「皇国民たるの精神気魄を失墜せしめない様にするためには」、「修養を積ましむる事が、最も必要」と記されている。「メロス伝説」が国民国家の精神修養の素材として扱われているのである。『国の礎』では、軍人勅諭の徳目（「忠節・礼儀・武勇・信義・質素」）の中の「信義」に「メロス伝説」があてはめられている。軍人勅諭の「信義」では、「己が言を践行」し「己の分を尽」くすことで、隊伍の中で協同一致して働くことが求められる。「メロス伝説」は、軍人勅諭にいう「義は山嶽より重く死は鴻毛より軽し」とする人間を育成することに利用されているのである。

なお、『警察　修養読本』には、「取材は何れも近世及現代の代表的名家の論議文章中より之を蒐録したるもの」とあり、ここでも作家の知名度が、この話の採録につながったことがうかがえる。

マックス・ウェーバーは、国家の定義を「物理的な暴力」にあるとし、「正当な物理的な暴力の行使を独占することを要求し、それに成功している唯一の共同体が国家だと言わざるをえない[29]」としているが、警察・軍隊は国家の根拠とみなされる組織である。「メロス伝説」はその重要な国家組織の精神的理念と関係を切り結んだことになる。

日本の歴史を見ると、一九三一（昭和六）年に満州事変が起こり、その後、一九三七（昭和一二）年には日中戦争が開始する。日本が軍国主義国家となり、泥沼化する戦争への道を突き進むことを考えると、この結びつきは忍び寄る戦争への足音であったようにも思える。

修身の現場での評価

なるほど、確かに坪内版「メロス伝説」は後世のテクストに受け継がれていった。しかし皮肉なことに、それ以降の中学校の修身教科書には受け継がれることがなかったのである。調査した限り、「約束せば必ず遂げよ」を採録した修身教科書は、修正版や坪内雄蔵・森慎一郎『新訂中学修身訓　巻二』（一九一一（明治四四）年一一月、三省堂）を除けば、見つけることができなかったのだ。

受け継がれなかったのには、中学校の修身教科書には「例話」自体が必要とされていなかったことが関係している。当時は「例話」は教科書に載せるのではなく、教師が口頭で話すべきだという考えがあったのである。たとえば、一九一一（明治四四）年の『中等修身書』の「凡例」には、「例話は之を記載するを避けたり、これ之を用ふる教師をして、自在に例話を選択するを得しめんと欲してなり。」とある。

さらに言えば、実は、当時『中学修身訓』は、学校現場の教師たちからもっとも支持された教科書というわけではなかったのである。教科書の採択数を調査した、文部省編纂『中学校　高等女学校現在使用教科図書表』（大日本図書）（明治四〇年調査）と文部省『師範学校　中学校　高等女学校使用教科図書表』（明治四三年度調査）によると、『中学修身訓』は、明治四〇年、一四県二三校、明治四三年度は、一五県一九校での使用が確認されている。これは決して少ない数ではないが、井上哲次郎『訂正　中学修身教科書』が二七県五〇校（明治四〇年）、同『再訂　中学修身教科書』が三〇県六三校（明治四三年度）、吉田静致『中学修身教科書』が二五県三七校（明治四〇年）、同『改訂中学修身教科書』が三〇県五七校（明治四三年度）や澤柳政太郎『中学修身書』の三三県七三校（明治四三年度）に比べると見劣りがする。

採択数が伸び悩んだのには、教師にとっての使い勝手の悪さがあったのではないかと思われる。確かに、読み物としての魅力も備え、その独自性は高く評価されていたが、坪内独自の原理によって編纂された『中学修身訓』は、「中学校教授要目」に正確に対応していないため、国の示す内容や手順の通りに進める場合、どこをどう扱ってよいのか分かりにくい。この点、高い支持を得た井上哲次郎の教科書は、「中学校教授要目」を忠実に具体化して編集されており、教授内容から外れることはなく、教師は安心して使用できたと思われる。

また、教授する余地が少ないことも扱いにくさにつながったと考えられる。『中学修身訓』は系統づけられた「お話」によって、中学生が一読すれば、メッセージを受け取ることができるようにつくられているため、教科書を中心とした授業を行う場合、教師の出番がない。

実は、先ほど引用した師範学校の校長小山忠雄の意見には続きがある。彼は『中学修身訓』を他の教科書に比べて高く評価する一方で、「教科書とするに躊躇せる理由」として、次のように欠点を指摘する。

　其の余りに軽妙に過ぎて、威厳に欠くる所にやあらん。一読無限の感興に打たるるも、粛然襟を正して、傾聴する気が起らぬ。此れ恐らくは、「中学修身訓」の長所にして、同時に、短所ならんか。（中略：引用者）単に面白いと感じた丈けでは、実行の念が、起らぬ、且余りに叙述の巧妙にして周匝、一点の遺漏なきは、其の実、教科書として不適当なるものなり、即ち教師に説明補足の余地を与ふるのは、教科書として、欠くべからざる一要件なり、余りに教師を感服せしめ、教師に何等地歩を与へざるは、宜しからず、是故に、修身教科書は、（一）威厳ありて気品高かるべきこと、（二）叙述簡潔にして、含蓄あるべきこと必要なり。[30]

「メロス伝説」をはじめとした『中学修身訓』におけるお話は、中学生が一読して一義的な意味を読み取り、実践できるようにつくられており、理解しやすく、また解釈の振幅が生じることもない。もし教師たちが、従来通りの「知識の教授」や「漢文の教授」を行い、教科書を解釈して伝達することが自分たちの仕事であると考えていたとすれば、『中学修身訓』のように教師の媒介を必要としなくても済む教科書は威厳のないものとして軽んじられた可能性がある。

　言ってみれば、『中学修身訓』は当時の一般的な教授方法にそぐわない異端の教科書だったのであり、それはまた、この教科書が、当時の教授方法や教育内容を変革するだけの力をもち得なかったということでもある。以後の中学校の修身科という教育場において坪内版「メロス伝説」が適応せず、伝播が限定的となったのも以上の事情も影響していたと考えられる。

コア・ハブテクストとなった「約束せば必ず遂げよ」

そろそろまとめに入ろう。

『中学修身訓』の独自性、すなわち、道徳教育の場で実践性が求められる中、系統立てたお話によって具体性をもたせて道徳的実践を促そうとした点は、教科書史において改めて評価されてよいように思える。

しかし一方でこの教科書は、中学生の主体性の確立を目指してはいるものの、価値自体を自ら考え、判断し、選択できる主体を育てることを想定してつくられてはいない。また、『中学修身訓』が伝えようとするメッセージ（「独立を成し遂げられる主体性を善き習慣によって確立し、他者と協力して国家、世界に貢献せよ」）は、個が全体に奉仕することを善とする国民道徳の思想の範疇にすっぽりと収まっている。「教育勅語」に基づく思想・情操教育の実施を目的とする修身教科書の性格上、それは当然のことではあるが、『中学修身訓』は独自の編纂様式をとっているとは言っても、国民道徳論の価値体系や社会規範を効率よく内面化させようとする伝統主義的なスタンスで作成された閉じた道徳教科書なのである。

その中で「メロス伝説」も約束を守るという社会規範を習慣化し、実践させるための訓話として掲載されていたのであり、「メロス伝説」は規範を感化する材料、いわば規範感化材として国家中心の国民道徳を実践できる国民を育成するための役割を担っていたのだ。

『中学修身訓』自体は、残念ながら正典のような普遍性を獲得できずに、現在では顧みられることがなくなってしまった教科書である。

だがしかし、「メロス伝説」のネットワークという視点からすると、この伝説を広範囲に押し広げた点では後世に大きな影響を残した教科書だと言える。国民の中核を担う中等教育の場で編まれた『中学修身訓』を起点として、「約束せば必ず遂げよ」は、修身の場では限定的な広がりにとどまったが、国語教科書への伝播をはじめとして、青年や一般へと読者層を広げ、彼らの修養を担い、さらには軍人勅諭ともつながりをもち、国家の根拠となる軍隊や警察という実力組織にまで浸潤していったのである。坪内の「約束せば必ず遂げよ」がコア・ハブテクストとなり、「メロス伝説」は、国民道徳という日本の文化的アイデンティティーを国民国家の中核から支える存在となったわけである。

次章では長期に渡って「メロス伝説」を国民に提供し続けた『高等小学読本』「真の知己」を考察していくことにしたい。

注

(1) 永嶺重敏『〈読書国民〉の誕生　明治三〇年代の活字メディアと読書文化』日本エディタースクール出版部、二〇〇四年三月。
(2) 石川佾男「修身」教科書研究センター編『旧制中等学校教科内容の変遷』ぎょうせい、一九八四年三月、二四八—二五六頁。
(3) 米田俊彦『近代日本中学校制度の確立——法制・教育機能・支持基盤の形成——』東京大学出版会、一九九二年一月、九〇頁。
(4) 前掲、米田『近代日本中学校制度の確立——法制・教育機能・支持基盤の形成——』、八九頁。
(5) たとえば、錦織知恂「中等学校の倫理につきて」『教育時論』第六五一号、一九〇三年五月、四—七頁、野田義夫「中学校の訓育に就きて」『丁酉　倫理会　倫理講演集』第三三号、一九〇五年五月、八四—九三頁。
(6) 松野憲二「中学修身訓」逍遥協会編著『坪内逍遙事典』平凡社、一九八六年五月、二三八頁。
(7) 坪内雄蔵『逍遙選集　第6巻』春陽堂、一九二六年八月、一—六頁。
(8) 児玉三夫「通俗倫理談」逍遙協会編『坪内逍遙事典』平凡社、一九八六年五月、二四一—二四二頁。
(9) 金子馬治「倫理教育時代の坪内先生」(引用は、前掲、坪内『逍遙選集　第6巻』、「教育家としての著者」五頁より)。
(10) 前掲、坪内『逍遙選集　巻6巻』、三頁。
(11) 坪内雄蔵「方今の倫理教育を論ず」(引用は、前掲、坪内『逍遙選集　第6巻』、一五頁より)。
(12) 坪内雄蔵校閲・三省堂編集所編『中学修身訓参考書』三省堂、一九〇六年一一月、二頁。
(13) 坪内雄蔵「文学芸術の三作用」(引用は、前掲、坪内『逍遙選集　第6巻』、六四七—六五三頁より)。
(14) 前掲、坪内「文学芸術の三作用」、六五二・六五三頁。
(15) 前掲、坪内『中学修身訓参考書』、三頁。
(16) 前掲、坪内『中学修身訓参考書』、四頁。
(17) 小山忠雄「澤柳氏著中学修身書を読む」『教育学術界』第二一巻第一号、一九一〇年四月、一〇四—一〇九頁。

(18) 高野辰之編『実業国文読本教授参考書　巻2』光風館書店、一九二五年九月、一三一頁。
(19) 澤柳政太郎「徳性の涵養と修身教科書」『教育学術界』第二〇巻第五号、一九一〇年一月、二二一―二三頁。
(20) 橋本暢夫『中等学校国語科教材史研究』渓水社、二〇〇二年七月、七―八頁。
(21) 梅澤宣夫「坪内逍遙と教科書（3）――明治期以降の国語教科書・国語読本に採用された逍遙作品――」逍遙協会編『坪内逍遙　研究資料　第一四集』新樹社、一九九二年四月、一〇四―一四九頁。
(22) 奥村淳「太宰治「走れメロス」について――日本における〈ダモン話〉の軌跡――」『山形大学紀要（人文科学）』第一八巻第四号、二〇一七年二月。
(23) この教科書に関しては、本書においては未見である。
(24) 井上敏夫編『国語教育史資料　第二巻　教科書史』東京法令出版、一九八一年四月、三九〇頁。
(25) 西尾実「国語教材史」『教育学辞典』（引用は、西尾実『西尾実国語教育全集　第二巻』教育出版、一九七四年一二月、二九〇頁）。
(26) 井上敏夫『教科書を中心に見た　国語教育史研究』渓水社、二〇〇九年九月、三五三頁。
(27) 前掲、西尾「国語教材史」（引用は、前掲、西尾『西尾実国語教育全集　第二巻』、二九〇頁）。
(28) この資料の著者名は表紙には「中村兵衛」とあり、奥付には「石角春洋」とある。本書では奥付に記された「石角春洋」を採用した。
(29) マックス・ウェーバー著、中山元訳『職業としての政治／職業としての学問』日経BP、二〇〇九年二月、一〇頁。
(30) 前掲、小山「澤柳氏著中学修身書を読む」、一〇四―一〇九頁。

第二章　教訓と規範と教育勅語

——文部省『高等小学読本』「真の知己」（明治四三年）

1　長寿のハブテクスト

太宰治と「真の知己」

一九二二年の三月、太宰治は金木尋常小学校を首席で卒業した。しかし四月に入学したのは中学校ではなく、高等小学校であった。成績が優秀だったはずの太宰が中学に進学せずに高等小学校に入学したのは、父源右衛門が、中学で落第した二人の兄と同じ轍を踏むことを憂慮したためであった。太宰の成績がよかったのは津島家への配慮だったと考えて、高等小学校で一年間学力を補充させようとしたのだ。高等小学校時代の太宰は腕白で、学校の内外で悪戯をしていたらしく、修身と操行の二科目に「乙」の評定をつけられていた。一方、読書意欲が盛んで雑誌や小説を手当たり次第読みあさっていたとも言われている。[1]

そんな太宰がこの高等小学校時代に読んだとされる「メロス伝説」がある。それが「真の知己」だ。「真の知己」は一九一一（明治四四）年に使用が開始された第二期国定読本『高等小学読本』の第一巻第三課に収められている。小学校の国語の教科書は、明治三六年に国定教科書制度が成立して以降、文部省が著作権を有する国定教科書を使用することが定められていた（戦後の昭和二三年度から教科書検定制度が発足）。そのため、太宰も国定教科書である『高等小学読本』の「真の知己」を読んでいたと考えられるのである。[2]

「真の知己」は第三期の国定読本にも再録され、一九四四（昭和一九）年に『高等科読本』が使用されるまで、明治後期から昭和前期の約三〇年という長きに渡って使用され続けた長寿の教材である。そのうえ国定教科書の教材であったことから、多くの参考書や教師用指導書の中でも取り扱われ、あまたのメタテクストも生み出した。さらには「真の知己」を素材にした児童劇、教材劇も出現し、多層的なメディア展開を繰り広げたのである。

太宰が「真の知己」を読んだことで「「走れメロス」への動機づけがなされた」[3]かもしれないことも考え合わせると、「真の知己」はネットワークの網の目を長期にわたって国民に張り巡らしただけでなく、その拡大の引き金ともなった重要なテクストと言えるだろう。

このように重要なテクストであるにもかかわらず、「真の知己」に関するこれまでの研究は、太宰研究の中で「走れメロス」との関わりで比較検討されることがほとんどで[4]、このテクスト自体の歴史的な意味づけは浅薄なものにとどまっていると言わざるを得ない。本章では、「真の知己」とその典拠との比較や『編纂趣意書』と編集者の言説を吟味することで、「メロス伝説」のネットワークの中での歴史的意味を解明し、「真の知己」というノードが成長を遂げることができた要因を探ってみたい。

2　「真の知己」のなりたち

国定読本について

はじめに第二期の国定読本の概要と特徴を押さえておこう。第二期国定読本が作成されたのは、一九〇七（明治四〇）年に小学校令が改正され、修業年限が変わったことにともなって、教科書の内容も改める必要が生じたためである。尋常小学校の年限はそれまでの四年から六年に、高等小学校は二年（三年の延長も認められた）と定められたのである。編集担当として、芳賀《はが》矢一《やいち》・乙竹《おとたけ》岩造《いわぞう》・三土《みつち》忠造《ちゅうぞう》の三名が起草委員となり、高野《たかの》辰之《たつゆき》が起草委員補助として任命された。『尋常小学読本』は一九〇九（明治四二）年に発行、一九一〇（明治四三）年度から使用開始。続いて『高等小学読本』は一九一〇（明治四三）年に発行、一九一一（明治四四）年度から使用された。

第二期国定読本の大きな特徴の一つに、第一期の読本が語学的形式に偏っていたことを改め、文学教材の量を増やし、文学的な表現方法を積極的に取り入れたことがある。『編纂趣意書』にも「特殊国民的材料ノ加入、文学的趣味ノ添加等ハ編纂者ガ従来ノ読本ノ欠点ヲ補ハント欲シタル努力ヲ示スモノタリ」とあり、「文学的趣味」を重視したことは今回の読本の眼目であった。[5] この流れの中で「真の知己」等の物語教材が取り入れられたのである。

ただし「文学的趣味」の重視は「国家主義思想」のもとでなされたことは注意したい。井上《いのうえ》赳《たけし》はこの読本の性格を次のように指摘している。

芳賀読本を通観して感じられる特色は、単なる文学読本でなくいわば国民文学読本、もっと極言すれば国民思想読本といった趣きがあることであります。一つ一つの素材の選び方なり、表現なりが、国民の思想精神を啓培することをもって目標とされている。[6]

井上の言うとおりであれば、「真の知己」も帰するところ、「国民の思想精神を啓培」する目的で教材化されたことになる。

「真の知己」の典拠

次に「真の知己」の典拠となったテクストを確認しておこう。第二期高等小学読本やその『編纂趣意書』には典拠が記されていない。だが「真の知己」は第三期国定教科書にも再録されていることから、この時の『高等小学読本修正趣意書』には「材料原拠及び参考摘要」があるため、それを見れば典拠を知ることができる。そこには「Fifty famous stories」と明記されている。これは第二部第二章で対象とした「フェイマスストーリーズ」のことである。「真の知己」は公式的には「フェイマスストーリーズ」から引用した話ということになっているである。

しかし実質的には「フェイマスストーリーズ」ではなく、三土忠造が著した『西史美談』(三省堂、一九〇八年七月）を下敷きとしたと考えられる。なぜそう言えるのか。以下、その根拠を説明する。『西史美談』の筆者の三土忠造は一般的には政治家として知られているが、教育にも深い関わりがあった。一八九二（明治二五）年に長尾尋常高等小学校で教職を経験し、その後、高等師範学校に入学。一八九七（明治三〇）年に卒業した後は、高等師範学校助教諭件付属中学校教諭となっている。教科書編集にも携わり、『中等国文典』（明治三一年）をはじめとする文法教科書を著し、そして何より、国定第二期の国語読本の起草委員でもあった人物である。

三土は『西史美談』の「序」において、本書を著した経緯を次のように述べている。

欧米の読本史書文学書を読みて面白く感じたる美談をその折々に印して置いたのを気の向いた時々に補訳したのが積って一小冊子にする程になった。体操遊戯の出来ない雨降りの時間などに小学校教師の談話の種子や少年少女の家庭の読物にでもして貰いたくて板にしたのである。

三土は『西史美談』の典拠を「欧米の読本史書文学書」と述べているが、『西史美談』に掲載された話を調べてみると、その二三話中一〇話が「フェイマスストーリーズ」と重なっているのである。対応している話は次のとおりである（先に示した方が「フェイマスストーリーズ」、後で示した方が『西史美談』）。King John And The Abbotと「第八　三難題」、Bruce and the Spiderと「第廿二　蜘蛛の教訓」、Sir Walter Raleighと「第十八　受爵の外套」、Grace Darlingと「第十九　惻隠の力」、The

Story of Regulusと「第十四　武士の一言」、Cornelia's Jewelsと「第二十　コルネリアの宝石」、Horatius at the Bridgeと「第十三　救國の眼と腕」、Damon and Pythiasと「第十七　真の知己」、Diogenes the Wise Manと「第九　大欲と無欲」、Maximilian and the Goose Boyと「第一　国王と鵞鳥飼」である。

ただし、これらが全て「フェイマスストーリーズ」を典拠としているわけではない。たとえば「第十九　惻隠の力」(Grace Darling)は「フェイマスストーリーズ」と話の筋は同じであるが、内容がかなり異なっており、他のリーダーを典拠としたと考えられる。

「フェイマスストーリーズ」以外では「ニューナショナルリーダー」(「第一五　フランクリンと母の対面」、「第一六　ベートーフェンの月光の曲」、「第廿一　千金の馬鈴薯」)、「ブッハイム読本」(「第三　老廃兵のヴァイオリン」)、「ロングマンスニューリーダー」(「第七　少年鼓手」)等を典拠とたようだ。「フェイマスストーリーズ」をはじめとして、当時の語学学習でよく用いられていたテクストからセレクトしていることになる。また「美談」を集めたと言うだけのことはあり、道徳向きの話が多いが、観念的な話ではなく、ストーリー性豊かで興味深い話が揃っている。

西史美談		国語読本			
No.	タイトル	校種	巻	課	タイトル
第一	国王と鵞鳥飼				
第二	芸術の光				
第三	老廃兵のヴァイオリン	尋常	十二	二十	辻音楽
第四	子供十字軍				
第五	赤誠の得				
第六	郵便切手の発明				
第七	少年鼓手	尋常	十一	十三	少年鼓手
第八	三難題				
第九	大欲と無欲				
第十	最も幸福な人				
第十一	馬鹿の番附				
第十二	コロンブスの卵	高等	三	二十四	西洋雑話
第十三	救国の眼と腕	高等	二	十一	護国の眼と腕
第十四	武士の一言				
第十五	フランクリンと母の対面				
第十六	ベートーフェンの月光の曲	高等	三	十二	月光の曲
第十七	真の知己	高等	一	三	真の知己
第十八	受爵の外套	高等	三	二十四	西洋雑話
第十九	惻隠の力	尋常	十	十九	勇ましき少女
第二十	コルネリアの宝石				
第廿一	千金の馬鈴薯				
第廿二	蜘蛛の教訓				
第廿三	寸鉄集				

■『西史美談』と第二期国定読本で共通する話

そしてこの『西史美談』は第二期国語読本（『尋常小学読本』と『高等小学読本』）に多くの教材を提供したと考えられる。右の表で示したとおり、『西史美談』と第二期国語読本では共通する内容の話が「真の知己」を含めて合計八話ある。この八話は第一期の読本には存在せず、第二期の読本から新しく登場した教材であり、『西史美談』と全体の（部分採用の場合はその部分の）記述内容は概ね同じものである。「真の知己」を例にすると、「題名」がどちらも「真の知己」であり、本文も、冒頭部分に大きな違いが見られるものの、後半部分は、ほぼ同じ内容となっている。特に最後の一文（「王の心の奥の奥から出た嘆声であった」）は『西史美談』で新たに付け加えられたと考えられるものであるが、『高等小学読本』にも同じ一文が見られる。

以上のことから「真の知己」は「フェイマスストーリーズ」を下敷きにして作成されたというよりは、「フェイマスストーリーズ」から『西史美談』を経由して生まれたと言ったほうが正確である。おそらく、「材料出処摘要」に『西史美談』ではなく「Fifty famous stories」と記されているのは、『西史美談』の「真の知己」も「フェイマスストーリーズ」をもとにしていることから、知名度の高い「フェイマスストーリーズ」の方を公式的な典拠としたのだろう。

この引用事情から、比較・分析対象とするテクストは、『高等小学読本』（以下『読本』と呼ぶ）、「フェイマスストーリーズ」（以下「フェイマス」と呼ぶ）、『西史美談』の三点とする。あえて三点としたのは、三つのテクストを比較することで教材化の過程をより詳しく観察することが期待できるためである。

3　訓話となる「メロス伝説」

徳目への指向

本節では三つのテクストを比較しながら「真の知己」の特徴や役割を見出していくことにする。なお、テクストによって王とピンティアスの名が異なるが、比較検討の際には、煩雑さを避けるため、引用部分を除いて「ディオニュシオス」と「ピンティアス」で統一する。

はじめにタイトルの違いに着目し、テクスト間の大まかな違いを捉えたい。「フェイマス」の題名はDamon and Pythiasとなっている。「フェイマスストーリーズ」の話のタイトルは全話に渡って人名を中心にしてつけられている。人物に焦点を当てることで、読み手が人物の言動に沿ってストーリーを楽しめるようにつくられている逸話集だからだ。これに対し『西史美談』では、題名を「真の知己」と変更している。このタイトルの変更から推察できるのは、ストーリー性よりも徳目的なメッセージを読み手に伝えることを一義的な目的としていることだ。『読本』では、この路線を引き継ぎ、「ダモンとフィシアス」ではなく、「真の知己」としており、徳目的なタイトルによって、理想的な朋友関係を象徴させている。

『西史美談』と『読本』における徳目への指向は、物語中にも散見される。「フェイマス」の場合、ピンティアスが猶予を乞う理由は、死ぬ前に「父と母と友人（father and mother and friends）」に会うため、となっているのに対し、『西史美談』と『読本』では、「老父母」に会うため、と変更されているのだ。「友人」をカットし、「老父母」に変えたことで、「忠孝」の「孝」を大義名分にして保釈を求めているかたちになっているのである。[8] また、『西史美談』と『読本』では、ダモンが身代わりになることを「嘆願」するにあたって、王の「御寛恕」「御仁愛」に訴えようとするが、このような儒教的な言葉によって慈悲を乞う場面は「フェイマス」にはない。

そのうえ、徳目的な要素が読み手の内面に働きかけるような仕掛けも加えられている。以下は『読本』における、約束通り戻ってきた時のピンティアスの心情描写である。

若し期日に遅れるやうなことがあつては、一つには無二の親友を殺し、二つには二言を吐いた悪名を後の世に伝へると思へば、立つても居ても居られない気がしたが、如何とも仕方がなかつた。

このように、信義に背くことで悪評が後世まで残ることを恐れるピンティアスの心情が語られているのである。これは読み手(子ども)にも同様の意識(信義に背くと居ても立ってもいられなくなる)を内面につくり出すことをねらった書き換えと考えられる。

なお、『西史美談』よりも『読本』のほうが、一層、物語を教訓化している。『西史美談』と『読本』の冒頭には物語内容に先行して「フェイマス」に存在しない情報やメッセージが書き加えられているが、『西史美談』の場合は以下のような、シチリア島とディオニュシオスの説明がある。

紀元前四百年頃、伊太利のシシリー島は、希臘の植民地で、その首府シラキュスは、地中海の海岸第一の盛大な都府であった。その王ヂォニシュスは、果敢と専横とを以て、一世を威圧した人である。

「真の知己」に限らず、『西史美談』に掲載されている話の多くは、冒頭部分に人物や場所の説明がなされている。『西史美談』では西洋の地理・歴史の知識がない日本の子どものために背景的知識を加えるという教育的な配慮がなされているのである。一方、『読本』の場合は、冒頭に「知己」のあるべき姿として教訓的な説明が書き加えられている。

一時の朋友を得ることは易く、真の知己を得ることは難い。平素歓楽を共にする間は、肩を打ち、手を執つて、互に談笑するが、一旦利害相反すれば、忽ち仇敵となるやうな者は真の知己ではない。真の知己は死生の境に臨んでも、相信じて疑はないものでなければならぬ。

教訓を冒頭に据えることによって、この後の物語の読み方を規制し、道徳的に読むように方向づけているのである。この加筆から『読本』では、物語の背景を理解させることよりも、読み手の情意的側面に働きかけることを重視していたことが分かる。そのメッセージ内容は、「真の知己は死生の境に臨んでも、相信じて疑はないものでなければならぬ」とあり、嘘偽りのない一貫した信実を要求しているが、これは「教育勅語」の徳目である「朋友相信シ」を踏まえて加筆されたことは容易に連想できるだろう。

唐澤富太郎は、第二期国定教科書では当時の社会主義思想への対抗として国家主義や軍国主義が強調されたことを指摘しているが、[9]『読本』では、この国家主義に引き付け、「朋友ノ信」という徳目を強調し、内面化することを意図した書き換えが行われていたのである。

人物造形の違い

もう少し詳しく相違点を確認してみよう。顕著なのは、王、ディオニュシオスの人物造形の違いである。『読本』ではディオニュシオスの存在感が薄くなっているのである。

「フェイマス」においてディオニュシオスは物語上の主要な人物として扱われている。それは、Damon and Pythias の話の前に「ダモクレスの剣」(The Sword of Damocles) の話が配置されていることからも理解できる。「ダモクレスの剣」は、ディオニュシオスがダモクレスに富と権力の裏には危険が潜んでいることを悟らせる話であるが、ディオニュシオスは"he was always in dread lest some one should take his life." とされ、人間不信に陥っていたことが記されている。この話の中では、その恐怖心はダモクレスに伝わることはあっても、解消することはない。しかし、この話の次に Damon and Pythiasが配置されており、ここでディオニュシオスは、二人の友情劇を目のあたりにし、富と権力よりも信頼や愛情が大切であることを再認識することになるのである。

つまり、「フェイマス」のDamon and Pythiasはピンティアスが約束を守ることで信頼と愛情が勝利する物語であると同時に、信頼を喪失していたディオニュシオスが信頼を回復する道筋を見出す物語でもあり、いわば二つの物語が同時に成立する話だったのである。

このディオニュシオスが変容する様子を『西史美談』では際立たせているのだ。先述した通り『西史美談』の冒頭にはディオニュシオスの説明が加えられているため、初めから読み手の注意はディオニュシオスに向けられる。そして前半に、横柄なものの言い方（「王はからからと笑って、／そんな虫の善い事言ったって、誰が真に受けるものか」）や、悪さを強調する形容詞（「流石の暴君」）を使って、ディオニュシオスの負の面を際立たせたうえで、最後に改心する場面（「二人の信義と愛情に感激して、人間本来の善心に立帰ってピチアスの刑を許した」）を対比的に設置しているのである。

しかし『読本』ではディオニュシオスのサブストーリーは消去され、物語は単線化している。そのことはディオニュシオスが「悪」から「善」に変容する構図がはっきりと理解できるかたちになっている。ディオニュシオスの固有名詞がなくなり、「国王」または「王」という呼称に代えられていることに象徴される。「王」は「信義や愛情」に「感激」することはあるものの、発話の数は減り、『西史美談』に見られた内面的な変化（「人間本来の善心に立ち帰って」）を遂げることもない。そのため、最後の一文、「王の心の奥の奥から出た嘆声であつた」からは、友情劇を賛美する意味は読み取れても、王の人間性が回復した喜びを読み取ることは難しくなっている。ディオニュシオスは「変化」する一人の「人物」ではなくなり、単にダモンとピンティアスの行動を価値づけるだけの存在に限定されてしまっているのである。

「王」の役割を後退させた理由として考えられるのは、一つは、物語を単線化し、冒頭の「教訓」を読み手に伝えやすくするためだろう。もう一つは、「王」という記号が「天皇」を想起させてしまう危険を孕んでいたからかもしれない。『読本』では「暴君」という形容も消えており、「王」に「天皇」をイメージしても問題がないように描かれている。いずれにせよ、読み手の解釈を制限させるために書き換えられたと考えられる。

最後に表記や表現方法の違いについても言及しておこう。『読本』では教材化に際し、表記を編纂方針に従って修正している。促音・拗音は「通常ノ音ト同ジ」に書き直し、句読点の数も減らしている。これ以外にも文体を、『西史美談』に見られた英文和訳的なものではなく、滑らかな日本語になるように翻訳し直している。その違いが顕著に表れている文を見てみよう。ダモンを信じるピンティアスのセリフである。

and he said that he did not grieve at having to suffer for one whom he loved so much.(「フェイマス」)

彼は又言った。

私は今ここで殺されるけれども、私の最も信愛する友人のためで、露未塵も恨むことはございません。(『西史美談』)

彼は又言つた。

今ここで殺されるのは最も信愛する友人の為である。少しもうらむことはない。(『読本』)

『読本』では、「私」という主語を取り除き、なおかつ文の構成を一度解体して組み直しているのが分かる。そのため現代の視点で見ても自立した日本語になっている。また『西史美談』では「露未塵も」と表現していたものを『読本』では「少しも」に代えている。

この例文以外でも『読本』では、難しい語句や漢字、もったいぶった言い回しが見受けられるものの、『西史美談』と比べると漢語を和語に置き換えたり、冗長な語句を省略したりして、文章を洗練させている。第二期国定読本では、言文一致の流れに逆行し、歴史的仮名遣いを復活させたにもかかわらず、編纂者は「標準的」な規範となる日本語を作成するための努力を払っていたのである。

この努力は日本語の統一を目的としたものではあるが、教訓的なメッセージ内容を「標準的」な形式で表現したことで、そのメッセージ内容は、より子どもたちに共有されやすくなったはずである。「フエイマスストーリーズ」から書き換えられた、この「メロス伝説」は、一貫した信実を強く求める物語として「教育勅語」の「朋友ノ信」を子どもたちに共有させるための訓話となったのである。

4　西洋由来の「真の知己」

「真の知己」の役割

以上、テクスト間の比較から『読本』の「真の知己」の特徴と役割を見てきた。しかし、それにしてもなぜ「メロス伝説」のような西洋由来の話が教材として選ばれたのだろうか。先行研究が示すように「国家主義」を反映させた教科書ならば、海外の教材は排除されていてもおかしくないだろう。「朋友ノ信」の訓話であれば、わざわざ英語副読本から教材を選ばずとも日本や中国由来の話がいくらでもありそうなものである。にもかかわらず、不思議なことに、第二期国定読本では、「真の知己」をはじめとした西洋に由来する話や西洋に関する話が積極的に取り入れられているのである。

『編纂趣意書』を読み解くとこの疑問が解消される。『編纂趣意書』からすると、どうやら「真の知己」には訓話としての役割以外にも重要な役割が与えられていた節があるのだ。そのように言うと『編纂趣意書』に「真の知己」に関する情報が書かれているように思われるが、残念ながら『編纂趣意書』の中には直接的な言及はない。『編纂趣意書』では教材名を挙げ、その説明もなされているが、それらは一例として挙げられているだけであり、全ての教材の説明が書かれているわけではないのである。だが注意深く読むと「真の知己」が、「世界の事情」に関する知識を獲得させるねらいもあって掲載された可能性が見えてくる。どういうことか。

以下『編纂趣意書』の中の教材に関する記述を読み取り、「真の知己」の位置づけを確認していく。だが『編纂趣意書』はそのまま読んでも理解することが難しい。そこで、教材選択に関して書かれた「第三章　文章」「第五章　材料」の内容を156〜157ページの表に変換して分類・整理した。これを適宜参照しながら説明していくことにする（前述したように教材は教科書教材の全てではなく、あくまで一例として提示されているものである）。

まず、前提として一つの教材に一つの役割だけが与えられていたわけではないことを確認しておきたい。たとえば、『編纂趣意書』には第三巻の「柳生宗矩」についての言及があるが、これなどは④「国民文学」と⑥「国史」とを理解するための教材として二つの役割が与えられているのである。そのため、「真の知己」も訓話以外の役割が与えられていてもおかしな話ではないことになる。

さて、材料選択の方針は「常識アリ、品藻アル国民ヲ養成スルノ質ニ供セシメントス」と記されている。つまり、良質な国民をつくる目的で教材を選択したということである。井上が述べていた「国民の思想精神を啓培」するということだろう。そして、「高等小学校ニ於テハ理科・実業等ニ関スル教科ノ時間一層増加セルヲ以テ、読本トシテハ幾分カ人文的材料ニ重キヲ措ク」として、①『人文的材料」の説明に主に紙幅を割いている。

この①「人文的材料」は全て良質な国民づくりに収斂されることになるのだが、本書にとっての関心は、どのような「人文的材料」、すなわち教材を用いて国民づくりを行うか、ということである。表に整理したように、そのための教材は③「国民教科の材料」、④「国民文学」、⑤「世界の事情」、

⑥「国史」の四つに大別できる。

③「国民教科の材料」は、⑦「法政」・⑧「経済」等に関わる内容である。「尋常小学読本ニ於ケル此ノ種ノ教材ト相待チ、堅実ナル処世ノ要務ヲ知ラシメンコトヲ期ス」と説明があり、社会の仕組みを知り、その中で国民としての役割を理解させるために設けられたことが分かる。

④「国民文学」は「国民文学ノ趣味ヲ養ハンガ為」とあり、⑰「平治物語」、⑱「平家物語」、⑲「謡曲」、⑳「藩翰譜」、㉑「駿台雑話」、㉒「和歌」、㉓「俳句」、㉔「和歌・俳句[10]」、㉕「漢詩」が教材として用いられている。文学の趣味を身につけさせ、鑑賞力を高め、それによって文化的アイデンティティーを共有した国民をつくろうとしていたと考えられる。

⑥「国史」については、「国史ヲ回顧シ、国粋ヲ保存スル道ヲ知ラシムルハ国民教育ノ中枢」であり、「精神界ニ偉大ナル薫化ヲ与フベキモノヲ選ビ、尚世界史上空前ノ盛運ヲ開カセ給ヘル明治維新ノ皇謨ヲ知ラシメンガ為」等と説明がある。天皇中心の歴史を理解し、共通の記憶をつくり出すことで、国民意識と自尊心を植え付けようとしたのだろう。

では⑤「世界の事情」に関する教材は国民づくりになぜ必要なのか。次に説明されている箇所を引用する。

大国民トシテハ自国ノ国体ヲ明カニシ、其ノ国民性ヲ確知スルト同時ニ、自国民ノ短所ヲモ覚リテ、世界民族ト競争スルノ覚悟ヲ抱カシメザルベカラズ。第一巻ノ「スパルタ武士」第二巻ノ

	材料名と巻数	摘要
	「租税」3巻、「関税」4巻、「法律及ビ命令」4巻	
	「資本」1巻、「会社」2巻、「青年会」3巻、「新聞紙」4巻、「保険」3巻、「統計」3巻、「産業組合」4巻	
	「待賢門の戦」2巻	
	「大原御幸」4巻	
	「小袖曾我」3巻、「鉢木」4巻	
	「柳生宗矩」3巻	
	「阿閉掃部」4巻	
	「皇后陛下十二徳の御詠」3巻、「詠史の歌」4巻	
	（十首以上）	
	「四季の月」1巻、「雪」2巻、「鏡」3巻、「ほととぎす」3巻	
	「万里の長城」1巻、「維新の三傑」2巻、「ほととぎす」3巻、「吉田松陰」4巻	国民トシテ伝来的文学ノ一斑ヲ窺ハシメントシタルモノ、強チニ漢詩ヲ奨励スルノ旨意ニアラズ。
	「手紙」4巻	第一巻・第二巻・第三巻ニハ一課若シクハ二課ヲ置キ、第四巻ニハ「手紙」ノ一課ヲ設ケタリ。
	「ペートル大帝」1巻、「ビクトリア女帝」2巻、「ビスマークの幼児」2巻、「ナポレオン」3巻、「釈迦」3巻、「ペスタロッチ」4巻	
	「西比利亜鉄道」1巻、「スエズ運河」2巻、「世界の航路」4巻	
	「埃及の遺蹟」2巻、「羅馬の旧都」4巻	
	「スパルタ武士」1巻、「英国民」2巻	
	「日本の風土」3巻、「興国の民」3巻、「欧米人の日本人観」4巻	
	「朝鮮略史」3巻	
	「支那略史」4巻、「万里の長城」1巻、「揚子江」2巻、「漢土雑話」2巻	
	「博物館」3巻、「神社」3巻、「服装」3巻、「天然記念物」3巻、「古社寺と国宝」4巻	
	「頼山陽」1巻、「新井白石」2巻、「本居宣長」3巻	
	「孝明天皇」2巻、「維新の三傑」2巻、「吉田松陰」4巻、「三条岩倉二公」4巻、「伊藤博文」4巻、「明治の聖世」4巻	
	「太田道灌」1巻、「村上義光」2巻、「柳生宗矩」3巻、「古武士の意気」3巻、「弘法大師」4巻、「阿閉掃部」4巻	精神界ニ偉大ナル薫化ヲ与フベキモノヲ選ビ

<table>
<tr><th colspan="5">材料の種類</th></tr>
<tr><td rowspan="23">①人文的材料</td><td rowspan="23">②大国民としての自覚国民性</td><td rowspan="2">③国民教科の材料</td><td colspan="2">⑦法政</td></tr>
<tr><td colspan="2">⑧経済</td></tr>
<tr><td rowspan="10">④国民文学</td><td rowspan="5"></td><td>⑰平治物語</td></tr>
<tr><td>⑱平家物語</td></tr>
<tr><td>⑲謡曲</td></tr>
<tr><td>⑳藩翰譜</td></tr>
<tr><td>㉑駿台雑話</td></tr>
<tr><td rowspan="4">⑨韻文</td><td>㉒和歌</td></tr>
<tr><td>㉓俳句</td></tr>
<tr><td>㉔和歌・俳句（を挿入）</td></tr>
<tr><td>㉕漢詩（を挿入）</td></tr>
<tr><td colspan="2">⑩書翰文</td></tr>
<tr><td rowspan="7">⑤世界の事情</td><td rowspan="4">⑪世界</td><td>㉖外国の史談・地理談、古今の偉人</td></tr>
<tr><td>㉗世界現代の情勢</td></tr>
<tr><td>㉘古今興亡の跡</td></tr>
<tr><td rowspan="2">㉙民族</td></tr>
<tr><td>⑫日本</td></tr>
<tr><td>⑬朝鮮</td><td>㉚歴史</td></tr>
<tr><td>⑭支那</td><td>㉛変遷推移の跡</td></tr>
<tr><td rowspan="4">⑥国史</td><td colspan="2">⑮文明</td></tr>
<tr><td rowspan="3">⑯伝記</td><td>㉜近世</td></tr>
<tr><td>㉝明治</td></tr>
<tr><td>㉞精神</td></tr>
</table>

■『編纂趣意書』における各教材の収録目的・位置づけ

「英国民」第三巻ノ「日本の風土」「興国の民」第四巻ノ「欧米人の日本人観」等ハ此ノ目的ニ出デタルモノニシテ、毎巻外国ノ史談・地理談ヲ挿入セルモ亦其ノ眼界ヲ闊クシ、広ク世界ノ事情ニ通ジ、偏見固陋ニ陥ラザラシメンガ為ナリ。(11)

国民性を養うには、日本だけでなく世界に関する見識を深める必要があり、そのために他国民の特徴が分かる話や「毎巻外国ノ史談・地理談ヲ挿入」した、と言うのである。たとえば、ここに挙げられている教材の「スパルタ武士」を読むと、ギリシャのスパルタ人の特徴と祖国のために命を捨てることを名誉とした美談が語られている。

おそらく「真の知己」「護国の目と腕」や「月光の曲」等の西洋に由来する話はここに位置づけられていたのではないかと思われる。というのは『尋常小学読本』の編纂趣旨が記されている『尋常小学読本編纂趣意書』にも「九、外国ノ事項ハ〜」として次のように記されているからだ。

九、外国ノ事項ハ第八巻第二十二・三課ニ世界の話ヲ置ケルヲ初トシ、第九巻以上ニ於テ偉人ノ事績、大都・名勝等ノ国民須知ノモノ、又ハ道徳訓話トシテ適当ナルモノヲ挙ゲタリ、第四学年以下ニ於テハ、イソップ寓話ノ外ニハ無シ。但シ西洋読本ノ課トシテ面白キモノハ翻案シテ挙ゲタルモノアリ、第三巻ノ「がくかうへもつていくもの」「ハイ今スグニ」第八巻ノ白雀ノ如キ是ナリ。(12)

「西洋読本ノ課」として挙げられている、「がくかうへもつていくもの」と「ハイ今スグニ」はドイツの読本から採った修身教材である。「白雀」もドイツの読本から採った話であるが、こちらは第一期の『高等小学読本』にも掲載されていたストーリー性のある話である。そして「九巻以上」に「道徳訓話トシテ適当ナルモノヲ挙ゲタリ」とあるが、ここに、『西史美談』から採った「少年鼓手」（十一巻十三課）や「勇ましき少女」（十巻十九課）等の西洋に由来する話が該当すると考えられる。このように『尋常小学読本』において、西洋由来の教訓話は西洋に関する話とともに「外国の事項」に位置づけられているのである。

高等小学読本の編纂趣意書には「材料選択ノ方針ニ関シテハ尋常小学読本編纂趣意書ニ述ベタル所ト大差アルコトナシ」とあることから、この『尋常小学読本』の「外国の事項」は『高等小学読本』の⑤「世界の事情」に連絡していると考えてもあながち間違いではないだろう。そうなると、「真の知己」という西洋由来の教訓話もまた、⑤「世界の事情」を知るための教材としての位置づけを与えられていたと言えるのではないだろうか。

編纂方針から見えること

この説を補強するために教科書編纂において中心的な役割を果たした芳賀矢一の言説を検討してみよう。

『最近思潮教育夏期講習録』という資料がある。[13] この資料は教育雑誌『小学校』の臨時増刊号であるが、この中で芳賀が「国定小学読本に就いて」と題して教師向けに読本の編纂方針の要点を解説しているのである。

芳賀が「国民の教育」（国民化する）を達成するために必要と考えたのは、①文学的趣味の惹起、②進取向上の気風を養い、世界から知識を得る、③過去を理解し、将来の展望を期する、ことであった。

芳賀は「国民教育の目的はいふまでもなく、第二のゼネレーションを造るに在る」として、「この目的に副ふ為」に、読本編纂の方針があると言う。重要視した点としては、「口語の標準を示す外、漢字の使用、文語の構造等、語学方面に注意」を払い、同時に、「国文学としての趣味を惹起す」ることに努力したというのだ。その「国文学の趣味」については、次のように説明している。

国文学の趣味といつても、単に美文学の趣味といふ意味では無い。国民の間に古くから行はれた童話、伝説、童謡、俚諺、落噺の類、これ等は皆国民の心性的産物であつて、和歌、俳句且つ他の韻文、散文とともに、均しく国文学の中に属するものである。言換へれば、此等の総合したものが即ち国文学を成すのである。我等は生まれて母の語を覚え、母の語に語られる各種の伝説を聞き、母の語に述べられてある各種の書物を見て、段々と生長し行く中に、知らず識らず、国文学の教育を受けるのである。(14)

と「国文学」を「母の語」にまで広げてとらえたうえで、「母語の教育を以て読本編纂の大方針としたのであつて、これが所謂国文学の趣味といふものであらうとおもふ」と述べている。この後に芳賀は「一片の俳句、一箇の諺の中にも、自ら日本国民といふもののあらはれて居る」として、「日本国民の特質といふやうな土台の上に、他の知識を置くといふ方針で進むのである。材料の撰び方、排列の仕方、すべてこれから割出して来るのである」と述べている。

つまり、「国民の教育」が教育の最大の目的であり、その達成のために「母語」で表象されてきた言語文化全般としての「国文学」から「国民性」を感受する力、「国文学としての趣味」を養おうとした、というのだ。そしてどうやら、この「国民の教育」のために「世界の事情」を知る必要があるらしいのだ。芳賀は「読本編纂の方針（二）」で、以下のように述べている。

日本の特質を知らしめる為には日本特有の風俗習慣一切の事に注意させる必要がある、又過去伝来の事物を回顧させる必要があるが、その精神とともに勤勉力行、今日の生存競争にも打克つて行き、諸外国と拮抗して益々国勢を発展させる所の気力をも養成させるのが急務である。読本編纂の一方針は亦ここにもある。即ち我が国を能く理解させ、所謂国文教育を施すと同時に、進取向上の気風を養ひ、所謂博く知識を世界に求めて、彼の長を探つて、我が短を養ふの資としなければならぬ。尋常科四年までの材料は純粋に日本的のものに限つて在るが、（賢い子供やイソップ物語の寓話等を除けば）四年の終に、世界の話を加へて、第五学年からは順次に、支那西洋の話などを加へて居る。それが進んで高等科に入れば、益々「世界に於ける日本」といふ態度で、種々の材料を供給してある。それで日本人の長所も挙げれば、又其の短所をも挙げて居る。西洋人の長所も挙げて比較するやうな課もある。よく其の材料の排置に注意せられたいとおもふ。これは目録を一覧せられても分ることであるが、尚よく各課を通読せられればよく了解せられる事とおもふ。すべて教師諸君に希望することは尋常読本の巻一より高等読本の巻四若しくは巻六まで、読本全部を通読（脱字：引用者）よ（脱字：引用者）ずつと通読して見られたいといふことである。さすれば自ら編纂の方針は分る筈である。⑮

世界に関する見識を得ることは、鏡像的に世界に自己を映し出すことであり、そうすることでよりはっきりと自己の全体的なまとまり、つまり「国民の特質」の輪郭を浮かび上がらせる。また、世界を知り、日本を知ることは「優勝劣敗」の帝国主義時代を生き残り、国際競争に打ち勝つための資質や能力を養うことができる。そのように芳賀は考えていたのである。ちなみにこの発言の後、芳賀は「過去を理解して将来の発展を期する」ために、尋常科よりも高等科に、明治時代の発展を題材にした教材を重点的に配置した、と述べてもいる。

もっとも、国定教科書の著者は文部省であり、芳賀一人の個人的な意見が教科書上に全て反映されているとは言いがたい。だが、編纂主意書の記述内容と芳賀の意見に矛盾点は見当たらず、教科書も実際に、世界を題材にした教材は学年が上がるにつれ増加している。高学年では世界を意識させるための比較教材や明治時代を称える話が豊富に出てくる点も芳賀の説明のとおりである。

以上のことから『高等小学読本』では、世界を知らしめることで自国を知り、国民の質を高めようとしていたのであり、その中で「真の知己」をはじめとした西洋に由来する話は、世界の事情（西洋の教訓話、あるいは西洋の文学に描かれた西洋の文化や長所）を知ることで、世界の中における自国の文化を理解する、いわば、自国の文化を照らし出す鏡としての言語文化財の役割が期待されてもいたのである。もっとも「真の知己」として日本の「朋友ノ信」を刷り込む訓話に書き換えられた段階で、正確な西洋の情報を伝えることにはならないのだが。

5　すり込まれる「朋友ノ信」

「真の知己」のそれから

最後に、教科書掲載後の「真の知己」の展開を見ることにしよう。特徴は以下の三点にまとめられる。

①大量のメタテクストを生み出した。

②「朋友ノ信」を教化できる修身的教材として価値づけられた。

③学校劇、教材劇の題材として戯曲化した。

以下、①～③を順に説明する。

まず①大量のメタテクストを生み出したことについてである。

「真の知己」にメタテクストが多く派生した主要因は、国定教科書の教材であったことにある。メタテクストの発行年を見てみると一九一一（明治四四）年～一九一四（大正三）年のあいだに発行されたものと一九二六（大正一五）年発行のものが多く見られる。これは国定教科書の改訂年度に合わせて発行されたためである。「真の知己」のメタテクストは主に教師用指導書や参考書であり、教科書内容が変わったことで教師用指導書や参考書の需要が増したために、多くの図書が出版されたのである。

メタテクストの中には『高等小学読本』専用の「字引」（辞典）もある。現在の目から見ると、『高等小学読本』は子どもにとって理解が難しい語句や漢字が多いように思える。「真の知己」では「知己」「歓楽」「談笑」「仇敵」「無二」「此の時早く彼の時遅く」「手の舞ひ足のふむ所を知らなかつた」「信義」「歎声」等の語句に説明がなされている。大杉謹一・岩村博『高等小学　新読本解説』には「真の知己」について「文章はやさしいが、言葉のつかひ方などに、高尚な語句を沢山使つておく《ママ》から、よく説明してやる必要がある」[16]とある。「真の知己」は、「標準的」な日本語の使用につとめてはいたが、当時の感覚からしても、まだまだ平易であるとは言えず、高尚な文体として受け止められていたのである。

次に、②の「「朋友ノ信」を教化できる修身的教材として価値づけられた」ことについてである。大正期に入ると国語教育の場では、教材論を展開した指導書が豊富に出回ることになるが、「真の知己」においても詳しい教材解釈が行われている。その内容を読んでみると「真の知己」は基本線において友情や信義のあり様を理解させるための修身的教材として扱われてきたと考えられる。以下の丸山林平《まるやまりんぺい》『高一国語教材研究』の「要旨」からは、実際に教室で「朋友ノ信」を刷り込む目的で使用されていたことが推察できる。

> 本文は、ピチアスとダモンとの友情を例に、真の知己に就いて説き、朋友相信ずべきことを示唆した文である。本文によつて、真の知己を得るの道を発見せしめ、その修養に力めさせるのが指導の主眼である。[17]

この「要旨」に従って授業を行えば、絵に描いたような修身の授業が行われたことだろう。もう一つ例を挙げると、河野伊三郎『学習本位　教材観照　高等小学読本指導精案』には「本課学習の要点」として「美談即ち相信じて疑はない友情の程を知るのが本課の要点であらねばならぬ。[18]」と記されている。「真の知己」はこういった「朋友ノ信」を子どもに刷り込める点が評価され、またそのような授業が実際にも行われていたと考えられるのである。

このようにある意味で高く評価された「真の知己」ではあるが、しかし、冒頭部分の評判はあまりよくなかったようだ。たとえば、『高等小学読本第一義疏』では次のようにある。

私は二段以下の為に一段のあることを甚だ惜む。「真の知己は生死の境に臨んでも、相信じて疑はないものでなければならぬ。」此んな道学者沁みた説教はしなくても、此所に登場する二人の人物の行為が明らかに証明している。[19]

冒頭文を批判する者は、「真の知己」を一種の「文学作品」として理解しており、露骨な教訓を押しつけるのではなく、作品を鑑賞することを重視する立場から批判している。しかし、冒頭部分に対する批判はあるが、この話の信義や友情のあり方について疑義を挟むような意見は見当たらない。要するに、これらの批判も、嘘偽りのない一貫した信実を自明のものとして捉えており、それを「真の知己」によって感化させたいとする思いからきている。その方法が、教訓を押しつけるか、作品を鑑賞させることで行うか、という違いに過ぎないのである。

ところで、「真の知己」を文化の鏡としての言語文化財として取り扱った実例はあったのだろうか。実は、西洋由来の話であることを教材価値として捉えている教師用指導書が一冊存在していた。『高等小学読本教授書』には「他民族のこの話を通して我が国民生活を豊富にし向上せしめんとする所にこの教材の精神的生命がある」[20]とあり、世界を知ることで国民の質を高めることをねらった『高等小学読本』の意図を正確に読み取っているのである。

だがこれは例外的であったと言えるだろう。他の指導書には、このような教材価値を認める視点は見られず、もっぱら信義・友情の物語として「朋友ノ信」を刷り込むことが主張されているのである。言語文化財としての価値の側面は教室においては背景に退いてしまっていたと思われる。

このように「真の知己」は、「朋友ノ信」を教化できる修身的教材として価値づけられ、「教育勅語」の文脈で語られることで、ネットワークグラフが示すように修身の場へと越境していくのである。

最後に③教材劇として戯曲化したことについてである。

『教材劇化の実際』(一九二五年)、『大正遊戯曲集』(一九二五年)、『児童劇脚本』(一九二八年)、『高等小学学校劇集成』(一九三五年)では、「真の知己」が、子どもたちが自ら演じるための劇の脚本として脚色されて掲載されている。「真の知己」が戯曲化された背景としては、大正期に児童中心主義思想が流入し、芸術教育運動が高揚したことがある。子どもの興味や活動を重視し、身体的感覚の向上を通して、人間形成が目指されたわけだが、その中で、身近な教科書教材を使用した「教材劇」というジャンルが生まれたのである。

「国王」「ダモン」「ピチアス」という三人の登場人物の性格が明瞭であり、起伏に富む場面(危機から出発し興味を引く序幕の場面、人物たちの熱い対話の場面、刑が執行される寸前にダモンが戻ってくるという山場や大団円を迎える終幕の場面)が設定されていたことが、脚本の要素として魅力的に見えたのだろう。だがそれだけでない。「真の知己」が掲載された図書の序文には、「感嗚と教訓と興味とを与えたい」(『児童劇脚本』)、「ふくよかな具体的体験の中に自ら彼等の感情は浄化され徳性は伸長されると思ふ」（『教材劇化の実際』序）といった情意的側面への期待が綴られている。このような観点から選ばれた「真の知己」もその徳性の高さが評価され、戯曲化されたと考えられるのである。

再び芽を出すまで

そろそろまとめに入ろう。「真の知己」は『西史美談』を経由して「フェイマスストーリーズ」の「ダモンとフィシアス」を下敷きにしてつくられた。「真の知己」は、「教育勅語」の「朋友ノ信」を刷り込むべく書き換えられ訓話化していたのであり、「メロス伝説」は「約束せば必ず遂げよ」のときと同様に規範感化材として扱われたと言っていいだろう。また「真の知己」には西洋の言語文化を理解する話としての位置づけも同時に与えられていた。西洋の文化を鏡とすることで自国の文化を理解し、一層の国民性を養おうとするねらいからである。面白いことに、西洋の言語文化と精神を取り入れつつ、国民づくりを達成しようとした「真の知己」（「メロス伝説」）の存在は、明治国家の近代化の歩みと重なるものである。

その後、テクストに内包されたストーリー性や規範を感化できる徳性の高さが認められ、修身教育の場や演劇の舞台でも使用されるようなった「真の知己」は、多領域での読書活動に加えて子どもたちの身体をも巻き込むかたちで国民道徳を補完する役割を果たしたのである。

さて、「真の知己」は約三〇年の長期に渡って教材であり続け、「メロス伝説」を国民に根付かせたわけだが、太宰治が高等小学校時代に「真の知己」を読み、それが「走れメロス」作成の動機づけになったとすれば、「真の知己」が「メロス伝説」を年月をかけてこの国に根付かせたことで、次の「メロス伝説」を生み出す種となっていたと言えるかもしれない。そして一度まかれた「真の知己」の種は、戦後においても再び芽を出すことになる。戦後、「真の知己」という名の教材は姿を消すが、「フエイマスストーリーズ」や「真の知己」の系統の「メロス伝説」は名前を変えて道徳資料等に掲載されることになるのである。(21) 戦後においても「メロス伝説」は道徳教育の場を根城にして日本人の心性に影響を与え続けていくのである。

注

(1) 主に、相馬正一『評伝太宰治 第一部』(筑摩書房、一九八二年五月)をはじめ、各事典等を参考。

(2) 太宰が、「真の知己」を読んだ可能性を指摘したのは、小野正文「「走れメロス」の素材について」『郷土作家研究』第一〇号、一九七三年一二月である。

(3) 前掲、小野「「走れメロス」の素材について」

(4) ただし、その中でも近藤周吾は「「走れメロス」の〈話型学〉——典拠・教科書・解釈——(前)」(『日本近代文学会北海道支部会報 四』日本近代文学会北海道支部暫定仮事務局、二〇〇一年)一六—三五頁で、「テクスト相互性」という観点から「真の知己」を俎上に載せている。

(5) 文部省編『修正国定教科書編纂趣意書』(引用は、中村紀久二『復刻版国定教科書纂趣意書 第二巻』国書刊行会、二〇〇八年九月、八頁より)。

（6）井上赳『国定教科書編集二十五年』武蔵野書院、一九八四年五月、一三頁。
（7）三土忠造『西史美談』三省堂、一九〇八年七月、序。
（8）「老父母」や後述する「王」については前掲、近藤が「「走れメロス」の〈話型学〉——典拠・教科書・解釈——（前）」で、「走れメロス」と比較した際にも言及している。
（9）唐澤富太郎『教科書の歴史』創文社、一九五六年一月、二七〇—三二九頁。
（10）㉔の「和歌・俳句（を挿入）」の「挿入」とは文章中に和歌や俳句を入れたものという意味である。㉕も同様。
（11）前掲、文部省『修正国定教科書編纂趣意書』（引用は、前掲、中村『復刻版国定教科書編纂趣意書　第二巻』、二七四頁より）。
（12）前掲、文部省『修正国定教科書編纂趣意書』（引用は、前掲、中村『復刻版国定教科書編纂趣意書　第一巻』、二九頁より）。
（13）芳賀矢一「国定小学読本に就いて」『最近思潮教育夏期講習録』第一五巻第九号、同文館、一九一三年七月。
（14）前掲、芳賀「国定小学読本に就いて」、一六〇頁。
（15）前掲、芳賀「国定小学読本に就いて」、一六三・一六四頁。
（16）大杉謹一・岩村博『高等小学　新読本解説』明治図書、一九二六年一〇月、一九二頁。
（17）丸山林平『高一国語教材研究』成美堂、一九三八年四月、一一四頁。
（18）河野伊三郎『学習本位　教材観照　高等小学読本指導精案』東洋図書、一九三一年三月、一四一・一四二頁
（19）岩瀬法雲『高等小学読本第一義疏　巻一』同志同行社、一九三五年六月、一七〇・一七一頁。
（20）三浦喜雄・兒玉安積『教材精説実際教法　高等小学読本教授書』東京宝文館、一九二一年六月、二三頁。
（21）たとえば、文部省編『小学校　道徳の指導資料　第一集（第五学年）』（一九六四年）一〇八—一一三頁の「友のいのち」。

第三章　童話と自己犠牲

——鈴木三重吉『赤い鳥』「デイモンとピシアス」（大正九年）

1　多様化する大正期の「メロス伝説」

「メロス伝説」と大正期

私たちは第三部第一章では修身教科書である『中学修身訓』「約束せば必ず遂げよ」を、第二章では国語教科書である『高等小学読本』の「真の知己」を考察してきた。これら二つのハブテクストは明治後期に学校教育内の教科の枠組みから生まれたテクストである。だが、大正期になると、学校教育の外の教育実践においても「メロス伝説」が活発に利用されるようになってくる。大正デモクラシーの潮流のもと、大正自由教育、芸術教育運動と絡み合いながら特異な伝播と受容を展開していくのである。

では、具体的にはどのような展開を見せたのか。第一に挙げるべき特色は、伝説の多様化だろう。多様な図書・雑誌に掲載されたことで読者層が広範に渡り、また同時に、さまざまに変奏される中で多彩な形態で表現されるようになったのだ。

国語読本や修身教科書の教材として使われているのは、明治期と変わりないが、副読本、課題読本だけでなく童話雑誌にも掲載され、教科・学校外の場に浸透し、さらには第三部第一章で指摘したように、軍隊や警察といった学校以外の機関が関与する教育書にも掲載され、広範な読者を獲得するに至っている。

形態の変化については、一つは、文体が挙げられる。子どもを対象としたテクストでは、平易で読みやすい語り口や、現代口語による会話文が採用され、子ども読者の存在を意識した新たな文体が登場している。馬淵冷佑の「親友」（『内外教訓物語　人の巻』東京宝文館、一九一五年）、鈴木三重吉の「デイモンとピシアス」（『赤い鳥』赤い鳥社、一九二〇年）、小山内薫《おさないかおる》の「正直もの」（『石の猿』赤い鳥社、一九二一年）がその代表的なものであるが、これらの作品は歴史的仮名づかいを除けば、今日の子どもたちが読んでも十分に理解できる程度にこなれた文体に仕上がっている。

　二つには、前章で指摘したように、伝説が児童劇、学校劇や教材劇の題材となり、脚本化したことがある。たとえば、佐野元義『教材劇化の実際』（平井書店、一九二五年）では高等小学読本の「真の知己」を脚色した脚本が掲載されており、また、安部俊雄編輯の『大正遊戯曲集』（音楽社、一九二五年）では、「真の知己」を題材として、唱歌と劇とを組み合わせ、うたって演じる「唱歌劇」が提案されている。児童中心主義の思想が流入し、大正自由教育、芸術教育運動が高揚したことで、子どもの興味や活動を重視し、身体的感覚を通した人間形成が目指されたわけであるが、その中で、身近な教科書教材に着目した「教材劇」という新たなジャンルが生まれたのである。「メロス伝説」は読書活動の中だけでなく、子どもたちの身体を巻き込むかたちで国民に張り巡らされるようになったのだ。

　典拠の多元化もこの時期の特色の一つである。大正期の「メロス伝説」の多くは、明治中・後期に発表された「ダモンとフィシアス」、「真の知己」、「約束せば必ず遂げよ」を下敷きにして作成されているが、この三つのハブテクスト以外にもロシア、イギリス、ドイツをルーツとした話が新たに日本に流れ込んできている。中には「メロス伝説」の素材を利用して、書き手が創作したと思しきものもあり、典拠が判明できないテクストも多く存在している。この時代の「メロス伝説」のネットワークは、ノード数の増加、リンクの多元化、あるいはリンクをもたないノードが比較的多く見られ、複雑な様相を呈するのである。

以上のような変化や広がりを見せ、多様化、複雑化した「メロス伝説」であるが、この現象は、大正という時代の風潮を色濃く反映したものである。本章では、この時代の「メロス伝説」の中でも、芸術教育運動を先導した童話雑誌、『赤い鳥』に掲載された鈴木三重吉の「デイモンとピシアス」（『赤い鳥』一九二〇年一一月）を取り上げる。第一・二章とは異なり、今回は学校教育の外で生まれたテクストを中心に検討するわけだが、大正期の芸術教育運動の代表的な雑誌に掲載されたテクストと向き合うことで、より広い視野から「メロス伝説」の諸相と問題を捉えたい。

2 「デイモンとピシアス」の典拠について

典拠は何か

本章においても、典拠と比較することで、テクストの特徴を明らかにするという手続きをとる。

「デイモンとピシアス」は、一九二〇年一一月に『赤い鳥』で発表された、鈴木三重吉の作品である。関英雄による『赤い鳥』の時期区分によると、「デイモンとピシアス」が発表されたのは、第一期にあたる。[1]新童話・童謡運動の勃興期であり、鈴木三重吉を主として再話によるメルヘンが中心であった時期である。

この時期の『赤い鳥』に掲載された「童話」は、海外の文学作品からの翻案、再話が多数を占めていると言われている。特に三重吉の「童話」は、『ぽっぽのお手帳』を除けば、すべて再話か翻案であった。[2]」とされ、「デイモンとピシアス」も「創作」ではなく、「再話」に該当している。したがって再話するために下敷きとしたテクストがあるはずなのだが、従来の研究ではそれが未だ確定できていなかった。先行研究においては、三重吉の「デイモンとピシアス」の内容の考察や、太宰治の「走れメロス」との比較はあるものの[3]、典拠との比較を行った論考は存在しないのである。

そのため、まずは「デイモンとピシアス」の典拠を探し出し、特定する必要がある。

灯台もと暗しと言うのだろうか。三重吉は、自分が再話したテクストの典拠について語ることがあるが、幸運なことに「デイモンとピシアス」についても、彼自身が語ってくれていた。この話は『赤い鳥』に掲載された後に「赤い鳥の本」の『救護隊』（一九二一年一一月）にも再録されるのだが、その「序」の中で三重吉は次のように述べているのである。[4]

第一話「救護隊」は、英吉利の女流記者シヤロット・ヨングが、探検家エドワード・ケインの手記によつて記述したものの再話である。(中略：引用者) 以上、「水の命」以下、「ガートルード」までのお話も、「救護隊」と同じく、すべてヨングの記述によつてかいたのである。[5]

『救護隊』は全部で八話からなる鈴木三重吉著作の「童話集」である。第一話が「救護隊」、第二話「命の水」、第三話「デイモンとピシアス」、第四話「コリシーアムの闘技」、第五話「烈婦ガートルード」、第六話「獅子王」、第七話「老博士」、第八話「少年王」となっている。三重吉によると、第一話の「救護隊」から、第三話「デイモンとピシアス」を含めた第五話「烈婦ガートルード」までの五つの話が「シヤロット・ヨング」の話を再話したというのである。この「シヤロット・ヨング」とはイギリスの作家シャーロット・ヤング（一八二三〜一九〇一）のことである。

先行研究においては既に横田順子が、「デイモンとピシアス」ではないが、第一話の「救護隊」とシャーロット・ヤングの"The Rescue Party"との照合を行っている。[6] 横田がどの"The Rescue Party"を参照したのかは不明だが、おそらく *A Book of Golden Deeds of All Times and All Lands*（一八六四）と考えられ、この図書の中には"The Rescue Party"だけでなく"The Two Friends of Syracuse"と題する「デイモンとピシアス」にあたる話が存在している。[7]

そこで、*A Book of Golden Deeds* の中に『救護隊』に含まれた話が他にもあるか調べたところ、「命の水」、「コリシーアムの闘技」、「烈婦ガートルード」にあたる話が *A Book of Golden Deeds* に含まれていることが確認できた。つまり、左の表のように『救護隊』に含まれていた「ヨングの記述によつ

鈴木三重吉 『救護隊』(1921)	シャーロット・ヤング *A Book of Golden Deeds* (1864)
救護隊	THE RESCUE PARTY
命の水	THE CUP OF WATER
デイモンとピシアス	THE TWO FRIENDS OF SYRACUSE
コリシーアムの闘技	THE LAST FIGHT IN THE COLISÆUM
烈婦ガートルード	FAITHFUL TILL DEATH

■『救護隊』と*A Book of Golden Deeds*のタイトルの対応

てかいた」という五つの話は、全て*A Book of Golden Deeds*の中の話と対応していたのである。

三重吉は再話用のテクストとして「同じ一冊の本に収録された複数の作品から話をとっている傾向」がある。[8] そのことから、おそらく今回も同様にまとめて*A Book of Golden Deeds*から話をとってきたと考えられる。原書でなく、他言語の翻訳書を参考にしたことも考えられなくないが、英文学を専攻した三重吉ならば、英文の本書を手にする可能性は高く、なおかつ他書に頼らず原書から容易に翻訳・再話できたと考えられる。

以上のことから、「デイモンとピシアス」の典拠をヤングの*A Book of Golden Deeds*と定め、論をすすめることにする。

シャーロット・ヤングについて

シャーロット・ヤングは一八二三年、ハンプシャー州オターボーン村で生まれた。熱心な国教徒である父と日曜学校の責任者である母によって自制心、克己心、自己修練等の道徳倫理を教え込まれて育ち、『アビー・チャーチ』や『ひなぎくの首飾り』等、子どもや少女を対象にキリスト教を宣揚する作品を送り出している。[9]

A Book of Golden Deeds は、ヨーロッパと中東地域を中心に、世界各地の有名な逸話を、紀元前から現在（一八六四年）にかけて年代順に並べたエピソード集である。Preface には本書の目的が次のように記されている（翻訳は引用者、以下同じ）。

このエピソード集は、そのような（真新しさの：引用者注）ために書いたのではない。むしろ若い人たちのための宝典にすることを意図している。若い人たちが通常要約されている歴史よりもより詳しく知り、魂を揺さぶるような行為を知ることで、歴史の中の出来事に生き生きとした輝きを与えられるように。また、普段の読書のようにただ読むだけではなく、それが英雄的行為や献身の精神を呼び起こし、読者自身が行動を起こすきっかけとなることを信じて、このエピソード集をまとめた。自分自身を忘れて他者に全てを捧げることを本質とし、出世することや、富を得ること、成功することを目的とするのではなく、ただ純真な義務、慈悲の心、親愛の心から起こす行動を見て考えること。それらは「何も期待しないで」行動することであるが、確実に有益なことである。(10)

つまり、魂を揺さぶるような行為（the soul-stirring deeds）のエピソードを提示することで、英雄的行為や献身の精神（heroism and self-devotion）を若い人たちに促すことを目的としたと言うのである。魂を揺さぶるような行為とはどのような行為なのか。ヤングはそれを「黄金の行為（Golden

Deed)」であるとして、"What is a Golden Deed?" の章の中で説明している。具体的な事例を挙げて説明しているのだが、以下には端的に述べている箇所を引用する。

というのも、「黄金の行為」の地金は献身である。（中略：引用者）他者のために自分を投げ出す精神、つまり、宗教、国、義務、親族、いや見ず知らずの人への哀れみのためにさえ、何事にも挑み、あらゆる危険を冒し、何事にも耐え、死に直面し、あるいは他者への配慮や苦しみに耐えながらゆっくりと命をすり減らすことが「黄金の行為」の精神である。[11]

このように「黄金の行為」を、他者のために自己犠牲を厭わない献身としている。また、この行為に共通する本質的な特徴は、「不純な自己が捨て去られること」だと述べている。[12] さらに続けてヤングは、「黄金の行為」が、読者の日常生活で営まれることを願って、次のように言う。

若い読者たちよ、これらの様々な本当の名誉あるあり様をあなた方が読むことで、あなた方の心に火が付き、献身的な行為をする時と場面を望んだならば、そのような行いの成果は、日常の生活の中で絶えず淡々と行われることに表われる、ということを思い出してほしい。[13]

このことから、このエピソード集は、「黄金の行為」を若い読者に内面化させ、教化することを目的に書かれたことが分かる。しかし「黄金の行為」を神の権威に基づいて説明していることからも察せられるように、ヤングの究極的なねらいは、何よりも若い読者にキリスト教の教えを実践させることであったに違いない。そして、"The Two Friends of Syracuse"もそのねらいを達成させるための一つの逸話として位置づけられているのだ。

それでは三重吉はこの"The Two Friends of Syracuse"をどのように再話したのだろうか。次に比較検討してみよう。

3 キリスト教の色を消した翻訳

ヤング版と三重吉版の違い

以下では、三重吉の「デイモンとピシアス」(以下「三重吉版」と呼ぶ)とヤングの"The Two Friends of Syracuse"(以下"The Two Friends of Syracuse"または「ヤング版」と呼ぶ)を比較考察することとする。また、参考資料として神奈川近代文学館の「鈴木三重吉赤い鳥文庫」に収蔵されている三重吉の原稿も適宜用いた。登場人物の呼称については煩雑さを避けるため、三重吉版に合わせて、Damonを「デイモン」、Pythiasを「ピシアス」、Dionysiusを「ディオニシアス」と呼ぶこととする。

三重吉版はどれだけヤング版と異なっているのだろうか。渡辺茂男は、三重吉の再話の態度について「三重吉自身も、あるときには原話を潤色拡大し、あるときには削除改作し、あるときには、逐語訳をするなど、そのときどきの原話に対する感覚から異なった態度をとっている。[14]」と指摘している。この渡辺の区分に当てはめると三重吉版は、概ね「削除改作」の部類に入る。ある部分は削除されているが、新たに加筆・変更している箇所もある。このため、削除された箇所や加筆・変更している箇所を中心に比較検討していきたい。

段落・構成について

はじめに概観を把握するためにも、段落・構成の相違を確認しよう。まずはヤング版からである。183ページの表の左側のように、ヤング版は九つの形式段落に区切られている。段落ごとに見出しがあるわけではないが、九つの形式段落はそれぞれ次のような内容になっている。

①ピタゴラスの哲学と黄金の行為の説明
②ピタゴラス学派の教義とシチリアを支配するディオニシアスの説明
③辛辣で疑い深い人間へと変貌するディオニシアスとそのエピソード
④ディオニシアスのエピソード
⑤ディオニシアスの恐ろしさと死刑宣告されるピシアスについて
⑥ピシアスが猶予の交渉をし、デイモンが人質を申し出る場面

⑦帰ってこないピシアスにデイモンが動じない場面
⑧デイモンが友を信じ、ピシアスが帰ってくる場面
⑨ディオニシアスが刑を解き、仲間入りを求める場面とエピソードの説明

この九つの段落を題材でまとめると大きく三つのまとまりになる。①②が「ピタゴラス学派の説明」であり、③④が「ディオニシアスのエピソード」、⑤⑥⑦⑧⑨が「デイモンとピシアスの話」である。

このように見てみると、"The Two Friends of Syracuse"は、「デイモンとピシアスの話」だけではなかったことが分かる。「ピタゴラス学派の説明」、「ディオニシアスのエピソード」、そして「デイモンとピシアスの話」から構成されていたのである。

次に段落間の関係を見てみよう。"The Two Friends of Syracuse"はタイトルが意味するように、話の本体は「ダモンとピシアスの話」の部分（⑤⑥⑦⑧⑨）と考えられるが、この部分は「ピタゴラス学派の説明」（①②）によって価値づけられている。あるいは「ピタゴラス学派の説明」（①②）の具体例となっている。その意味で「ピタゴラス学派の説明」（①②）は「ダモンとピシアスの話」（⑤⑥⑦⑧⑨）のテーマが示されている重要な部分ということになるが、それでは「ピタゴラス学派の説明」では何が語られているのか。

①「ピタゴラスの哲学と黄金の行為の説明」では、キリスト教の立場から、ピタゴラス学派の価値づけが行われている。

ヤング版		三重吉版
ピタゴラス学派の説明	①ピタゴラスの哲学と黄金の行為の説明	
	②ピタゴラス学派の教義とシチリアを支配するディオニシアスの説明	
ディオニシアスのエピソード	③辛辣で疑い深い人間へと変貌するディオニシアスとそのエピソード	一　ディオニシアスの紹介とエピソード（形式段落①～⑯）
	④ディオニシアスのエピソード	
デイモンとピシアスの話	⑤ディオニシアスの恐ろしさと死刑宣告されるピシアスについて	二　デイモンとピシアスの話（形式段落⑰～㊲）
	⑥ピシアスが猶予の交渉をし、デイモンが人質を申し出る場面	
	⑦帰ってこないピシアスにデイモンが動じない場面	
	⑧デイモンが友を信じ、ピシアスが帰ってくる場面	
	⑨ディオニシアスが刑を解き、仲間入りを求める場面とエピソードの説明	

■ヤング版と三重吉版における段落・構成の違い

ギリシャ人の中でもっとも高潔で優れているものがピタゴラス哲学であると高く評価し、宗教が異なっていたとしても、真の献身（true self-devotion）である黄金の行為は、熱心で敬虔な信者と高尚なものの中で行われる、とピタゴラス学派の功績とキリスト教との関係づけが行われている。

②「ピタゴラス学派の教義とシチリアを支配するディオニシアスの説明」では、ピタゴラス学派の具体的な教義内容が次のように語られている。

　彼らは、感情、特に怒りを抑えることやあらゆる種類の苦しみに忍耐力を持って我慢することを教え込まれた。これは自制によってもっと神に近づける、そして死は肉体というしがらみから自由になることであると信じられていたからである。また、彼らは、悪事を働く人の魂は下等動物のように堕落し、善行をする人の魂はより純粋になり、高潔な存在へと高まると考えていた。この考えは、少々不完全で間違った点があるにせよ、生活に規律をもたらし、英知と美徳を得るために努力するモチベーションとなっており、宗教と言っても過言ではない。このピタゴラス教団に属する二人の友人が、紀元前四世紀にシシリア島のシラクサに住んでいた。

このように、②では、ピタゴラス学派の自制的な教義内容が示されており、この後に語られる、二人の友人（デイモンとピシアス）の友情行為は、このピタゴラス学派の宗教的な教義をベースにして生じた行い、という扱い方がなされているのである。

要するに、「ピタゴラス学派の説明」（①②）で、キリスト教の教義に近しいピタゴラス学派の行いを讃えておき、その具体例として「デイモンとピシアスの話」（⑤⑥⑦⑧⑨）が挙げられているのである。

次に、「ディオニシアスのエピソード」（③④）と「デイモンとピシアスの話」（⑤⑥⑦⑧⑨）との関係にも触れておこう。どちらもディオニシアスにまつわるエピソードであるが、構造的に見ると、「問題」と「解決」の関係となっている。「ディオニシアスのエピソード」（③④）は、いかにディオニシアスが、疑い深い人間であるかを表すために複数の出来事（具体例）が語られており、ディオニシアスが問題を抱えた人物であることが示されている。一方、「デイモンとピシアスの話」（⑤⑥⑦⑧⑨）

の最後には、ディオニシアスは友情と信頼を取り戻し、彼が抱えていた問題は解決することになる。ディオニシアスの「問題」が「解決」されたのは、デイモンとピシアスの「黄金の行為」が存在したからである。つまり、この「ディオニシアスのエピソード」と「デイモンとピシアスの話」との関係は、結果的に「黄金の行為」の素晴らしさに注意が向けられるように仕組まれた配列となっているのである。

次に三重吉版を検討してみよう。三重吉版では構成を変えている。内容を二つに分け、それぞれに番号を「一」と「二」とつけているのである。

「一」では、ディオニシアスの紹介と彼にまつわる複数のエピソードがある。「二」は、デイモンとピシアスの話となっている。「二」の冒頭には「併しディオニシアスについて伝へられてゐるお話の中で、一ばん人を感動させるのは、怖らくニ《ママ》シアスとデイモンとのお話でせう。」とあり、ヤング版同様に、デイモンとピシアスの話がディオニシアスにまつわる出来事の中ではもっとも力点が置かれたエピソードとして扱われている。

このように三重吉版ではディオニシアスにまつわる話を「一」部と「二」部の二部構成にしているわけだが、そうなるとヤング版に存在した「ピタゴラス学派の説明」（①②）はどこへ行ってしまったのだろうか。

実は、「ピタゴラス学派の説明」（①②）の中の、「ピタゴラス学派の教義とシチリアを支配するディオニシアスの説明」（②）については、全てが省略されてしまったわけではなく、その一部は「二」

の中に取り入れられている。ピタゴラス学派の教義とシチリアについての説明部分が、デイモンとピシアスの属性を説明する際に使われているのである。ピタゴラス学派の教義については「三重吉版」では、次のようになっている。

ただこの派の学徒たちは、すべて感情を殺すといふこと、その中でもとりわけ怒を押へること、そして、どんな苦しいことでも、じつとがまんするといふことを、人間の第一の務めだと考へてゐました。かういふ風に自分の感情や欲望を押へつけることを自制と言ひます。ピサゴラスの学徒は、人間はこの自制が少しでも出来れば出来るほど、それだけ神さまに近づくことが出来る、生がい完全な自制を以て突き通して来た人は、死んだ後には神さまになれる、その反対に、少しでも自分を押へつけることが出来ないで、いろいろの悪いことをしたものは、次の世には、獣や、又はそれ以下の動物に生れて来るのだと信じてをりました。

それ等の学徒は、お互に、いつも固く結び合つて、いろいろの学問を修めてゐました。特に数学と音楽とを一ばん大切なものとして研究しました。

ピタゴラス学派の教義を「自制」というキーワードを中心に説明している。「自制」の定義について「かういふ風に自分の感情や欲望を押へつけることを自制と言ひます」と丁寧に説明しており、先に挙げたヤング版と比較してみると、子どもに理解させようとする配慮がなされていることが分かる。

大幅に削除されているのは「ピタゴラスの哲学と黄金の行為の説明」(①)の部分である。先述したように、この部分は、「黄金の行為」を遂行したピタゴラス学派をキリスト教の立場から価値づけている段落であるが、この宗教的な意義について語られている箇所を三重吉版では大部分をカットしているのである。「ヤング版」のこの部分は、キリスト教に関わる引用文を使用して説明が行われているため、宗教的な基礎知識がない日本の子どもには煩雑にすぎて分かりにくい。そのように判断して削除したのだと思われる。

また、「宗教」という言葉は、他の箇所でもカットされている。ヤング版の「ピタゴラス学派の教義とシチリアを支配するディオニシアスの説明」(②)の中にある、ピタゴラス学派の説明の部分は、原文(ヤング版)では、"but which linked them so as to form a sort of club, with common religious observances and pursuits of science, especially mathematics and music."(傍線は引用者)となっているが、ここが三重吉版では「それ等の学徒は、お互いに、いつも固く結び合つて、いろいろの学問を修めてゐました。特に数学と音楽とを一ばん大切なものとして研究しました」となっており、「宗教的慣習」(common religious observances)については触れていない。

要するに、三重吉版では再話にあたって、意図的に道徳的規範は残し、宗教に関する説明は省略していたことになる。三重吉版にも「神さま」は出てくるが、宗教に関する説明が省略されているため、キリスト教における一神教の"God"の意味ではなく、神道における「神的な存在」といったニュアンスに稀釈されている。

トラクタリアンのヤングが伝えたかったであろう、ピタゴラス学派の宗教的な性格とキリスト教との関係は、三重吉版では、まったく伝わらないかたちになっているのである。

デイモンとピシアスの話について

では、いよいよデイモンとピシアスの話を比較・検討してみよう。この話のストーリー展開は、ピシアスが死刑を言い渡されたところから始まる。次に、ピシアスがデイモンを身代わりにしてギリシャに戻る。最後には、ピシアスが帰還し、ディオニシアスが三人目の仲間に入ることを願い出る。このストーリーに関しては両者のあいだに大きな違いはない。また、三人の主要人物、場面設定、構造も基本的には変わりがない。

しかし、語り方には幾分相違があり、物語内容にも違いが見られる。その結果、読み取れるメッセージにも違いが生じている。まず、目にとまるのは、人物の言動の描写である。三重吉版のほうが人物の造形が豊かに描かれているのである。特にディオニシアスに顕著なので、彼の言動について明らかに追加・変更されていると考えられる箇所を挙げてみよう。

(一) ディオニシアスはそれを聞いて、はッはと嘲笑ひました。

(二) そんなにしてうまく遠い海の向うへ逃げ出しておきながら、またわざわざ殺されにかへる馬鹿があるものか。そんなふざけた手でこのおれが円められると思ふのかといふやうに、からからと（脱字あり：引用者注）ひました。

（三）「ははは、それはお前がからかはれたのだよ。そんなことでむざむざ命を捨てようといふお人よしがどこにゐよう。」とディオニシアスは笑ひました。

（四）ディオニシアスは、それ見ろと笑ひました。そして、いよいよ今日の何時までにかへらなければお前を殺すからさう思へと言ひわたしました。

（一）と（二）は、ギリシャに戻る猶予を懇願するピシアスに対する、ディオニシアスの反応である。ヤング版では、ここは"The tyrant laughed his request to scorn. Once safe out of Sicily, who would answer for his return?"（暴君は彼の要求を嘲笑った。いったんシチリア島から無事に出て、誰が彼の帰還を保証できるというのか?）となっている。"laughed his request to scorn"の部分は、語り手が暴君が嘲笑ったことを外から説明しているが、三重吉版では「はッは」という表現にして、ディオニシアス自身が発話したかたちに変えていることが分かる。また、"who would answer for his return?"は、語り手とディオニシアスの声が重なっている箇所であり、ヤング版では語り手の判断を示しつつ、ディオニシアスの内面にも焦点を合わせているかのように語っている。しかし、三重吉版では、ディオニシアスの発話を直接引用するかたちになっている。そのうえ「そんなふざけた手でこのおれが円められると思ふのか」はヤング版には存在しない表現であり、追加されたものである。ちなみに三重吉の原稿を見ると「そんなふざけた手でこの」「められると思ふのか」は挿入した跡が残されており、意図的に追加されたことが推察される。

（三）は、ピシアスが、自分を保証する人物がいることを伝えた後の、ディオニシアスの反応である。ここに対応する箇所はヤング版では、"and while Dionysius, the miserable man who trusted nobody, was ready to scoff at his simplicity"（誰も信じない哀れな男、ディオニシアスは、彼の単純さを嘲笑おうとした。）となっており、三重吉版は翻訳したというよりも、書き換えたと言ったほうがよいかたちになっている。ヤング版では、挿入句として、語り手の、ディオニシアスに対するマイナスの評価が表出しており（the miserable man who trusted nobody（誰も信じない哀れな男））、語り手が強く関与しているが、三重吉版では、語り手の主観を排して、ディオニシアスの直接的な発話となっている。

（四）は当日になってもピシアスが戻ってこなかった時のディオニシアスの言動である。彼がいかにも言いそうな台詞であり、ディオニシアスの個性を上手に表現している。

このように、三重吉版では、人物のセリフを積極的に直接話法にして、語り手が説明していくかたちをなるべく減らしている。そのため、ヤング版よりも人物の主体性が強められ、各人物たちの個性が発揮されているように感じられる。

さらに「獄卒」という端役や「牢屋」「死刑場」という場所が設定されている点も注意したい。「獄卒」に台詞があるわけではないが、デイモンの「見張り」をしたり（「ディオニシアスは、獄卒に言ひつけて、たえずデイモンの容子を見張りをさせておきました。」）、処刑の準備も担当したりしている（「獄卒は死刑の道具をそろへて待つてゐました。」）。またデイモンの話の聞き役も務めており（「これは来る途中で海が荒れでもしたのに相違ない。何、私が殺されればそれでいいではないか。」とデイモンは獄卒に言ひました。）、この「獄卒」という聞き役が設置されたことによって、人物同士の直接的な対話が実現し、彼らの対話によってストーリーを動かすことが可能になっている。

また「牢屋」（「デイモンは代つて牢屋へ閉ぢこめられました。」）、「死刑場」（「デイモンは容赦なく死刑場へ引き出されました。」）という場所が示されたことで、読者が場面のイメージを膨らませることができるようになっていると言える。

終わりの場面について

最後に、終わりの場面（ディオニシアスが刑を解き、仲間入りを求める場面）の相違点を検討したい。注目したいのは、ディオニシアスが、二人を許した後の叙述である。先に三重吉版を示そう。

彼は、これまで嘗て人を信ずることが出来なかつた、哀れな人間です。彼はしたいままの乱暴をしました。さうしておいて自分の命を少しでも長く盗むために、あらゆる人を疑りました。そしてそのために多くの人をどんどん殺したり押しこめたりしました。ですから彼はピシアスとデイモンとの二人のこの信実と友愛とを見ると、本当に何よりもうらやましくて堪りませんでした。

ヤング版にならって語り手が説明するかたちをとっており、この箇所に語り手の評価を盛り込んでいる。また、ディオニシアスの心情も加えられている。それは「ですから彼はピシアスとデイモンとの二人のこの信実と友愛とを見ると、本当に何よりもうらやましくて堪りませんでした。」という箇所である。「信実と友愛」をうらやんだ、とあり、「信実と友愛」の力がディオニシアスの変容を促したかのような叙述となっている。

一方ヤング版では、

Yet all the time he must have known it was a mockery that he should ever be such as they were to each other——he who had lost the very power of trusting, and constantly sacrificed others to secure his own life, whilst they counted not their lives dear to them in comparison with their truth to their word, and love to one another.

となっている。"they counted not their lives dear to them in comparison with their truth to their word, and love to one another."（彼らは、約束を誠実に守ることと互いへの愛に比べて自分たちの大事な命

をものの数ともしなかった）とあるように、「信実と友愛」だけでなく、命についても言及がある。確かに、ディオニシアスはデイモンとピシアスの「信実と友愛」を羨望したのかもしれない。しかしディオニスは、自己の命を守るために他者を犠牲にしてきたのであり（sacrificed others to secure his own life）、二人が自己の命よりも信実と友愛を優先させた、その自己犠牲の精神にこれまでにない衝撃を受けた（more struck than ever）のである。ヤング版では、自己犠牲にも重きが置かれた表現になっていたと言えよう。

先述したように、ヤング版ではデイモンとピシアスの話は、「ピタゴラス学派の説明」の部分によって意味づけられていた。デイモンとピシアスの行為は、キリスト教を基準とした「真の献身」（true self-devotion）である「黄金の行為」（Golden Deeds）の具体例として挙げられていたのであり、この話のテーマもキリスト教の「真の献身」に回収されるように仕組まれているのである。

注意深く読めば、三重吉版も「自制」についてはしっかりと説明されており、二人の「信実と友愛」がピタゴラス学派の教義から生じていることが理解できる。しかし、「ピタゴラスの哲学と黄金の行為の説明」の部分が大幅にカットされているため、二人の自己犠牲的な行為からなる「信実」「友愛」「自制」といった道徳的な規範は読み取れても、キリスト教における「真の献身」とのつながりを読み取ることはできなくなっているといえるだろう。

まとめよう。三重吉版では、キリスト教に関わる文脈を切断したことによってヤング版の主題であった宗教的なメッセージは消去され、「信実と友愛」という道徳的なメッセージが残されたのだった。

宗教的なメッセージは故意に排除したわけではなく、子ども読者にとっての分かりやすさを優先したものと思われる。『救護隊』における"The Two Friends of Syracuse"以外の*A Book of Golden Deeds*の再話でも、キリスト教に関わる説明は、ストーリーに関わりが薄い部分は省略されているところもあるが、意味の理解やストーリー上必要なところは残しているからだ。

また三重吉版では、時や場所を明示し、人物やその言動を豊かに描くことで、単なる「エピソード」であったものを自立した「物語世界」につくりかえていた。それは「子ども向きの文章表現に、文字通りの「彫心鏤骨」の努力を払った[15]」成果であり、子ども読者の存在を意識して、子どもたちがお話に入り込んで楽しめるようにとなされた三重吉の努力の賜物といえる。

キリスト教宣揚のためのエピソードであった"The Two Friends of Syracuse"は三重吉の手によって道徳的な童話である「デイモンとピシアス」として生まれ変わったのである。

4　自己犠牲の価値観

自己犠牲とGolden Deeds

Nelsonは、ヤングの*A Book of Golden Deeds*をはじめとする教訓的な"golden deeds"の本を紹介し、特徴をまとめている。この論考の中でNelsonは、"golden deeds"というジャンルには共通して自己犠牲（self-sacrifice）を強調する点があるとして、次のように述べている（翻訳は引用者）。

そのような犠牲は、とりわけ身体に関わるものである。ヤングが表現したように、「自己を忘れることよりも尊いものはなにもない。それゆえ、私たちは、高度な目的と照らして、自分の安全を忘れるかあるいは、がむしゃらな状態になって、命や四肢を極限の危機にさらす物語を聞くと、心が動かされる。」しばしば、それらの犠牲は、単にその人自身を危険にするだけでなく、身体の損傷や死を経験させるようなやり方で示される。この強調は、利他主義を基本にした倫理的な階層を子どもの中に注入する大人の努力を映し出しているように見えるかもしれない。その階層の中では、身体的な喜びや心地よさは、愛国心や敬虔な行いのような理想への献身に対する公共的な賞賛に比べて、相当に低い位地に置かれている。子どもの悪さに対する厳しい体罰がいよいよ認められなくなった時代において、"golden deeds"の本は、その代わりに子ども読者に、立派な人間を証明するものとして、他人のために自発的に痛みを受け入れることをイメージするように促すのである。[16]

このA *Book of Golden Deeds* のテーマである「自己犠牲の精神」に三重吉の食指は動いたようである。彼は『救護隊』の「序」の中で、第一話の「救護隊」の話を見ることで「われわれ人類が、今の文化のすべての課程を得るまでには、いかなる方面においても、つねに多くの隠れたる人々によつて、さまざまの大きな犠牲が払はれ来り、又は現在にも絶えず払はれつつあることに、しみじみ感謝を捧げなければならない。」と述べ、「第二話の「命の水」と第三話「デイモンとピシアス」とには、自己を第二とした、人に対する博大な思ひやりと、本当の固い友愛との権威が仰がれ」ているとし、第四話「コリーシアムの闘技」と第五話「烈婦ガートルード」に関しては「壮烈な自己犠牲と貞節とに涕涙することが出来る」とまで述べているのである。三重吉は、「デイモンとピシアス」において物語内のテーマとしてはキリスト教に通じる露骨な自己犠牲の表現を伏せてはいたが、自己の命を第二にして信実、友愛を重視するような心性を子どもたちに感得させることができるテクストとして"The Two Friends of Syracuse"を評価していたのである。

山口美和は『赤い鳥』の童話選評から、三重吉が期待した「芸術性」の基準を、「①文語的な大げさな表現やとってつけたような教訓がなく、簡潔に事実が述べられていること、②現実感のある表現で、無理のない論理的展開が行われていること」の二点に集約し、三重吉は、「「何らの注釈的、説教的態度を取らずして」読者に感銘を与えることができる芸術作品としての児童文学の意味を再三説いている」と指摘している。[17]「デイモンとピシアス」は、概ねこの「芸術性」の基準に従って再話されていたと認めることができるが、このように「芸術性」の高い文学を通して、子どもたちの人格を形成させようとする動きは、『赤い鳥』以外にも、『金の船』(大正一一年六月号から『金の星』)『童話』等、当時の芸術的児童文学と呼ばれるジャンルの雑誌に見られる傾向である。特に『金の船』(『金の星』)では編集者、斎藤佐次郎の思いによって、自己犠牲を促す教訓性の強い話は所々で目に入ってくる。近代的子ども観に立った彼ら大人たちは、子どもたちの「子どもらしさ」を守るために、「芸術性」の高いよい本を与えようとしていたわけであるが、その「芸術性」の内幕では自己犠牲の精神を「子どもの中に注入しようとする大人の努力」が脈打っていたのである。[18]

芸術的「童話」の時代においても、他者のために自己を犠牲にする従順な子どもは求められていたのであり、そのような理想の子ども観が、ヤングの説教的なテクストを日本に流入させた呼び水の一つとなったのだろう。

規範価値の行く先

さて、大正自由教育、芸術教育運動の中で「メロス伝説」は、『赤い鳥』等の子ども読み物では、高尚で芸術性の高い道徳的な読み物として、また児童劇・学校劇では児童の自発的活動に基づいた教育方法に適した題材として取り入れられた。また青年・一般向けに発行された多くの修養書では徳目的行為のモデルとして収められた。第二部第二章でも明治後期には「フェイマスストーリーズ」系統の伝説が、教訓を学び品性修養に資することが評価され、家庭教育の場へと展開したことに少し触れたが、大正期になるとこの伝説のネットワークは学校教育の外において、多層化、多彩化して国民全体に張り巡らされていったのである。そして伝説のネットワークが、読者を意識し、興味深く読み進めることができる文体や物語、それに加えて自発的な身体活動を媒介して広がるようになった分、この物語は、より巧妙にそしてより深く多くの人の内面に染み入ることができるようになったと言えるだろう。

本章の内容から指摘しておきたいのは、国家の直接的なイデオロギー機関である学校だけが「メロス伝説」を利用して規範意識を要請したのではなかったことだ。『赤い鳥』に見たように、民間による教育運動や家庭教育の場といった学校の外側にあっても、国や他者のために自己を犠牲にする規範価値は求められていたのである。

「デイモンとピシアス」以降も「メロス伝説」は利用され続ける。武藤清吾は『赤い鳥』が「第一次世界大戦から日中戦争へと向かう時期」に刊行され「侵略戦争と排外主義的国体思想と無縁でいるわけにはいかなかった。」[19]としているが、「メロス伝説」を利用して繰り返し呼びかけ続けた「自己犠牲の精神」は、日本国民の心性として底流に潜伏し、総力戦体制下における精神的基盤へと連なっていくのである。

注
（1）関英雄が「「赤い鳥」の童話」（『「赤い鳥」復刻版　解説・執筆者索引』日本近代文学館、一九七九年一月）一二一―二一一頁で、森三郎が述べた赤い鳥の変遷を「児童文学思潮的に見」て、時期区分したものによる。
（2）福田清人・山主敏子編『日本児童文芸史』三省堂、一九八三年六月、一三一頁。
（3）五之治昌比呂は『『走れメロス』とディオニュシオス伝説」（『西洋古典論集』第一六巻、一九九九年八月）、三九―五九頁で、三重吉の「デイモンとピシアス」に書かれた七つの逸話について、文献を博捜し、詳細な照合を行っている。

（4）『赤い鳥』第七巻第六号、赤い鳥社、一九二一年一二月、九四頁にも同様の記述がある。

（5）鈴木三重吉『「救護隊」』赤い鳥社、一九二一年一一月、一一三頁。

（6）横田順子「三重吉童話と原作の比較研究における問題点——「揺り寝臺」を例として——」『白百合女子大学児童文化研究センター報』第二〇号、一九九六年三月、二四五—二四八頁。

（7）奥村淳が「太宰治「走れメロス」について——日本における〈ダモン話〉の軌跡——」（『山形大学紀要人文科学』第一八巻第四号、二〇一七年二月）三九—七二頁で、三重吉の「デイモンとピシアス」はヤングの「"A Book of golden deeds" (1864) の "The Two friends of Syracuse" と一致する部分が多い」と述べていることも合わせて参考にした。なお、ヤングの作品はデジタル化されているものも多く、インターネットで閲覧が可能である。

（8）前掲、横田「三重吉童話と原作の比較研究における問題点——「揺り寝臺」を例として——」、二四五—二四八頁。

（9）ヤングについては、吉井紀子「シャーロット・メアリ・ヤング　児童文学と宗教教育のはざまで」ニュー・ファンタジーの会編『ひなぎくの首飾り』（透土社、一九九二年四月）一三九—一九二頁、川端有子「シャーロット・ヤング『ひなぎくの首飾り』（１８５６）から始まる系譜」『平成二四年度国際子ども図書館児童文学連続講座講義録——イギリス児童文学の原点と展開：家庭小説・冒険小説・創作童話・学校物語——』二〇一三年一〇月、一五一—三一一頁。

（10）Yong, C.M. *A Book of Golden Deeds of All Times and All Lands*, 1864. Cambridge: Sever & Francis, 1865. pp. 5-6.

（11）Ibid., p. 5.

（12）Ibid., p. 8.

（13）Ibid., pp. 8-9.

（14）渡辺茂男「『赤い鳥』と外国児童文学——特に民話について——」日本児童文学学会編著『赤い鳥研究』小峰書店、一九六五年四月、一六七頁。

(15) 滑川道夫「『赤い鳥』の児童文学史的位置」前掲『赤い鳥研究』、三三頁。
(16) Nelson, C. "Transmitting Ethics through Books of Golden Deeds for Children. In: Claudia Mills (ed.)", *Ethics and Children's Literature*, Farnham, 2014. p. 16
(17) 山口美和「児童文学作品のテーマと子ども観の変遷――『赤い鳥』における〈死〉の扱いを中心として――」『児童文化研究所所報』第三〇巻、二〇〇八年三月、九九―一一五頁。
(18) 「児童の世紀」を検討した加藤理は『駄菓子屋・読み物と子どもの近代』(青弓社、二〇〇〇年五月) 一七六頁で、「近代的子ども観は、子どもたちに子どものための読み物を提供すると同時に、発見した子ども性を守るうえでよいと考えられる文化を子どもたちに与えることに腐心し、そこからはずれると考えた文化を否定し排除する、という動きにつながっていったのである。」と述べている。
(19) 武藤清吾「総説「教養実践」としての『赤い鳥』」赤い鳥事典編集委員会編『赤い鳥事典』柏書房、二〇一八年八月、二一頁。

る、最初の偶然の動機となつたのは、いつはりのない事実である。

三重吉は、当時の子ども読み物が「実に乱暴で下等」であるとして、生まれた子どもに読み聞かせるために自ら童話を書くことにした、と言うのである。親子愛に溢れた純粋な動機であり、ロマンチックな話ですらある。

しかし、桑原三郎はその論考「すずきすず伝説から赤い鳥まで」(『日本児童文学研究』三弥井書店、一九七四年)で「すず伝説」に対する否定的な見方を示している。その理由として、それ以前に書かれた「湖水の女」の序文や書簡等ではふれていなかったこと、すず誕生以前にお伽話を出す計画があったこと、すずより前に既に子どもがいたこと、小説で行き詰まっていたこと、経済的に困窮していたこと等を挙げている。

三重吉がどこまで本心で語ったのかは分からないが、「すず伝説」が真実であってほしいと思ってしまうところに、この伝説が伝説となった理由があるように思える。

鈴木三重吉「すず伝説」

三重吉はもともと小説家であった。

東京帝国大学在学中に、教師をしていた夏目漱石と出会い、彼の勧めで書いた「千鳥」を「ホトトギス」で発表したのが作家としての始まりだった。その後、童話作家に転身し、『赤い鳥』を創刊。その名を児童文学史の中に刻むことになる。

ではなぜ三重吉は小説家から童話作家へ転身したのか。その理由を説明するものとして「すず伝説」というものがある。それは、三重吉自身が「私の作篇等について」(『明治大正文学全集　二八巻』春陽堂、一九二七年)で次のように語ったことから生じたものである。

大正五年六月、長女すずが生れる。はじめて子供を得た、無限のよろこびの下に、すべてを忘れてすずを愛撫した。(中略)ただ至愛なすずに話してやりでもするやうな、純情的な興味から、すずの寝顔を前にしたりして、「湖水の女」外三篇の童話をかいたのが、そもそも私が童話にたづさは

第四部

昭和初・中期

「走れメロス」の登場

第一章　伝説の新しい境地

——太宰治『新潮』「走れメロス」（昭和一五年）

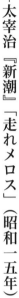

1　太宰に描かれたメロス

「走れメロス」の登場

「メロス伝説」が日本に流入したのは、明治の初めのことだった。『泰西勧善訓蒙』で紹介されて以後、明治中期には「フェイマスストーリーズ」、明治後期には『中学修身訓』、『高等小学読本』、大正期には『赤い鳥』に掲載され、これらのハブテクストを中心に「メロス伝説」はネットワークを形成し、その価値内容を日本人の内面に張り巡らしていったのである。そして昭和前期には、伝説の新境地を開くテクストが登場する。「走れメロス」である。

太宰治の「走れメロス」の初出は文芸雑誌の『新潮』の一九四〇（昭和一五）年五月号である。本書でこれまで検討してきたハブテクストは主に教育の場で生成したものであったが、「走れメロス」の場合はこれまでとは異なり、文学の場から生まれたテクストである。太宰の文学は「前期」「中期」「後期」の三期に分けられるが、「走れメロス」は「富嶽百景《ふがくひゃっけい》」「女生徒」「東京八景」などとともに、いわゆる「中期」の作品であり、石原美智子《いしはらみちこ》との結婚後の精神的に安定した時期に書かれた作品とされている。このころの太宰は職業作家として、原稿の依頼も増え、各新聞雑誌に次々と作品を発表し、精力的な執筆活動を展開しており、その作品には、「駈込み訴へ」「盲人独笑」など、他のテクストから素材を求めた、翻案ものや日記ものも目立ち始める。太宰がそのような選択をした理由が、戦時下における表現の統制のためであったかどうかは議論を要するが、「走れメロス」もその文末に「（古伝説と、シルレルの詩から。）」とあることから分かるように、一から作成されたオリジナル作品ではなく、他のテクストを素材にして書き換えることで生まれたテクストであった。本書のテーマに沿った言い方をすると、「走れメロス」は、伝説のネットワークの延長線上に生まれたテクストなのである。

後年、ハブテクストに成長する「走れメロス」ではあるが、当時の評価はどのようなものだったのか。同時代評には[1]「伝説からとつた物語だが、先頃のユダなどより才気がギラギラしないで、数倍素直に愉しい。更に簡潔に書かれてあつたら好小品となつたであらう。」（K・G『文芸』一九四〇年六月）、「太宰治氏の「走れメロス」は人間の誠実を疑ふ暴君デイオニスと、真実の徒メロスとの短いお伽話である。（古伝説と、シルレルの詩から。）と、註がしてあるが、太宰氏らしい達者な手法の短編である。」（『三田文学』一九四〇年六月）、「非常に面白かつたし、また非常に立派な作品」（岩上順《いわかみじゅん》一《いち》『三田文学』一九四一年二月）と良好な評価がある一方で、「太宰治の「走れメロス」はいふほどのこともない」（嵯峨伝『新潮』一九四〇年六月）、「全く認める気がしない」「必ず時の淘汰に遭ふ性質を有するもの」（平山吉璋『こをろ』一九四〇年九月）など辛辣な批評もあり、賛否両論で、安定した評価が下されていたわけではなかった。これらの評は、必ずしも精読のうえで行われたとも考えられず、岩上を除けば、簡単な印象程度の評がほとんどであり、それほど注目された作品ではなかったと言えるだろう。

2 「メロス伝説」の中の「走れメロス」

「走れメロス」の位置

発表時にはそれほど注目されていなかったにもかかわらず、戦後以降、「走れメロス」は伝説のネットワークの中で、リンク数を増やし、もっとも大きなハブに成長する。単行本、文庫本、教科用図書等に幾度も掲載され、批評・研究の対象となり、パロディ化した派生テクストも量産されることになる。伝説のネットワークはハブの世代交代が起こり、それまでのハブテクストのリンク比率は減少に転じ、「走れメロス」を中心としたネットワークに成り変わるのである。ではなぜ「走れメロス」は他のハブテクストを凌駕するまで成長できたのか。従来の「メロス伝説」と何が異なっていたのか。

本章では、この問いに答えるために、各章の成果を踏まえ、「メロス伝説」の総体と「走れメロス」との比較を試みる。太宰治の「走れメロス」が独自に生み出した内容はどのようなもので、それが「メロス伝説」の中でどのような意味があったのかを明らかにし、そこから「走れメロス」がネットワーク上でもっとも大きなハブに成長した要因に迫りたい。

太宰研究では、シラーの詩と「走れメロス」との比較は盛んに行われてきたが、「メロス伝説」の総体と「走れメロス」を実証的に比較検討した研究は見当たらない。本書が「メロス伝説」の中に「走れメロス」を位置づける初めての試みである。スーパーハブとしての「走れメロス」の特徴と意味を浮き上がらせることは「メロス伝説」の総体の特徴を理解することでもあるため、本書の目的にとって極めて重要な作業となる。

なお、本書における比較対象には「人質」も含まれていることから、比較した結果は、当然、先行研究で指摘されてきたことと重複しているものが多くある。だが、先行研究で既に示された知見であっても、その意味づけに関しては「メロス伝説」の中の「走れメロス」という視点から再定義を行った。

六つのハブテクストとの比較

「走れメロス」と他の「メロス伝説」を比較するにあたって、存在する全ての「メロス伝説」を対象にすることは現実的に難しいため、「走れメロス」発表以前に日本で普及した、以下A〜Fの六つの代表的なテクストを比較対象として選んだ。

A「朋友ノ交」（箕作麟祥訳述『泰西勧善訓蒙』（一八七一年））

B「ダモンとフィシアス」（ジェームズ・ボールドウィン「フェイマスストーリーズ」（一八九六年））

C「約束せば必ず遂げよ」（坪内雄蔵『中学修身訓』（一九〇六年））

D「真の知己」（文部省『高等小学読本』（一九一〇年））

E「デイモンとピシアス」（鈴木三重吉「赤い鳥」（一九二〇年））

F「人質」（小栗孝則訳『新編シラー詩抄』（一九三七年））

これらは、F「人質」を除けば、各章で検討してきたハブテクストたちである。「メロス伝説」の多くは主にこの六つのテクストを引用、あるいは下敷きにしてつくられているため、この六つのテクストを押さえれば、日本で流布した伝説の全体的な傾向はカバーすることができる。なお、F「人質」については、まだ論じていなかったので少しく説明しておこう。

周知のように「人質」は、太宰が「走れメロス」の下敷きとしたテクストである。角田が、「この訳詩集だけで「走れメロス」の材料は全て揃って[2]」いると言うように、「走れメロス」は『新編シラー詩抄』の「人質」と、その「註解」を参考にして拡張すれば成り立つと考えられている。「人質」の「内容」についての説明は先行研究が豊富にあるため、それらに譲り、「人質」の「ネットワーク」について、つまり「人質」の受容・伝播状況を以下に述べよう。

「人質」のネットワーク

日本におけるシラーの初期受容は、明治十年代に自由民権運動の中でヴィルヘルム・テルが翻訳されたことが知られているが、「詩」のジャンルの受容について九頭見和夫は「明治二十年代の山口《やまぐち》小《こ》太郎《たろう》、大和田《おおわだ》建樹《たけき》による翻訳が最初と思われるが、本格化するのは明治三十年代後半から大正にかけての秋元《あきもと》蘆風《ろふう》（喜久雄）の精力的な研究活動によってである[3]」という。なるほど、ネットワークグラフを見ると、シラー詩集の系統の「メロス伝説」についても、明治二〇年代から一定の間隔で世に出回っているのが確認できる。また、シラー詩集は、太宰が「走れメロス」を発表した昭和一五年前後に連続して翻訳・紹介されていることが分かる。松本和也は、「走れメロス」が発表された昭和一〇年代について「ドイツでのシラーをめぐる動向が積極的に日本に紹介されていく状況」になったことを指摘している。[4] ドイツでのシラーをめぐる動向とは、シラーがドイツ文学の古典としてナチスによって改めて高く評価されていた状況のことである。その動向を受けて日本でもシラー「再評価」の気運が高まっていたというのである。当時の日本におけるドイツ文学の情勢を山下肇は「パリを占拠しヨーロッパを席捲するヒトラー・ナチのドイツの隆盛がどうやら日本のドイツ文学界の風潮にまで波及して、仏文にたいし独文が優位を誇るような嫌い[5]」があったと語っているが、このエピソードは、文学関係者がドイツ文学と接続しやすい風潮があったことを示唆していよう。このようなシラー受容の側面から見たとき、太宰がシラーの詩集を手に取った背景には、彼の関心とともに、日独防共協定、日独伊三国同盟の締結といった、ドイツとの関係を密にしていく戦時下日本の政治的な動向も影響していたと考えられる。これをネットワークの視点からすると、シラーの「人質」は、ナチスに評価された文学が話題となる中で、伝播し、多くの引用のリンクを獲得する可能性が高まっていたということになる。

シラーの「人質」のネットワークにおいて、本書にとって注目すべきは、この詩が大正以降の国語の教師用指導書や副読本の類(『高等小学読本参考』、『独逸小学読本』、『高等小学読本学習指導案』、『新高等小学国語読本巻一原拠』、『国定教科書を標準とした童話の六年生』、『ドイツの読本』）にも掲載されていたことである。これらのテクストの中で「人質」は「真の知己」や「フェイマスストーリーズ」と一緒にあるいは関連資料として紹介されており、他のハブテクストと並んで「メロス伝説」として認められて教育の場にも伝播していたのである。

以上のように「人質」は、「走れメロス」の下敷きになったのみならず、政治・社会・教育の状況と絡み合いながら、時代をまたいで「メロス伝説」を文学や教育の場に広げた引用頻度の高いテクストだったのである。

比較の観点

まず必要なのは、「走れメロス」と「メロス伝説」の総体との比較を行うにあたってどのような観点から比較すべきかを考えることである。文学テクストを読むにあたっては、その切り口や観点によってはいかようにも解釈ができるからだ。あくまで、本書の議論に沿った観点から解釈していかなければならない。

「メロス伝説」の中における「走れメロス」の独自性を明らかにするために考慮すべきは、「走れメロス」以前の「メロス伝説」がどのような性質のテクストであったか、ということだろう。

大まかに言えば、これまで本書が明らかにしてきたように、「走れメロス」より前に流通していた「メロス伝説」のテクスト群は、それを読む読者をして、自己犠牲的な精神に基づいた、信実、友愛、約束、信義といった対人関係の規範を身につけさせることを主目的とした規範感化材としての側面が強くあった。具体的に示すと、修身教科書である『泰西勧善訓蒙』の「朋友ノ交」では、献身的・自己犠牲的な親愛と助け合い、同じく修身教科書である『中学修身訓』の「約束せば必ず遂げよ」では、約束を守る習慣をつけること、国定国語科教科書である『高等小学読本』の「真の知己」では、信義と愛情、ならびに朋友と信じ合うこと、鈴木三重吉の童話である「デイモンとピシアス」では信実や友愛的な行動が、それぞれ求められ、テーマ化されていた。「フェイマスストーリーズ」のように楽しさや読みやすさを特質とした読み物教材もあるが、「メロス伝説」の主たる受容の場となった国語や修身の教室で使用されたものは、読者に規範意識を植え付けることに主眼が置かれている。そのため、当時の読者は総じてこの伝説を他者との信頼関係の規範を示す物語として受容していたと考えられる。

　では「走れメロス」はどうか。「走れメロス」は開かれたテクストとして読者に提供されたという大きな違いがある。発表媒体が『新潮』であることからも分かるように、対象とするのは一般の読者であり、教育・感化することを目的とはしていない。また、読み方を一方的に規制するような情報も加えられておらず、内容の解釈や価値判断は読者にゆだねられていると言える。

　しかし、「走れメロス」も「信実」(以下、他者との信頼に関わる「信義」「信実」「友情」「約束」といった概念を「信実」に統一して表記する)をテーマとして取り扱っていることは明らかだろう。メロスはセリヌンティウスを人質にし、帰ってくることを約束して出発する。村を出るときには「あの王に、人の信実の存するところをみせてやらう」と誓い、さまざまな試練を克服し、帰還を果たす。二人の友情を目の当たりにした王は「信実とは、決して空虚な妄想でなかつた」と述べ、物語は大団円を迎える。この間、読者は、メロスが王に「信実」を証明できるかどうかという関心によってストーリーを読み進めるのであり、読者の側からして「信実」が物語の中心的なテーマとなることは異論の余地がないように思える。

また太宰治自身が、「自作を語る」の中で、「友人山岸外史君から手紙をもらつた。(「走れメロス」その義、神に通ぜんとし、「駈込み訴へ」その愛欲、地に帰せんとす。)(中略：引用者)／友人は、ありがたいものである。一巻の創作集の中から、作者の意図を、あやまたず摘出してくれる。(6)」と語っていることからも、作者も「義」すなわち、他人に対する道義をテーマに据えていたと考えられる。物語の中の言葉で言えば、それは「信実」「正義」「愛」といった概念を指すわけであり、作家論的に言っても「走れメロス」は「信実」をテーマとして扱っていたことになる。

しかし、テーマは同じでも、「走れメロス」とそれ以前の「メロス伝説」とのあいだにおける構成や場面等の物語内容の違いは明らかに存在しており、これによって「信実」の意味内容も異なったものとなっている。また、東郷が指摘したように、「走れメロス」には太宰の「文体の力(7)」が加わっており、それによって読者が受けるイメージも違ったものになるはずである。さらに言えば、物語内容やその言説の他にも、物語の外部の情報によっても読者の解釈は影響を受ける。

以上のことを踏まえて本書では、物語内容を比較検討することを基本とし、それに加えて文体の違いや物語の外部の情報にも着目しながら、従来の「メロス伝説」が読者に規範として要請してきた「信実」というテーマが「走れメロス」では、どのようなものとして語られているのかという観点で比較していくこととする。

3　伝説における特異点としての「走れメロス」

比較事項について

さて、場面と人物の描写の相違点を軸にして見ていくと「走れメロス」の特徴が理解しやすくなるため、216〜217ページの表を作成した。「走れメロス」とその他の「メロス伝説」における記述項目の有無を示したものである。表の見方についてであるが、記述の有無は、○、×で示した。また「◎」は、そのテクストにしかない記述を意味している。△については、有るとも無いとも言えないグレーゾーンを意味している。主に、該当事項が要約的、間接的な記述となっている場合である。たとえば、「㉗メロスとセリヌンティウスが再会する」の場面は、「F人質」であれば、「二人の者はかたく抱き合つて悲喜こもごもの気持で泣いた」と具体的に二人が再会した様子が語られているため「○」としているが、「D真の知己」では、「ひた走りに走つて刑場にかけ付けて見れば、ダモンはまだ生きて居たので、余りのうれしさに目前の死も何も忘れて、手の舞ひ足のふむ所を知らなかつた」とあり、二

C 約束せば必ず遂げよ（『中学修身訓』）	D 真の知己（『高等小学読本』）	E デイモンとピシアス（『赤い鳥』）	F 人質（『シラー詩抄』）	G 走れメロス（『新潮』）
○	○	×	×	×
×	×	○	×	×
×	×	◎	×	×
×	×	×	×	◎
○	○	○	○	○
×	×	×	×	◎
×	×	×	×	◎
×	×	×	○	○
○	○	○	○	○
×	×	△	○	○
×	×	×	△	○
△	△	×	○	○
×	×	×	○	○
×	×	×	○	○
×	×	×	○	○
×	×	×	×	◎
×	×	×	○	○
×	×	×	×	◎
×	×	×	○	○
×	×	×	○	○
○	○	○	△	△
×	○	○	×	×
○	○	○	△	△
×	×	○	△	△
○	○	○	○	○
○	○	○	○	○
×	△	○	○	○
×	×	×	×	◎
○	○	○	○	○
○	○	○	△	△
×	×	○	○	○
×	×	×	○	○
×	×	×	△	○
×	×	×	×	◎

記述の項目		A朋友ノ交（『泰西勧善訓蒙』）	Bダモンとフィシアス（『フェイマスストーリーズ』）
□物語の外部の記述	①教訓	○	×
	②ディオニスのエピソード	×	△
	③ピタゴラス学派の説明	×	×
	④原典の表示	×	×
□物語内の場面及び人物の描写	⑤メロスが捕まる経緯	×	○
	⑥メロスが市に来る	×	×
	⑦市の様子と王について質問する	×	×
	⑧捕まる	×	×
	⑨メロスと王との問答	△	○
	⑩メロスとセリヌンティウスとの対面	×	×
	⑪メロスが村で妹の結婚式を挙行	×	×
	⑫メロスの帰路	×	△
	⑬濁流を泳ぎ切る	×	×
	⑭強盗（山賊）と戦う	×	×
	⑮太陽の灼熱で動けなくなる	×	×
	⑯悪い夢を見る	×	×
	⑰清水で元気（希望）を取りもどす	×	×
	⑱太陽の十倍早く走る	×	×
	⑲不吉な会話を小耳にはさむ	×	×
	⑳フィロストラトスが止めに入る	×	×
	㉑セリヌンティウスの獄中	×	○
	㉒ディオニスが警備を厳重にする	×	○
	㉓メロスをかばい、信じる	×	○
	㉔ディオニスが嘲る	×	×
	㉕メロスの帰還	○	○
	㉖処刑の願い出	○	○
	㉗メロスとセリヌンティウスが再会する	×	△
	㉘メロスとセリヌンティウスが殴り合う	×	×
	㉙ディオニスの感動	○	○
	㉚ディオニスが２人を許す	○	○
	㉛ディオニスが２人に交友を願い出る	○	×
	㉜人々の反応	×	×
	㉝群衆が歓声をあげる	×	×
	㉞少女が緋のマントをメロスに捧げる	×	×

■「走れメロス」とその他の「メロス伝説」における記述項目の有無

人が会ったことは推測できるが、具体的に対面し、抱擁したり握手をしたりすることは語られていないため「△」とした。

比較する記述の項目は、メロスやセリヌンティウスが活躍する「物語内の場面及び人物の描写」に加えて、メロスたちの「物語の外部の記述」で語られている「①教訓」、「②ディオニスのエピソード」、「③ピタゴラス学派の説明」と、「④原典の表示」の有無も加えた。なお、本来、人物名はそれぞれのテクストで異なるが、煩雑さを避けるため、今回は「走れメロス」の呼称に統一した。

「物語の外部の記述」における相違点

初めに「物語の外部の記述」について説明する。

「①教訓」が記述されているのは、「A朋友ノ交」、「C約束せば必ず遂げよ」と「D真の知己」である。これらのテクストでは、道徳的規範の具体例としてこの物語が利用されているため、話の前や後ろには、教訓が記されているのである。たとえば「D真の知己」であれば「真の知己は生死の境に臨んでも、相信じて疑はないものでなければならぬ」といった教えが説かれている。再度の確認となるが、「走れメロス」の場合はこのような教訓は記されておらず、規範を実践させることを目的としたテクストではない、ということが指摘できる。

「②ディオニスのエピソード」は、メロスやセリヌンティウスが登場する話（「メロス伝説」）以外の、ディオニスにまつわるエピソードのことである。「Eデイモンとピシアス」でのみ○をつけた。「Eデイモンとピシアス」は、二部構成をとっているが、一部はディオニスが「わがままな惨酷な男」で、人間不信であることを示す複数のエピソードが語られているのである。ちなみに二部は「メロス伝説」に該当するが、この二部も「ディオニス」にまつわるエピソードの一つとしての位置づけである（二部の冒頭には、「併しディオニシアスについて伝へられてゐるお話の中で、一ばん人を感動させるのは、怖らくニ《ママ》シアスとデイモンとのお話でせう。」とある）。「Bダモンとフィシアス」は△とした。これは、「メロス伝説」の前の話に「ダモクレスの剣」の話が置かれているためである。

「③ピタゴラス学派の説明」に関して、そもそも「メロス伝説」は「ギリシアの数学者ピュタゴラス Pȳthagorās（前五七〇年頃生）が組織した教団員のあいだの団結の固さを示す逸話として発生[8]」したと言われているが、「Eデイモンとピシアス」にはその説明があり、メロスとセリヌンティウスの二人が「ピサゴラスの学徒」であり、「自制」に努め、「お互に、いつも固く結び合つて、いろいろの学問を修めてゐ」たと記述されている。他の「メロス伝説」（ABCDFG）ではこの部分は省略されている。「走れメロス」の場合は、二人の属性は、ピタゴラス学派ではなく、メロスが「牧人」、セリヌンティウスが「石工」となっており、二人の関係は「竹馬の友」という友人関係に置き換えられている。

濱森太郎はこの変更を「「友情」の物語に書き換えた[9]」と指摘しているが、この変更によって、この話の集団の記憶としての役割は消し去られ、友情や信実といった、対人関係が主題化されたと解釈できる。

「④原典の表示」は「走れメロス」に限られる。「走れメロス」では、文末に「(古伝説と、シルレルの詩から。)」とある。重要なのはこの表示が、古伝説とシラーの詩、すなわち従来の「メロス伝説」を意識して「走れメロス」を読むように読者を促す点である。言い換えると「走れメロス」は従来の「メロス伝説」を読み直すことを求めるテクストなのだ。そのことにどのような意味があるのかは後述する。

「物語内の場面及び人物の描写」から見る相違点

さて「物語内の場面及び人物の描写」を中心に詳しく検討する。「走れメロス」によって新たに加えられ、太宰による創作といえる場面は「⑥メロスが市に来る」場面、まちの人に「⑦市の様子と王について質問する」場面、「⑯悪い夢を見る」場面、「⑱太陽の十倍速く走る」場面、「㉘メロスとセリヌンティウスが殴り合う」場面、「㉞少女が緋のマントを捧げる」場面である。

この中で、「信実」の描かれ方において特徴が顕著に表れているのは、「⑯悪い夢を見る」場面である(メロスが、山賊を打ち倒した後、動けなくなり、「不貞腐れた根性が、心の隅に巣喰」う場面)。以下、しばらくこの場面を中心に説明する。

そもそも今回比較対象としたテクストの中で「⑫メロスの帰路」(⑬~⑳)、すなわち、メロスが帰郷した後、王のもとに戻ってくるまでの行動を焦点化して語るテクストは「F人質」と「G走れメロス」に限られる。「人質」だけとの比較では、共通点であったことから問題とならなかったことだが、他の「メロス伝説」と比べると、「人質」と「走れメロス」が「メロス」という人物を中心にして語っている話であり、「メロス」を中心に読むように仕向けられたテクストであることが浮かび上がってくる。このことは基本事項として押さえておくべき特徴である。

他のテクストは「⑫メロスの帰路」の行動は後説法で語られるか、省略されてしまっているのである。たとえば「D真の知己」では「△」としたが、これなどは、「彼は途中風波の為に妨げられたのであつた。若し期日に遅れるやうなことがあつては、一つには無二の親友を殺し、二つには二言を吐いた悪名を後の世に伝へると思へば、立つても居ても居られない気がしたが、如何とも仕方がなかつた。」とあり、後から要約的に語られているだけである。「Eデイモンとピシアス」では、戻ってくるときに、「と、そこへ、丁度ピシアスがかへつてきました。」とだけしか語られておらず、彼が帰郷し、戻ってくるあいだ、何をしていたのかは読者には知らされない。

対して「F人質」では、メロスが、濁流を泳ぎ⒀、盗賊と戦い⒁、太陽の灼熱で動けなくなり⒂、フィラストラトスが止めに入る⒇など、遭遇する試練が設定され、それを乗り越えるメロスの言動が直接話法を交えて描かれており、読者に臨場感を感じさせる語りとなっている。「F人質」では、メロスという人物を中心に据え、彼が試練を克服する行動を示すことで理想主義的な生き方を読者に訴えかけているかのようである。[10]

そして「走れメロス」の場合は、メロスを中心とするだけでなく、「F人質」の「⑮太陽の灼熱で動けなくなる」場面の後に、「⑯悪い夢を見る」場面を新たに加え、メロスに内的焦点化し、彼の心理を描いているのである。そこでは、「真の勇者」と自認していたはずのメロスは、自らの信念を曲げ、心の中でセリヌンティウスを疑い、かつ欺き、「正義だの、信実だの、愛だの、考へてみれば、くだらない。人を殺して自分が生きる。それが人間世界の定法ではなかつたか。」と、自暴自棄に陥るのである。

「信実」がどのように語られているか、という観点で見たとき、この「⑯悪い夢を見る」場面を組み込み、メロスに内的焦点化して信実を実践することの困難さを描いたことが、他のテクストにないている大きな相違点ということになる。「⑯悪い夢を見る」場面が追加され、メロスの心理が詳細に語られていることは「人質」単独との比較研究でも言及されてきた相違点であるが、「メロス伝説」の中に「走れメロス」を布置したとき、この相違点は単なる違いではなく、特別な意味をもつことになる。

なるほど、物語全体の構造からすると、メロスが直面する「⑯悪い夢」は、「清水」⑰の力によってすぐに解決されるわけであり、あくまでも「信実」というテーマを補強・強化するための「難題」という位置づけである。このことからすれば、従来の「メロス伝説」同様に、「信実」というテーマに収斂する話であることに変わりない。

だがしかし、物語が「信実」に収斂するにしても、従来の「メロス伝説」と決定的に異なるのは、このテクストでは、読者が、メロスを中心に読み進め、彼と一体化して「不信」へと揺れ動く体験を一度でも味わうように仕掛けられていることだろう。「⑯悪い夢を見る」場面の物語内容の時間は、メロスの心情に沿って進み、長く続く。この場面をメロスに寄り添って読んだ読者は、「信実」を実践することがいかに難しいかを実感することになる。従来の「メロス伝説」を読むことでは決してあり得なかった「(不)信実」の体験が用意されているのである。

もう一つ、「信実」のゆらぎを感じさせるものとして、「㉘メロスとセリヌンティウスが殴り合う」場面で、セリヌンティウスが「君を疑つた」と告白するシーンがある。この「㉘殴り合い」の場面は、「F人質」にも存在しないが、他の「メロス伝説」(ABCDE)でも存在していない。その理由は、従来の人物たちが、信と不信のあいだを揺れ動くことはなく、一貫してお互いを信じ合っていたことにある。両者に「疑い」自体が生じないため、お互いの罪を浄化させるために殴り合ったりする必要もなかったのだ。

逆に、セリヌンティウスがメロスを信じる「㉑セリヌンティウスの獄中」の場面は、「Bダモンとフィシアス」「C約束せば必ず遂げよ」「D真の知己」「Eデイモンとピシアス」において、大きな見せ場として存在している。次の引用は「D真の知己」における約束の期日が迫った場面である。

彼は言つた。

若し期日に至つてピチュスが帰らないとしても、決して彼の本心から出たのではない。何か不慮の故障が起つたのである。

いよいよ約束の期日になつた。約束の時間がせまつた。けれどもピチュスは帰らない。影も形も見えない。ダモンも今は是までと死ぬ覚悟を極めた。彼の親友に対する信用は更に変らない。彼は又言つた。
今ここで殺されるのは最も信愛する友人の為である。少しもうらむことはない。

このように「D真の知己」やBCEのテクストにおいてはセリヌンティウスはメロスに絶対の信頼をよせ、疑念を差し挟む余地はまったく見せない。ゆらぐことのない信実を体現する人物として設定されているのである。それゆえ、「走れメロス」で「㉘殴り合い」の場面が追加され、セリヌンティウスが「ちらと君を疑つた。生まれて、はじめて君を疑つた。」として、「疑い」を抱いたという事実は、従来の人物像を一転させるほどのインパクトがあり、「信実」を実践することがいかに難しいかを示す事件になっていると言える。

ここまでをまとめる。メロスは不信に陥り、セリヌンティウスは疑いをもった。つまり、「走れメロス」の特徴は、相馬正一の言うように「二人の友人にそれぞれ裏切りと猜疑心とを告白させることによって〈信実〉を貫くことの難しさと人間の心情の複雑さを示した[11]」ことにある。これを言い換えると、「人間としての弱点[12]」を描いた点に特徴があったということになろうか。この特徴自体は「人質」単独との比較においてつとに指摘されてきたことであり、新たな発見というわけではない。だが「メロス伝説」の総体から見たとき、この特徴は、従来の「メロス伝説」における一貫した「信実」に対して、その困難性を示したという点で重要だ。

従来の「メロス伝説」では、メロスとセリヌンティウスの両者は「信実」を貫きとおしてきたのであり、そこでは「信実」というものを終始一貫したゆらぎのないものとして描いてきた。メロスとセリヌンティウスは嘘偽りのない一貫した信実を遂行した人物だったからこそ、道徳的な規範のモデルであり続けたのであり、そこに「メロス伝説」の利用価値があった。

　だが、そのように類型化され一貫性をもった「信実」は「走れメロス」によって転倒させられている。「信実」というものは単純で強固なものではありえず、この規範概念には「疑い」や「欺き」が内に潜んでいることが示されたわけである。このことは、規範としての「メロス伝説」の利用価値を相対化させるものであったはずだ。

文体とユーモアによる「信実」の相対化

　次に文体の違いも見ていく。この文体も「信実」の意味を変える働きをしている。

「走れメロス」の文体的な特徴として「いわゆる地の文（客観的叙述）と、主人公の独白や語り手の心情表白とが微妙に混交している[13]」ことがある。永井聖剛の言う「主人公に情緒的に同一化させるような語りが採用さている[14]」のであり、特にこの種の語りは「悪い夢」から「⑰清水で元気（希望）を取りもどす」場面で用いられており、読者はメロスに感情移入しながら「不信」に致り、希望を取りもどして再び走り出すまでの心理的過程を通過するのである。そのため、読者はメロスの行動を受け入れやすくなるが、同時に、先に述べたように、信実のゆらぎを実感的に体験することにもなる。

　また、高木まさきが指摘するように、「漢語や文語表現の多用[15]」による大袈裟な表現や「⑱太陽の、十倍も速く走る」場面等にみられる「ユーモア」もこの真面目なテーマを相対化する働きがある。従来の「メロス伝説」の文体はユーモアとは程遠いものだった。格調高い、あるいは模範的・標準的・平易な文体で「信実」という高貴なテーマを描いてきたのであり、読者が「信実」という権威をありがたく、または従順に受容するようになっていたのだ。しかし「走れメロス」では、ユーモア溢れる文体によって「信実」を描いたことにより、その品位は下げられている。読者は襟を正して受け入れる必要から解放されており、アイロニカルに見ることさえも許されていると言えるだろう。

さらに、新たに加えられた「㉞少女がメロスに緋のマントを捧げる」場面も、高貴な友情物語の舞台から卑俗な世界へとメロスを引きずりおろし、「微笑ましい終幕[16]」とすることに貢献している[17]。この終幕からは、自己を犠牲にしてでも信実を実践しなければならないという従来の「メロス伝説」が醸し出していた圧迫感は感じられない。

「走れメロス」が暴いたこと

中村三春は、太宰的引用・パロディの函数一般を「先行する権威的な価値を失墜させる（decay）〈腐食化〉（decadence）の原理[18]」と仮定しているが、ここまで検討してきたように、従来の「メロス伝説」における権威的な「信実」は、「走れメロス」によって大きくずらされ、ゆさぶられたと考えられる。「走れメロス」には、自己の命を犠牲にしてまで「信実」を遂行することは容易なことではないという、一貫した信実に対する困難性が示されていた。「走れメロス」というテクストは、文末に「（古伝説と、シルレルの詩から。)」とあり、これによって従来の「メロス伝説」を読み直すことを読者に要求してくるわけだが、人間としての弱さをもち、信と不信のあいだを揺れ動く「メロス」を体験した後に「真の知己」や「人質」を読み直してみれば、そこで語られた「信実」や完璧な人物たちの言動からは、不自然さや胡散臭さが浮かび上がってくる。「真の知己」であっても「死生の境に臨ん」だ場合、「相信じて疑はない」ことは、現実的には不可能に近いのだ。

この点から、「走れメロス」は、従来の「メロス伝説」が内包する「信実」の意味を更新し、遡及的にその価値を脱権威化するテクストであったと言えるだろう。そしてそれは、新たな場面、人物・心理描写の追加、メロスと一体化して感情移入させる巧みな語りやユーモラスな文体等の複層的な方略によって仕掛けられていたのである。

なお「走れメロス」が昭和一五年に発表され、戦時下の文脈と切り離せないテクストであったことを考慮すると、[19] 自己を犠牲にして国家・天皇に尽くすことが求められた時代において、従来の「メロス伝説」が呼びかけてきた自己犠牲という行為が一筋縄には行かないことを示したことは、批判的な視点を読者に与えたという点において歴史的な意義も小さくなかったのではないだろうか。

4　自己変革としての物語

高い適応度

戦後、伝説のネットワークの中で、「走れメロス」というノードは後発テクストであったにもかかわらず、「フェイマスストーリーズ」や「真の知己」といった従来の「メロス伝説」が存在した記憶を消し去ってしまうほど、強大に成長する。成長できたのは、戦後に国語の教科書教材として採用され、安定した支持を得たからであるが、「走れメロス」自体が、他のノードに比べてリンクされやすい内在的な特徴、すなわち、高い適応度をもっていたからだと考えられる。具体的にはどういうことか。

須貝千里によると、教材化した「走れメロス」は、「愛と信実の物語」として、または「自己変革の物語」として評価され、そのような読み方が国語の教室で行われるようになっていく。そしてこの読み方をするために、「場面に即しながら、メロスの心理変化を把握させ、そこに心の葛藤を見いださせ、メロスの自己変革の過程を浮かび上がらせるという方向に授業はすすむ[20]」のだと言う。須貝はこのような読み方を「リアリズムの小説」としての読みだとして批判しているが、こういった読み方が教材の扱い方として適切なのかどうかは置くとして、「走れメロス」が戦後「自己変革の物語」として評価・受容されたと、ひとまず言えるだろう。「信実」を読む授業は「真の知己」のときのそれと変わりないが、「走れメロス」が登場したことで「自己変革の物語」として読むこと、すなわち、登場人物の心情や、試練を乗り越えて成長する姿を読み取ることが「メロス伝説」で可能になったのである。

このことから、「走れメロス」における高い適応度は、本書において確認した特徴、すなわち、試練となる「悪い夢」の場面や登場人物の心情が描かれたことによって生じていたのではないか、と考えられるのである。

それは、とりもなおさず、明治以降、人格をもった人間とその複雑な心理を描き続けてきた日本の近代小説の場に「メロス伝説」が架橋された賜物とも言えるが、そういった近代小説的な要素がなぜ戦後の国語教育の場で支持されたのかといった問題については、次章で取り扱うことにしよう。

注

(1) 以下の同時代評は、山内祥史編『太宰治著述総覧』東京堂出版、一九九七年九月より引用。

(2) 角田旅人「「走れメロス」材源考」『香川大学一般教育研究』第二四号、一九八三年一〇月、一―一八頁。

(3) 九頭見和夫『太宰治と外国文学――翻案小説の「原典」へのアプローチ――』和泉書院、二〇〇四年三月、四〇頁。

(4) 松本和也『昭和一〇年代の文学場を考える――新人・太宰治・戦争文学――』立教大学出版会、二〇一五年三月、二五二頁

(5) 山下肇「太宰治「走れメロス」」『教育科学　国語教育』第五六号（引用は、山内祥史編『太宰治『走れメロス』

作品論集　近代文学作品論集成⑧』クレス出版、二〇〇一年四月、二六―三五頁)。

(6) 太宰治「自作を語る」『月刊文章　九月号』、一九四〇年(引用は、太宰治『太宰治全集　第一〇巻』筑摩書房、一九五八年七月、一八八―一九〇頁)。

(7) 東郷克美「「走れメロス」の文体」『月刊国語教育』第一巻第三号、一九八一年(引用は、前掲、山内『太宰治『走れメロス』作品論集　近代文学作品論集成⑧』、七八―八五頁)。

(8) 杉田英明「〈走れメロス〉の伝承と地中海・中東世界」(引用は、前掲、山内『太宰治『走れメロス』作品論集近代文学作品論集成⑧』、二八九頁)。

(9) 濱森太郎「「走れメロス」の着想について――秘匿された物語の論理――」『太宰治研究　第六輯』、一九九九年(引用は、前掲、山内『太宰治『走れメロス』作品論集　近代文学作品論集成⑧』、三七五頁)。

(10) 九頭見は前掲『太宰治と外国文学――翻案小説の「原典」へのアプローチ――』、四頁で「人質」(“Die Bürgschaft”)について、「Balladeという文学形式によるのか、はたまたシラー文学の特色なのか、単純明快で理想主義の美談的色彩が濃く、言わば極めて観念的とも言えるのに対し、「走れメロス」では、登場人物の豊富な心理描写等を通じて原作とは異なる極めて人間臭い新たな文学世界が描き出されている」と述べている。

(11) 相馬正一「虚構化された素材を読み解く――譚詩「人質」と「走れメロス」――」『月刊国語教育』第一七巻第一〇号、一九九七年(引用は、前掲、山内『太宰治『走れメロス』作品論集　近代文学作品論集成⑧』、一二五七頁)。

(12) 長谷川泉「「走れメロス」鑑賞」『国語通信』第二二号、一九五九年(引用は、前掲、山内『太宰治『走れメロス』作品論集　近代文学作品論集成⑧』、一六頁)。

(13) 東郷克美「「走れメロス」の文体」(引用は、前掲、山内『太宰治『走れメロス』作品論集　近代文学作品論集成⑧』、八一頁)。

(14) 永井聖剛「朗読と言語的多様性に関する一考察――太宰治「走れメロス」を教材として――」大津雄一・金井景子編著『声の力と国語教育』学文社、二〇〇七年三月、一七六頁。

(15) 髙木まさき「『走れメロス』、そのテーマとユーモアの二重構造――自己の読みを超えるということ――」田中実・須貝千里編『文学の力×教材の力　中学校編二年』教育出版、二〇〇一年六月、二三六頁。
(16) 前掲、相馬「虚構化された素材を読み解く――譚詩「人質」と「走れメロス」――」(引用は、前掲、山内『太宰治『走れメロス』作品論集　近代文学作品論集成⑧』、三五八頁)。
(17) 鈴木昌弘『メロスはなぜ少女に赤面するのか――「テクスト分析」でつくる文学の授業――』(三省堂、二〇二〇年四月) 一〇七頁では、「神格化されたメロスを「普通の人」に戻すのが、緋のマントを捧げるという少女の行動である」とする解釈がなされている。
(18) 中村三春『係争中の主体――漱石・太宰・賢治――』翰林書房、二〇〇六年二月、一七五頁。
(19) 前掲、松本『昭和一〇年代の文学場を考える――新人・太宰治・戦争文学――』、二三四―二六八頁。
(20) 須貝千里『〈対話〉をひらく文学教育――境界認識の成立――』有精堂出版、一九八九年一二月、一八五頁。

第二章　戦後社会の文学教育

――時枝誠記編『国語　総合編　中学校　二年上』「走れメロス」（昭和三二年）

1　いかにして「走れメロス」は教科書に現れたのか

教材「走れメロス」の誕生

いまや太宰治の「走れメロス」は、「〝文豪による名作〟としての扱い[1]」を受けている。だが、国語の教科書に教材として採録されなければ、これほどまでに日本の社会に浸透することはなかっただろう。

その教材「走れメロス」が誕生したのは、一九五六（昭和三一）年度使用の中学校国語科用教科書、時枝誠記《ときえだもとき》編『国語　総合編　中学校　二年上』（中教出版、一九五五年発行）においてである。その後も、各社の教科書に掲載され続け、「定番教材」となったことで、「メロス伝説」のネットワークは飛躍的に拡大していくことになる。本章では、「メロス伝説」が飛躍的に拡大する原点となった、この教材としての「走れメロス」を対象とする。

前章では、「走れメロス」の特徴を、一貫した信実に対する困難性が描かれたことにあるとし、試練となる「悪い夢」の場面や登場人物の心理描写が従来の「メロス伝説」に加えられていたことを確認した。では、教材化にあたっては「走れメロス」にどのような価値が認められ、どのような役割が与えられたのか。そこに「走れメロス」の特徴はどうかかわってくるのか。本章ではこれらのことを教科書の構成や指導書の記述、それから当時の教育をめぐる状況から検討し、「走れメロス」が伝説史上最大のハブに成長した謎を解明したい。

「走れメロス」が教材化された理由については、太宰研究の側からの説明がある。それは、「太宰」が昭和三〇年代初頭に再評価され、この気運の中で採録されたという説明である。(2)この時期、奥野健男《おくのたけお》『太宰治論』(近代生活社、一九五六年)、『太宰治全集』(筑摩書房、一九五五・五六年)や文庫本等が出版され、太宰の読者層が広がりを見せていたのである。(3)

たしかに、この「太宰」人気が、教材化だけでなく、その後の定番教材化への原動力になったことは間違いないだろう。しかし、「太宰」人気だけでは、数ある太宰の作品の中で、「走れメロス」が選ばれた理由が判然としない。そもそも当時の認識では、作品価値は作家像と強く結びついており、再評価されたとはいえ、スキャンダラスなイメージを引きずっていた太宰像は教育の場には不適当な存在として捉えられていたのではないだろうか。

他方、国語教育研究の側からは、当時の教育思潮を考慮したうえでの説明がなされている。本書にとって示唆に富む指摘を二点挙げよう。

堀泰樹は、教材化当初、「走れメロス」は「小説の鑑賞」という「単元」の中に収められていたことを指摘している。(4)「走れメロス」が初めて掲載された『国語　総合編』は昭和二六年度版学習指導要領の示す方向に沿って編集されているとし、経験主義国語教育の方向性の中で「文学的経験を与える教材として位置づけられ、機能させられていった」と述べている。一方、幸田国広は「走れメロス」は「典拠そのものに重層性」があり、その典拠における徳性の強さを指摘している。そのうえで、掲載された理由について、当時の文学教育の隆盛を踏まえて「文学による「人間形成」という理念に同調する形で文学教材は選択がなされ、その中で、『走れメロス』に光があてられた」[5]と述べている。

経験主義とは、アメリカから日本に導入され、戦後初期に一世を風靡した教育思想である。経験主義では、学習者の生活を重視し、興味と必要を中心に経験を与えて指導する立場を取る。それを具体化すべく組織されたひとまとまりの学習が「単元」だ。昭和二六年度版学習指導要領は経験主義の立場から作成されており、この指導要領が適用される『国語　総合編』の教科書編集において、どのような「単元」を構成するかは切実な課題であった。そのため、教科書の単元構成が「走れメロス」の教材化の背景を読み解くための鍵を握っていることになる。本書では教科書の単元を調査していくわけだが、どうやら「走れメロス」の典拠に重層性があったことが、教材化にあたって重要なポイントになったようなのだ。「走れメロス」の典拠の重層性、すなわち、「メロス伝説」のネットワークの存在が、教材「走れメロス」の誕生に与っていたかもしれないのである。

しかしながら、教科書の「単元」を調査するだけでは、教材化の一面しか理解できないことになる。なぜならば、昭和二六年度版学習指導要領が出された後の国語教育の場では、経験主義は反省期に入り、これまで埋没していた「文学教育」が復興してきたからである。この時代の国語教育思潮について飛田多喜雄は、「あまりにも、ことばを社会的交渉の手段とする実用的な考え方や、歪められた経験主義の反省として、もっと底深く人間性を培う文学教育の重要性が認識されるようになった」と説明している。[6]つまり『国語　総合編』が作成された時期は、教科書編集の基準として経験主義が機能していた一方で教育現場では「文学教育」が強く求められていたのである。そのため、本書では、「文学教育」という観点からも「走れメロス」教材化を検討する。「文学による「人間形成」という理念」が具体的にどのように教材化に影響したのかを見ていくことにしよう。

2 「走れメロス」黎明期の教科書

教科書の単元構成

まず、教科書の単元構成を検討する。

『国語　総合編』は全部で六冊あり、学年ごとに上・下の二巻に分かれている。教材の配列は、教材を順に並べた「教材文並列型」ではなく、グループごとにまとめられた「単元編成型」となっている。[7]「走れメロス」は「二年上」の「三　小説の鑑賞」の中に配置されている。「二年」の単元は他にも「詩の鑑賞」「会議」「ラジオドラマ」「論文と解説」「シナリオと映画」「随筆の鑑賞」「短歌と俳句」「観察と研究」「古典入門」があり、ジャンルと主題によってまとめられている。

このように『国語　総合編』は「単元学習」に配慮した編纂が行われており、堀の指摘のとおり、「単元」の中に「走れメロス」が収められていたことが確認できる。また、教科書巻末にある「単元一覧」を調べてみると、「小説の鑑賞」における「学習内容」は、昭和二六年度版『中学校指導要領国語科編（試案）』の「各学年の具体的目標」と見事に一致している。[8]このことからも、「走れメロス」が経験主義国語教育の文脈に位置づけられていた、とひとまず言うことができよう。

単元の内容

次に具体的に「走れメロス」の単元の内容を検討していくが、その前に、この教科書の「単元」の中には、「文学」と「言語技術」の両方が組み込まれていることを説明しておこう。この教科書名は「国語　総合編」となっているが、「総合編」とは、当時発行された分冊教科書「文学編・言語編」に対する編名である。「文学編」「言語編」は、当時の経験主義の教育観のもとに作成された教科書であり、「言語編」では言語技術を示し、「文学編」では資料を載せ、教師がこれらを関連づけながら単元を構想できるようにと分冊のかたちで編集された「幻の教科書」である。[9] これに対し「総合編」の教科書は「文学と言語とを総合した」教科書であることを意味している。「国語　総合編」の教科書は、「資料」（文学）と「解説」（言語技術）を組み合わせた形で単元が構成されているのである。なお、「資料」（文学）のジャンルは、詩、小説、論文などであり、「解説」（言語技術）で、その「資料」で学習する方法やねらいが記述されている。

この「資料」（文学）と「解説」（言語技術）の関係を踏まえたうえで、「走れメロス」の単元である「小説の鑑賞」を検討してみよう。「小説の鑑賞」は、「走れメロス」がある二年上だけでなく各学年にも配置されており、三年間を見通した編成がなされている。次ページの「小説の鑑賞」の単元構成の表のように、どの学年も二つの小説（「資料」）を組み合わせ、それに対する「解説」が設けられているのだ。

　一年の単元では、「しか狩り」と「小さな弟」の二つの小説を並べている。鑑賞への導入的な単元として、中学生に身近な「少年」を「主人公」としていることを共通点としつつ、「解説」では、理想主義的な傾向で「深い人生的な味わい」が表現された「しか狩り」と自然主義的な色彩で「平凡な生活の中にこそ、かえって人生の深い味わいがあること」を教えてくれる「小さな弟」を対比させ、作風ごとに表現を読み味わう方法が提示されている。

　三年の単元では、「あひるの喜劇」と「生まれいずる悩み」を並べている。「解説」では、「あひるの喜劇」には「社会悪の存在する現実」への「作者魯迅のきわめて鋭い現実凝視の目」があるとし、「生まれいずる悩み」には、「生活と結びついた悩み」や「社会的な問題」を「追求している」と書かれている。この単元では二つの文学教材によっ

	学年	種類	教材
小説の鑑賞	一年	小説	しか狩り（国木田独歩）
		小説	小さな弟（C・フィリップ）
		解説	「しか狩り」と「小さな弟」について
		解説	辞典の使い方
	二年	小説	山椒大夫（森鷗外）
		小説	走れメロス（太宰治）
		解説	「山椒大夫」と「走れメロス」について
		解説	文の区切りと文の成分
	三年	小説	あひるの喜劇（魯迅）
		小説	生まれいずる悩み（有島武郎）
		解説	「生まれいずる悩み」と「あひるの喜劇」について
		解説	小説について
		解説	活用しない辞

■『国語　総合編』における各学年の「小説の鑑賞」単元構成

て生活を見つめ直し、社会に対する批判的な目を養うことをねらいとしていることがうかがえる。

このように一・三年の「小説の鑑賞」は、教材の特性を考慮して小説（「資料」）を組み合わせ、それに見合った鑑賞方法が「解説」で提示されているのである。

では、「走れメロス」が収められている二年の単元の「小説の鑑賞」はどうか。

3 「走れメロス」に見出された教材特性

「小説の鑑賞」での位置づけ

二年の「小説の鑑賞」は二つの「小説」と二つの「解説」から成り立っている。「小説」では、森鷗外「山椒大夫」と太宰治「走れメロス」を組み合わせており、「解説」には、「「山椒大夫」と「走れメロス」について」と「文の区切りと文の成分」がある。注目したいのは、「解説」の「「山椒大夫」と「走れメロス」について」である。というのは、この「解説」に「山椒大夫」と「走れメロス」の鑑賞方法が説明されており、その内容から「走れメロス」が単元学習の教材となった理由の一つを看取できるためである。

「「山椒大夫」と「走れメロス」」で説かれているのは、端的に言えば「作者の意図」と「文学の本質」の読み取り方である。「解説」には次のようにある。

作者はなぜメロスという古い伝説中の人物を借りて、信義に厚い人間を賛美したい気持ちになったのだろうか。じつはそこまで考えてみないとこの作品のほんとうの味わいはくみ取れないのである。約束を守り、友情を重んずることは大切なことだと、ただわかりきった教訓を述べただけのものとすれば、この小説はちっともおもしろくなくなっただろう。[10]

この後「解説」は、メロスが「心の弱さ」をもち「そこからまた立ち上がって走るメロスが人間らしい」として、「そういうところに、単なる道徳的なたとえ話と、生きた文学とのちがいがあるのである。[11]」と結ばれている。

この「解説」においても、前章で確認した従来の「メロス伝説」と「走れメロス」との相違点として、「悪い夢」の場面や人物を中心とした心理描写が加えられたことが認められていたことが分かるが、注目したいのは「解説」で呼びかけられていることが、「古い伝説」(=「メロス伝説」)に肉付けを施した「作者の意図」と「文学の本質」を読み取ることだった点である。

同様に、「山椒大夫」の「解説」でも「作者の意図」を読み取る必要が説かれているが、ここでも「古い伝説」が比較・参照されている点が重要である。

「山椒大夫」では趣を変えて、古い伝説に筋だけを借り、これに作者の自由な解釈を施している。鷗外はこれを「歴史離れ」と呼んでいる。

この小説の個々の部分には、かなり歴史的考証がおこなわれていて、平安朝末期の風俗や制度が正しく書かれているが、それは作品の道具立てにすぎない。作品の根本は、作者自身が「歴史そのままと歴史離れ」という感想文の中で告白しているように、あくまでも古い伝説に作者自身の夢を託しているところにある。

知られているように、鷗外の「山椒大夫」は説経節「さんせう太夫」を下敷きにしているが、「山椒太夫」の物語自体は中世後期に成立して以来、浄瑠璃、読本、浮世絵等の題材となり、伝説として庶民によって親しまれてきた話である。(12)

つまり、「走れメロス」と「山椒大夫」はどちらも「伝説」を書き換えて創作されたテクストという共通項があり、それがこの教科書では認識されていたことになる。

ちなみに鷗外の「山椒大夫」は、戦前から旧制中等学校や女学校の教科書教材になっていたが、戦後も「安寿《あんじゅ》と厨子王《ずしおう》」の名で子ども読み物として一般に知られていた。『国語　総合編』が発行される前年の一九五四年三月には溝口健二《みぞぐちけんじ》監督によって映画化され、話題を呼んでいる。それにともない、もとになった「伝説」に関心が向けられ、「伝説」との差異から鷗外の「山椒大夫」の独自性を究明する研究も行われていたのだった。(13)このように「山椒大夫」というテクストを取り巻く言語活動が活発化していた社会状況の中で、この「解説」は書かれているのである。

ある作品に、先行するテクストが存在することが明確な場合、その作品やジャンルの特徴は先行するテクストと比べて読むことで浮上する。「走れメロス」と「山椒大夫」は先行するテクスト（「古い伝説」）が明確であった点にその教材特性の一つが認められたのであり、この教科書ではその特性を生かしたかたちで二つの教材を並べ、単元を構成していたのだ。

このことは、教材「走れメロス」と太宰治「走れメロス」との異同を見ることによって裏付けることができる。中教出版『国語　総合編』の教材「走れメロス」の底本は、「短剣」が「短刀」、「おまへには」が「おまえなどには、」、「三人を殴り倒し」が「ふたりをなぐり倒し」となっていることから『富嶽百景』（新潮社、一九四三年一月）と考えられる。表記上の違いはあるものの、のちに問題となる「少女の場面」も省略されておらず、全文が採録されている。

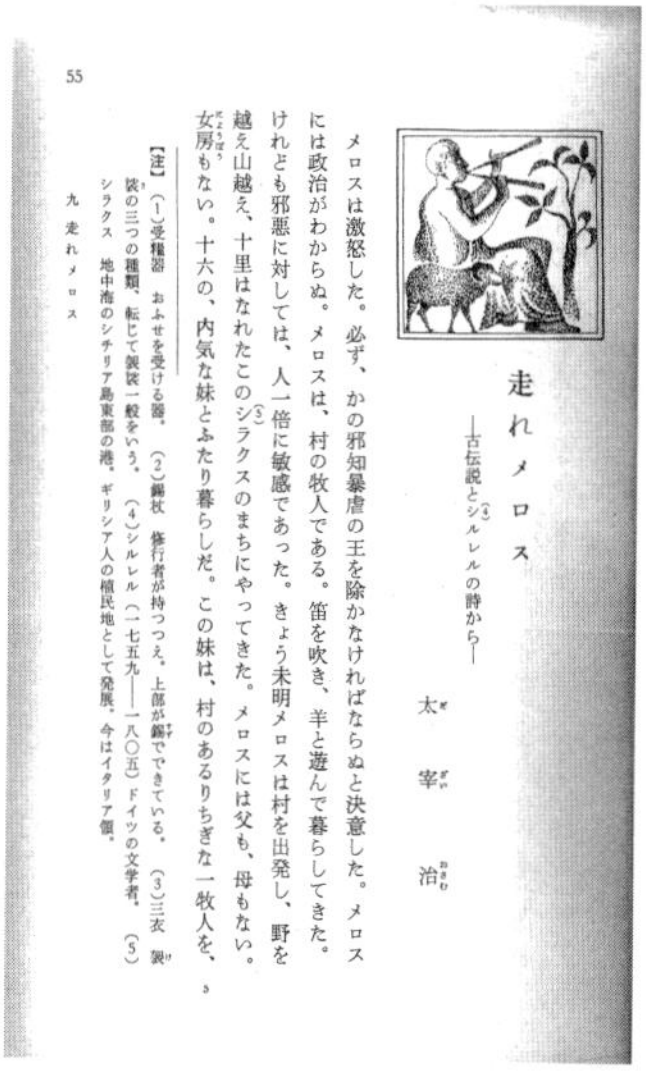
55

走れメロス

――古伝説とシルレル(4)の詩から――

太《だ》宰《ざい》治《おさむ》

メロスは激怒した。必ず、かの邪知暴虐の王を除かなければならぬと決意した。メロスには政治がわからぬ。メロスは、村の牧人である。笛を吹き、羊と遊んで暮らしてきた。けれども邪悪に対しては、人一倍に敏感であった。きょう未明メロスは村を出発し、野を越え山越え、十里はなれたこのシラクス(5)のまちにやってきた。メロスには父も、母もない。女房《にょうぼう》もない。十六の、内気な妹とふたり暮らしだ。この妹は、村のあるりちぎな一牧人を、

【注】(1)受糧器　おふせを受ける器。(2)錫杖　修行者が持つつえ。上部が錫《すず》でできている。(3)三衣袈裟　袈裟の三つの種類、転じて袈裟一般をいう。(4)シルレル（一七五九――一八〇五）ドイツの文学者。(5)シラクス　地中海のシチリア島東部の港。ギリシア人の植民地として発展。今はイタリア領。

九　走れメロス

■『国語　総合編』の「走れメロス」

「古い伝説」の示し方

しかし、底本と大きな違いが一点ある。それは本文の末尾にあるはずの「（古伝説と、シルレルの詩から。）」が本文前に移されている点である。題名「走れメロス」と作者名「太宰治」とのあいだに「――古伝説とシルレルの詩から――」が置かれているのである。大した違いではないと思われるかもしれない。近年

の教科書においてもこの文言を削除しているものもある。しかし、「(古伝説と、シルレルの詩から。)」の文言がなければ、現代の一般読者ならば、「走れメロス」を太宰のオリジナルな作品と見なすはずである。[14] そして、この文言が本文前にあるとどうなるか。おそらく、読み手は読み始めから「走れメロス」と「古伝説とシルレルの詩」との関係を意識するものと思われる。つまり、この配置は「走れメロス」と「古い伝説」とを比べさせ、作品や文学の特性を読み取らせるための仕掛けとなっているのである。

編者たちは「走れメロス」の「古い伝説」が、これまでさまざまに書き換えられ、社会に行き渡っていたテクストであることを十分に承知したうえで教材として採用したようだ。「解説」には次のような説明もある。

　太宰治の「走れメロス」は西洋の古い伝説を題材にした作品である。(中略：引用者) メロスの伝説は西洋でもいろいろの作家や詩人が取り上げて、それぞれ自分流につくり変えて書いている。中には、王様をおおかみにし、メロスとセリヌンティウスを可憐なうさぎにして寓話ふうに書いている人もある。

ここに「メロスとセリヌンティウスを可憐なうさぎにして寓話ふうに書いている人」とあるが、これは小山内薫と思われ、『赤い鳥』(一九一八年八月) に掲載された「正直もの」であり、『石の猿』(赤い鳥社、一九二一年六月）にも収められたものである。

さらに言えば、現在は「走れメロス」の背景に隠れてしまっているが、本書がこれまで示してきたように「古い伝説」つまり「メロス伝説」は、日本の文化の中に溶け込み、同時代の人たちにとって共有された物語であった。その様相は「走れメロス」の同時代評からも確かめることができる。同時代の論者は、「メロス伝説」との関わりで「走れメロス」に言及していたのである。たとえば、岩上順一は次のように述べている。

ここに高い主題といつたのは、その主題が何千年もの間人々の間に生き、人々をより高いものへと感動させせて来た古い伝説のもつ深い力のことを意味したい。メロスがその友人セリヌンテイウスに抱く友情への死をかけた誠実が、遂には暴君デイオニスの不信と疑惑に満ちた心を征服するといふこの伝説の中には、言ふならば人間性の普遍的な美しい一面が強く生きてゐるのだ。（中略：引用者）このやうな友情のありがたさを物語つてくれるこれらの伝説に、その萎え凋む心も、救はれる瞬間を持ちうるであらう。私はすぐれた伝説や口碑のなかにこそ、もつとも高い人間性の一面がひそんでゐることにあらためて感動させられた。

そして、このやうな伝説はすぐれた作家によつて、絶えず発見され、承け継がれ新しく甦るべきであらうと思つた。その意味からしても、この作品は太宰氏の仕事のうちでもつとも注目すべきものであらうと信じてゐた。(15)

岩上は、友情という人間性の普遍的な美しさを歌い上げたことを「メロス伝説」の主題として評価し、それを受け継ぎ、新しく書き換えたことに作品の価値を見出しているのである。もう一つ、荒正人《あらまさひと》のものも以下に引用しておこう。

この作品は、ギリシヤの昔から、今日にいたるまで、そして、これから先も、恐らくわたくしたち人間がこの世に生きてゆくかぎり、いつまで経つても旧くならない問題を扱つてゐるのです。だから、十分よみがひのあるものです。（中略：引用者）いい作品とはすべてかういつたものなのです。修身でおなじはなしを聞いたひともあるでせうが、そのときはこんな風にはかんじられませんでしたね。たしか、互ひに殴りあつたりするところが、無かつた筈ですね。[16]

これまでも論じてきたように、この「古い伝説」（＝メロス伝説）は、「走れメロス」が書かれる以前にも、英語副読本、国定国語教科書、修身教科書、子ども読み物、文芸書等に登場し、社会に広く行き渡っていた。当時の読者はこれらのテクストを通じて、対人関係の規範を示す話として『メロス伝説』を受容し、内面化を迫られていたのであった。現在の私たちは角田論文（「「走れメロス」材源考」一九八三年）以後の読者として、「走れメロス」を小栗訳のシラー「人質」と重ねて読み、そこから「走れメロス」の独自性を読み取ろうとするが、以前には「人質」に限定されず、岩上や荒のように「メロス伝説」一般についての知識がベースとしてあり、その知識を動員しながら「走れメロス」

を読んだものと考えられる。

教科書の編者たちは、「メロス伝説」を取り巻くこのような言語文化の状況を理解したうえで、その特性を生かし、「作者の意図」と「文学の本質」を読み取る「小説の鑑賞」という単元を設置していたのだ。

言語経験を与える「走れメロス」

以上「走れメロス」の教材化について、経験主義の影響として捉えたここまでを、説明を捕捉しながら以下にまとめてみたい。

戦後の経験主義の国語教育の場では、戦前における「きゅうくつな読解と、形式にとらわれた作文に終始した[17]」指導を反省し、学習者の言語生活の必要から豊かな言語経験を与える方向が目指されたのであった。その中で「読むこと」の教材には、生活上に必要な新聞・雑誌・広告・ポスター等の言語資料が取り込まれることになり、これまで特権的な地位にあった文学教材は、これらの読みの資料と並んでひとつの「読む材料」として位置づけ直され、学習者の読むことの技能と能力を高めるために利用されることになったのである。

『昭和二十六年度版学習指導要領』に記された「読むこと」の「中学校における読むことの学習指導の意義」の中には、身につけさせるべき読むことの技術の一つとして「文学のいろいろの種類の材料に即する読みの技術[18]」が挙げられている。これなどは、文学における読むことの学習を、言語生活の広がりの中で展開させようとする方向が示された文言と言える。教材「走れメロス」においても、「伝説」と比較させ「作者の意図」と「文学の本質」を読み取る「方法（技術）」が「解説」で提示されており、「メロス伝説」の言語文化としての側面に着目し、その特性に即して学習者の「読むこと」の技術を高める言語経験を与えようとしていたのである。

今日、国語科で「文章を比較する」必要性や有効性が説かれているが、テクストを比較して読むことは言語生活上、極めて重要なスキルだろう。教材「走れメロス」がその出発点においてこのような比較学習を想定して単元学習の教材となっていたことは特筆すべきである。また「おわりに」でも述べるが、この単元設定は「メロス伝説」が抱える問題を解決してくれるヒントが含まれている。

4 「文学教育」から見た教材価値

教師用指導書の手がかり

ここまで「走れメロス」に「単元学習の教材」としての意味と役割が与えられてきたことを確認したが、以下では「文学教育」という観点から教材化を検討したい。この時代は、国語科の目標や教育内容が大きく揺れ動いた時期である。戦後の経験主義国語教育は批判を浴び、生活の向上や人間形成に資する「文学教育」が重要視され、社会的な運動となって展開したのである。そのため、「走れメロス」も「文学教育」と深い関係を切り結ぶことになったのである。
はじめに、教師用指導書から手がかりを探ってみよう。指導書には「教材選定の趣旨と取り扱い方」という項目が用意されており、「走れメロス」を教材として選んだ理由が記されている。

中学生の心には、英雄崇拝的なもの、理想追求の精神などが一般に大きく宿っている。この生徒の心理に合致し、その欲望を満たすのに適当な作品をと求めた結果、この一遍を選定することに決定したのである。

まず、この作品は健康である。そして、幻想的な、神秘的な味わいもあわせ持っている。これらの要素は、生徒の心にも共鳴するものを感じさせ、小説を読む楽しさと、興味とをいっそう助長してくれるに違いない。これは本単元の重要なねらいである読書指導上の効果という点にも結びついて、見逃がすことのできない要素であろう。しかも、この作品は決しておとぎ話ではなく、人間の本質、人間の心理というものについても、はっきりと読者の前に示している。これは前作品と同様、小説の本質というものを理解させる上に重要な働きをするものであろう。

従って、この教材の取扱いに当っては、作品を読んで楽しむと同時に、人間の心理、人間の本質というものを生徒に考えさせ、それに関連して小説の本質的なもの——特にその中の人間像ということ——についての一応の理解を得させるように指導上の主眼点が定められてほしいものである。(19)

ここに示されている教材価値を五つに整理すると、①発達段階に見合った興味深い作品であり、②健康的であること。③読書経験を広げるために役立てられること。④人間の本質や心理が描かれていること。そのため⑤小説の本質が理解できること。となる。⑤「小説の本質」については、先ほど検討したとおりである。①、②、③については後述するが、文学教育に通じる要素は④「人間の本質や心理」だろう。編者たちは「走れメロス」のどこに「人間の本質や心理」が描かれていると考えていたのか。

先の「解説」からすると、それはメロスという人物に表象されており、「人間が私利私欲のかたまりになっている」世の中であっても、「友情や信義を命より大切に思っているけだかい人間がいるのだということを示」すメロスが「心の弱さをも一方に」もち、「そこからまた立ち上がって走る」ところ、ということになる。つまり、編者たちは、「古い伝説」や「おとぎ話」にありがちな類型化・固定化された人物像ではなく、友情や信義を重んじ、揺れ動く複雑な心理をもった「人間」を描いている点を教材価値の一つとして評価しているのである。このように「人間の本質や心理」が描かれていることに教材の価値を置く立場は、文学の機能を人間形成に役立てようとする「文学教育」の立場と合致している。

5　教科書の中の文学作品

教科書編集と「文学教育」

次に、どのような経路で教科書編集と「文学教育」が接点をもったのかを見てみたい。

『総合編』の教科書は、『言語編』・『文学編』に比べて現場の支持を得たと言われているが[20]、それは現場の要求に応えたからだともいえる。

はじめに確認しなくてはならないのは、当時の教科書採択の方式が現在よりも現場の要求が比較的反映されやすいかたちであったことだ。当時も教科書採択の事務的な責任は教育委員会にあった。しかし、実情は、概ね、各学校単位で教師が選択し、それを教育委員会が決定するという、民主的な手続きが行われていた。そのため現在、義務教育で行われている「広域採択」方式よりも、教師は、自らの関心や地域・学校の実態に適った教科書を選ぶことができたのである。別の見方をすると、教師の関心や地域・学校の実態に適った教科書が多種多彩に生まれやすかったとも言えるだろう。

ちなみに、このことを政治問題化し、教科書会社と日教組が結託して「偏向教科書」を作成しているなどとして日本民主党から『うれうべき教科書の問題』が出されたのもこの時期、一九五五（昭和三〇）年のことである。

中教出版編集部では、『国語　総合編』を編集するにあたって、教育現場の声を取り込むべく努力をしていた。中教出版が発行した『新しい教室』五月号（一九五五年）には、「教科書についての問題日教組第四回教研集会に傍聴して」と題して、編集部が日教組の研究集会に赴き、教師たちから学んだ内容を報告している。さらにこの五月号には国語教科書に関する特集があり、「ポスト」と呼ばれるコーナーでは、教師と編集者とのやりとりが紹介されている。時期的に教科書採択をにらんだ企画と思われるが、当時の編集状況が記されており、興味深い内容になっている。

このやりとりの中で教師が、「現在出版されている中学国語教科書には、生徒の心情を揺り動かすような教材の数が不足で、情操教育としての国語教育活動にははなはだ不便です。」と不満を訴えたことに対し、編集部は以下のように回答している。

御不満とされる点は教科書編集部としても最も不満とし、編集企画上最も意をつくし、しかも一番解決の困難なところであります。

弊社では今般三十一年度用として総合形式の中等国語を編集いたしました。この編集に当たって、現場の先生方の指導上の諸問題、現在の国語教科に対する御批判の諸点を徹底的に調査研究いたしました結果、現在の指導要領で重視されている言語の実用面としての国語教育と、情操教育面の国語とのバランスがまず大きな問題として浮び上りました。（中略：引用者）実用言語に関する単元を本質的に把握し、その教育目標に従って整理すれば、中学生の理解程度は従来考えられていたよりもっと高く、はなはだしく迂遠な方法をとる必要はないことがわかりました。そこで、その分の時間と頁数は当然、古典及び文学的に高い内容を持つ教材に回す余裕ができました。尚、そのような教材もただ教材として提出しただけでなく、内容的に深く考え、高度の理解に至らしめるような設問をふやし、また従来兎角遠心的に広がって行く傾向の見られた設問を、むしろ求心的に、少くとも国語学習の任務の範囲を絶対に逸脱しないように注意したつもりです。(21)

編集部は、情操的な教材を求める現場の声に応えたという。具体的な改善としては、実用的な教材を整理し、古典・文学を充実させ、設問を工夫したというのである。ちなみにこの「設問」というのはおそらく「学習の手引き」のことだろう。

では実際、教科書の文学教材はどう変化していたのか。「総合編」の教科書(三一年度使用開始)とその前(二七年度使用開始)に作成された中教出版の『言語編』・『文学編』の二種の教科書における、文学教材を調査した。

『総合編』と『言語編』・『文学編』との顕著な違いは教材の提示方法に見られる。先に述べたように『総合編』は「単元編成型」となっている。各教材は単元の中に組み込まれており、単元における目標、方法、それに教材相互の関係は明確になっている。対して、『言語編』・『文学編』の場合は、『言語編』は「単元編成型」であるが、『文学編』は単元名は記されておらず、「教材文並列型」となっている。ただしこれは「単元」を軽視していたからではない。というのは、『文学編』『言語編』では、教師が主体的に単元を構想することが前提となっており、『文学編』は『言語編』で示された技術を深化させる資料集という位置づけであったためだ。しかしそれがゆえに、『文学編』だけを見ても、教材の位置づけや教材間の連関は分かりづらくなっている。詩歌の教材などは「課」として独立しておらず、教材のあいだに不自然に挟まれている。また、「学習の手引き」がついている教材とついていない教材が混在しており、教科書の教材を順次展開しようとするならば、使いやすい教科書とは言いにくい。『総合編』のほうが、単元としてのまとまりがはっきりしており、教科書の順番に沿って順次展開しやすい提示方法となっていると言える。『総合編』のほうが教科書中心の授業がやりやすかったことになる。

また、教材の扱い方にも明確な違いが表れている。『言語編』では、文学教材は言語技術の獲得のための資料として断片化しているが、『文学編』でも、文学教材は主に言語技術を学ぶために扱われている。対して『総合編』では、末尾に「言語技術」教材が置かれているが、文学教材は、読み、味わい、鑑賞することが目指されている。たとえば、『文学編』『総合編』ともに採録された「山椒大夫」の「手引き」を次ページの表のように比較してみると、どちらの「手引き」も共通して、読後の感想、人物像の把握、表現の特徴が問われているが、その力点は異なっている。『文学編』では、面白く書かれている箇所、自然描写の役目、人物描写の方法といった、物語言説についての機能に重点が置かれ、表現活動に役立てられるような問いになっているのに対し、『総合編』では、話の筋、人物の性格や気持ちといった物語内容についての学習者の考えや解釈が求められているのである[22]。このように、『総合編』では、文学を鑑賞するための、物語内容の理解を重視した手引きとなっているのである。

『国語　総合編　二年上』中教出版	1	ここで読んだ話の筋をまとめてみよう。そして、どの部分がいちばん印象が深かったか、お互に話し合ってみよう。
	2	この物語に登場する人物は、それぞれどんな性格だろう。
	3	安寿の気持ちはどんなふうに書かれているか、まとめてみよう。
	4	山に登る途中で安寿が厨子王のことばに答えなかったのはなぜだろう。
	5	安寿は最後にどうなっただろう。そして、作者はそれをどう表現しているだろうか。
	6	曇猛律師が三門をあけさせたのはなぜだろう。そして、本堂が戸を締めたままひっそりとしていたのはなぜだろう。
	7	三郎やその手下が最初の勇気を失ったのはなぜだろう。
	8	この中で表現のすぐれていると思われる部分をあげてみよう。
	9	できれば、この話の前後を読んで、全体としてこの小説には作者のどんな考えが現われているか、考えてみよう。
『国語　文学編　二』中教出版	1	全文を通読して感じたことを話し合う。
	2	おもしろく書かれているところはどんなところか研究する。
	3	自然描写がどんな役目をしているか考える。
	4	出て来る人物はどのように描写されているかを考え、人物描写のこつをつかむ。
	5	筋を離れてこの文章の表現のよさを味わってみる。

■「山椒大夫」における「学習の手引き」の違い

さらに、「小説の鑑賞」の単元は先述したように、段階的に一年で鑑賞の導入として表現を読み味わい、二年で作者の意図と文学の本質を捉え、三年で社会への批判的な視点を養うことが示されていた。この流れは、文学に興味をもたせ、自己を変革し、社会に対する批判的な目を養うことで情操に役立てようとする、「文学教育」の目指す方向と重なっている。

以上のように、『総合編』では『文学編』『言語編』に比べて、文学教材を文学として体系的に鑑賞させるための段取りが丁寧に施されていると言える。編集部は情操教育に役立てられるように、内容を読み味わうこと、つまり鑑賞することを文学を読むこととして捉え、文学教育を教科書の単元に従って実践できるように編集し直していたのである。

ちなみに、先に「「走れメロス」が経験主義国語教育の文脈に位置づけられていた」と述べたが、より正確に言えば、『総合編』は経験主義の理念をストレートに反映していたというよりは、「教科書単元」という限られた次元で、昭和二六年度版『中学校学習指導要領試案』の指示に従っていたということになるだろう。

教育現場における文学教育への期待感

当時、教育の現場において、情操教育、つまり人間形成に資する文学による教育への期待は実際大きかったようだ。その例として、中教出版編集部が参加したという一九五五年に行われた日教組の研究集会の内容を取り上げる。正確にいえば、この時の研究集会は既に教科書が検定を受けた後に行われていることになるのだが、同時代の「文学教育」をめぐる現場の状況を知るために俎上に載せる。

日本教職員組合は、一九四七年に結集、組織された労働組合である。当初は、約五〇万の組合員がいたと言われており、戦後日本の教育に大きな影響力をもっていた。一九五一年から教育研究全国集会を開き、教師による自主的な教育研究の場を全国規模で設けていたが、編集部が参加したのは、一九五五年、長野で実施された第四次教育研究全国集会である。第三部会では、国語科と情操教育との関係が問題となっており、このときの様子は『日本の教育第四集』（国土社、一九五五年五月）に記録されている。「全体のまとめ」には、次のように討議の内容が整理されている。

文学を与えてする教育では、現在子どもたちに与えられている読物に、健全な作品がきわめて少いこと、教科書にすぐれたもののない現実、また子どもたちが読むことに興味を持たぬ状態にかんがみ、われわれはまず楽しく読ませることにその努力を傾けなければならない。それには第一に内外の古典や近代以後の文学作品の中から良いものを選び出して興味深く読ませること。第二にそれについての感想の話し合いの中から、その作品を時代や社会の背景と照らし合わせて、一そう豊かに読む力、生活の糧として読む態度を養っていかなければならない。社会に対する批判の能力も、正しく生きる自己の精神の成長と変革も、文学的形象を通して読ませるこの忍耐づよい努力の中からこそ培われるのである。[23]

文学に自己変革や社会を見る目を育てる機能を認めている点で、「問題意識喚起の文学教育」と同じ地平で文学教材を捉えていることがうかがえる。子どもにとって、健康・健全で、かつ興味をもって楽しく読むことができる文学作品を求め、文学の機能を人間形成に役立てようとする教材観は、先に検討した、教科書の「解説」や「教材選定の趣旨と取り扱い方」で示された教材観と呼応していよう。

しかし一方で、教師たちが「健全」で「興味深く」読める文学作品を望むのは、当時の子ども文化に対する彼らの危機意識があったことも言い添えておきたい。教師たちは「不健全」なメディアが子どもに悪影響を与え、「情操のゆがみ」をもたらしているとし、その対抗手段として「情操教育」と

しての「文学教育」を主張していたのだった。たとえば、京都府の教員は、

われわれの過去六カ年の学校図書館による読書指導は、おしよせるマス・コミュニケーションの前に、いつも無残な敗北感を味わされた。そこで、強い健かな子どもを育てるためには、情操教育としての読書指導は文学教育でなければならないと考えた。[24]

と報告している。

教科書の指導書にはこの文化的な問題に対処しようとした跡が見られる。「走れメロス」の「本単元設定の理由」には、「悪書の青少年に与える影響ということが近年しきりに叫ばれている」としたうえで、「俗悪の書から青少年を遠ざける」ために「良書を多く与えて悪書の近づく余地」をなくし、「内外のすぐれた作品に親しませる」ことで「高い品性と豊かな教養とを身につけさせる」必要も説かれているのである。編者たちが「走れメロス」の教材価値として、①「発達段階に見合った興味深い作品」、②「健康的であること」、③「読書経験を広げるために役立てられること」等を主張したのは、学習指導要領に沿った方向を示したとも言えるが、それだけでなく、当時の子どもを取り囲む文化的な環境やそれに直面していた教師たちの問題意識への応答という面もあったものと思われる。

社会的に見ると、この一九五五（昭和三〇）年には、日本は高度成長の道を歩み始め、商業主義と結びついた文化の問題が顕在化していたのである。教師たちは、俗悪書、漫画、ラジオ放送、映画等

の「不健全」なメディアが子どもに悪影響を与え、「情操のゆがみ」をもたらしているとし、対抗手段として「情操教育」としての「文学教育」を主張していたのであった。

教科書の指導書では、このような文学教育の主張を踏まえたかのように、「メロス」という人物は友情や愛情のある高潔で理想的な勇者として解釈されている。メロスを「邪悪に対しては人一倍敏感で正義感が強く」、「暴虐な王の前で堂々と真実が述べられる」ほど「信念」があり、「姉や妹婿、友人セリヌンティウスへの愛情も純粋で、厚い」として褒め讃えているのである。メロスは、「義務遂行のためにはあらゆる困難に打ち勝った」人物であり、子どもたちの「人間形成」を促すのに格好の人物に見えたのだろう。

もっともこのようなメロス像は、精読の上になされたものとは言いがたい。太宰のメロスは、丹藤博文が言うような自己中心的人物であるし、[25]「正義だの、信実だの、愛だの、考へてみれば、くだらない。人を殺して自分が生きる。それが人間世界の定法ではなかつたか。」といったセリフはたとえ衰弱しているときであっても健康的で高貴な人間の口から出る言葉ではない。

また指導書には「作者はメロスと友人との友情・人間への完全な信頼の世界に自分のユートピアを想定し、多くの困難に遭遇しながらもこの世界を確信しぬいたメロスを、理想的人間像として描いたものと思われる。[26]」とあり、これを「作者の意図」として読み取らせようとしているが、これでは、メロスが「信頼」を「確信しぬいた」ことになってしまう。前章で指摘した、一貫した信実に対する困難性が示されていたことについては、等閑に付されてしまっているのである。

6　ここまでの議論と「走れメロス」の成長要因

錯綜するメロス像

「古い伝説」を書き換えてつくられた「走れメロス」は、作者の意図や文学の特徴を理解させるために好条件のテクストであり、『国語　総合編』では、その特性を生かしたかたちで、文学を鑑賞する仕方を学ぶための「単元学習における教材」としての役割が期待されていたのであった。「単元学習」を想定していたという意味では、戦後経験主義教育の文脈から生まれた教材だったということになる。

しかし事情はもう少し複雑であった。当時、国語教育の場は、経験主義は反省期に入り、「文学教育」復興のただ中にあったからである。教育思潮の面からすると、教材「走れメロス」は経験主義単元学習と文学教育とが交差する転形期に誕生したテクストであったのだ。これまで見てきたように『国語総合編』では、現場からの要請に応えるべく、教科書内で実現可能な、内容と方法を総合した単元構成を採用し、同時にその内容に「文学による人間形成の理念」を取り込んでいたのだった。その中で「走れメロス」は、情操教育への期待にも応え得る教科書単元の中の文学教材という位置が与えられていたのである。

指導書では「走れメロス」に「人間の本質や心理」が描かれていることが認められていた。それは確かに、前章で確認した「走れメロス」の特性である、試練となる「悪い夢」の場面や人物を中心とした心理描写という近代小説的要素が評価されたということである。だがしかし、健全性を求めるあまりにメロスの高潔さが殊更に強調され、彼という人物は一貫した信実の枠組みで読まれていたのだった。

この指導書に記された高潔なメロス像は、「走れメロス」以前の「メロス伝説」におけるそれである。編者たちは、道徳の規範として広く用いられていた規範感化材としての「メロス伝説」の枠組みに引きずられ、高潔なメロス像を予めつくって「走れメロス」を読んでいたのではないか。戦前から連続した文学（「メロス伝説」）による道徳（情操）教育への期待が「走れメロス」をも巻き込んでいったと言えるかもしれない。ここには「走れメロス」に限らず、文学による教育を行うにあたって生じる問題がくっきりと影を落としている。

「走れメロス」の成長要因

さて、ここまでの議論と先行研究を踏まえて「走れメロス」というノードの成長要因を考えてみよう。教材史研究によると、[27] 教材化当初は小学校や高等学校の教科書にも掲載されていた「走れメロス」は、一九七〇年代以降は中学校二年用の教材として定着する。その扱い方は、道徳性や読解力の育成が文学教材に求められる中で、当初設定された、単元学習のための教材としてではなく、独立した文学作品として読まれるようになっていくのである。「自己変革の物語」として、メロスの心情の変化からメロスの「変容」や「成長」を読み、「友情」「信実」といった主題を読解させる指導が一般の教室で普及していったのだ。心情の変化の読み取りは、読解力育成に資するものであったと同時に、「友情」「信実」に回収されるため、「「隠れた道徳教育」を内包していくこと」[28]でもあった。このような「自己変革の物語」としての「走れメロス」は人間形成を目的とする学校教育の方向と共鳴するかたちで、文学で情操教育を行おうとする国語教師たちから高い支持を取り付けたのである。徳性の高い「メロス伝説」の構造に、人物の心理描写が「走れメロス」で新たに肉付けされ、そしてそれが国語教育の場で強く共感をもって受け入れられたことが、他のハブテクスト以上に「走れメロス」というノードが成長できた大きな要因になったと考えられる。

7　変動する教材「走れメロス」の受容

ハブテクストとしてのその後

最後に、ハブテクストに成長した後の、教材「走れメロス」の受容史について参考までに説明しておきたい。

大きな問題が表出したのは八〇年代から九〇年代にかけてである。学習者が「走れメロス」に対して「非現実的でばかばかしい物語」などと否定的な反応を示すようになったことを根拠に、「自己変革の物語」としての読みや主題を読み取る指導に疑義が生じたのである。須貝千里はメロスとディオニスの人物設定に言及し「〈単純〉な男と〈複雑〉な男の〈対比〉が「走れメロス」の基本構造」として、〈単純〉なメロスが、〈無私〉となっていくことを「自己変革したととらえていいのか」と疑問を投げかけ[29]、山田有策は「〈主題〉にこだわるあまり、読むという快楽を無化するような傾向が強まるとするならば、〈主題〉化には敢えて反逆しなければならない[30]。」とし、主題にまとめる指導によって作品の魅力が失われることを批判した。

さらに、田中実は「『走れメロス』の文学及び教材研究は、作中に内在する〈ことば〉の文脈が文脈として検討されて来なかった」ことを問題とし、作品の叙述に則して「ことばの仕組み」を検討した。メロスは自らの「自己中心性」を「超克しようという意志を見せたことがない」として「『走れメロス』の主人公は自己克服して「信実の勝利」を勝ち得たのでないだけでなく、そうでないにもかかわらず神々に愛され、〈奇跡〉的な疾走をなし得たことになる。とすれば、この小説の構造自体がきわめて不自然、ツジツマが合っていない失敗作と言わざるを得ない」と作品の価値自体に問題があるとした[31]。

これらの批判が噴出したのは、読者論やテクスト論等の文学理論が国語教育の場に導入された時期である。この時期、従来型の読解指導への反省がなされると同時に、学習者一人ひとりの多様な読みを重視した報告も行われたのである。たとえば、野田佐知子は、画一的な「主題」指導に慎重な姿勢を示し、さまざまな読み方を示唆した教材論を発表し[32]、木下ひさしは、「人物像」や「走れメロス論」について、学習者個々の多様な読みを紹介した[33]。石原千秋も「子どもの中の『走れメロス』」と題して、読者論の理論を用いて「走れメロス」と読者との関係を論じ、従来と異なった読み方を提案している。[34]この時期の試行的な実践では、これまで高潔な人物として読まれていたメロスを批判的に捉え直し、ディオニスやセリヌンティウスといったメロス以外の人物に着目して読む方法がとられた。

「走れメロス」は、批判を受けながらも教科書から消えることはなかった。新たな教材論や授業方法が示されたことで、さしあたってその存続の危機をすり抜けていったかたちである。

そして、九〇年代後半から二〇〇〇年代にかけ、グローバル化や情報化の進展を背景に、「新しい学力観」や「生きる力」などの知識以外の情意的側面を重視した学力観や理念に基づいた教育が試行錯誤される中で、教育課程審議会で「文学的な文章の詳細な読解に偏りがちであった指導」が批判されたり、PISA型読解力の育成が叫ばれたりするようになると、文学の授業にも変化が現れることになる。文学教材の精読を疎かにした、いわゆる「活動中心」の授業が蔓延したのも確かだが、他方で、教師が主導して内容を読み取っていくのではなく、学習者が主体となって目的に応じてテクストを利用する活動が推進されることになったのである。「走れメロス」の授業でも、シラーの「人質」と比較して「走れメロス」の特徴を明らかにする「比べ読み」やディオニスやセリヌンティウスの側から物語を作成する「書き換え」などの言語活動が試行されるようになってくるのである。

二〇一〇年前後にも新たな傾向が現れる。一般の教室で「語り手」に着目した読みの指導が行われるようになったのだ。これまで語り手を読むことは文学研究や教材研究の段階ではなされてきたが、一般の教室に根付いてきたのには、教科書の「学習の手引き」に「語り手」を読むことが示されたことが大きい。参考として近年の「学習の手引き」を見ておこう。以下は、教育出版の『伝え合う言葉中学国語2』(二〇二一年一月)の「手引き」である(ちなみに教育出版の「学習のてびき」は「みちしるべ」という名称である。引用に際して一部省略している)。

内容を読み深めよう

1 「メロス」「ディオニス」「セリヌンティウス」は、それぞれどのような人物か、まとめよう。

2 本文中に「走れ! メロス。」(P259L12)と命令形で語られているのはなぜか、話し合ってみよう。

3 「私は、途中で一度、悪い夢を見た。」(P263L3)とは、どのようなことをさしているのか。

自分の考えを伝え合おう

1 メロスが刑場に向かって走ることの意味について、次の二つの表現を比較しながら考えを交流しよう。

(1)「私は、なんだか、もっと恐ろしく大きいもののために走っているのだ。」(P262L3~4)

(2)「ただ、訳のわからぬ大きな力に引きずられて走った。」(P262L8)

2 語り手の視点が、三人称→一人称→三人称と変化することについて、このような語り方がもたらす効果について話し合い、意見を交流しよう。

このように、語り方の意図や効果について考えることを指示する「手引き」が登場しているのである。

「内容を読み深めよう」の2と「自分の考えを伝え合おう」の2では、語り手とメロスとの位置関係を把握させ（「走れ！　メロス。」が誰の発話かは、解釈の幅が出ると思われるが）、読者がメロスと一体となって感情移入して読むように仕掛けられていることや、その仕掛けによって、感情的にメロスに肩入れし、彼に「自己変革」が起きたように思い込んでしまうことをメタ的に捉えさせようとしているのである。「友情」・「信実」や「自己変革の物語」の読みに回収させるのではなく、そのように読んでしまうことばの仕組みに気づかせることを促す手引きである。

優先的選択

教材価値は普遍的なものではなく、教育の場の内と外のさまざまな状況との関係で変動するものである。しかしまた、教科書教材は一度、よい評価を受けると、その価値は時間とともに増大していくことがある。どういうことか。ネットワーク科学には「優先的選択」という概念がある。これは「大部分の現実のネットワークでは、新しいノードはより多くのリンクをもつノードに接続することを選ぶ」というものだ。[35] 定番教材となった「走れメロス」は、教材研究や実践研究の対象として選ばれ易くなっており、その研究成果は、人の目を引き、再検討され、再度、「走れメロス」の教材や実践の研究に活用・応用される。このように、「走れメロス」は研究対象として優先的に選択されてきたことで、教材研究や実践研究が蓄積・充実しており、他の教材よりもその魅力が引き出されている状態にある。「語り手」を読む指導が一般の教室で行われるようになったのも、この「優先的選択」の帰結としてとらえることもできるだろう。

教材「走れメロス」は、各時代の社会・文化・教育の状況の影響を受けつつも、ハブテクストとして特権的な地位にあり、成長を続けているのである。

注

（1）松本和也『昭和一〇年代の文学場を考える——新人・太宰治・戦争文学——』立教大学出版会、二〇一五年三月、二三四頁。

（2）安藤宏「『走れメロス』」田中実・須貝千里編著『文学が教育にできること——「読むこと」の秘鑰〈ひやく〉——』教育出版、二〇一二年三月、一六八—一八七頁。

（3）滝口明祥『太宰治ブームの系譜』ひつじ書房、二〇一六年六月、一五七頁。

（4）堀泰樹「「走れメロス」（太宰治）の教材史」『研究紀要　中国』第四五号、一九九二年二月、四五—五二頁。

（5）幸田国広「「走れメロス」教材史における定番化初期の検討——道徳教育と読解指導に着目して——」『読書科学』第五六巻第二号、二〇一五年一月、六五—七四頁。

（6）飛田多喜雄『国語教育方法論史』明治図書出版、一九七四年一〇月、二五九頁。

（7）編成型の呼称については、吉田裕久「戦後高等学校国語教科書の史的変遷㈠〈単元編成型〉教科書の登場——国定から検定へ——」（『月刊国語教育研究』第三〇巻第二八一号、一九九五年九月）四六—四九頁を参考にした。

（8）「三　小説の鑑賞」の「学習内容」と『昭和二六年度　改訂版指導要領』の「各学年の具体的目標」との対応関係は次のとおりである（括弧内は『昭和二六年度　改訂版指導要領』の「各学年の具体的目標」の学年と番号を示している）。

一　物語や小説の背景などに注意して読む。（第二学年七）
二　文章の構成や修辞に注意して読む。（第二学年一三）
三　文学作品の内容を深く味わって読む。（第二学年一四）
四　楽しみのための読書の能力を伸ばす。（第二学年一五）
五　物語や小説に作者の考え方がどう生かされているかを考えて読む。（第三学年七）
六　効果的な文章表現の技術に注意して読む。（第一学年一二）

（9）詳しくは、幸田国広『国語教育は文学をどう扱ってきたか』大修館書店、二〇二一年九月、六八―八一頁。「総合編」に関しては、安藤修平「文学と言語とを総合した教科書」『教育科学国語教育』第三九巻第五号、一九九七年五月、一二七―一三一頁。

（10）時枝誠記編『国語　総合編　中学校　二年上』中教出版、一九五五年六月、八一・八二頁。

（11）前掲、時枝『国語　総合編　中学校　二年上』、八二・八三頁。その後の「研究と練習」には「この物語が単なるおとぎ話とちがう点はどこにあるだろうか」とある。

（12）塩谷千恵子「家族物語としての「山椒大夫」（一）――説経正本間の推移――」『近世初期文芸』第一五号、一九九八年一二月、五四―六七頁。

（13）林屋辰三郎「『山椒大夫』の原像」『文学』第二二巻第二号、一九五四年二月、一六〇―一六八頁。

（14）文言の削除については近藤周吾が「「走れメロス」評釈（五）」（山内祥史編著『太宰治研究一九』和泉書院、二〇一一年）二八二―二九二頁で問題視している。

（15）岩上順一「太宰治の一面」『三田文学』第一六巻第二号、一九四一年（引用は、山内祥史編著『太宰治著述総覧』

東京堂出版、一九九七年九月、四一八―四二〇頁)。

(16) 荒正人「講座　なにを・いかによむか　太宰治の『走れメロス』」『われらの科学』第一巻第三号、一九四六年(引用は、前掲、山内『太宰治著述総覧』、四二〇―四二五頁)。

(17) 『昭和二十二年度(試案)　学習指導要領　国語科編』文部省(引用は、「学習指導要領データベース」(https://www.nier.go.jp/guideline/s22ejj/chap1.htm) 二〇二〇年一一月三日閲覧)。

(18) 文部省『昭和二十六年(一九五一)改訂版　中学校　高等学校　学習指導要領　国語科編(試案)』北陸教育書籍、一九五一年一〇月、四七頁。

(19) 時枝誠記編『国語総合編中学二年上　指導要領』中教出版、一九五六年六月、二七―二八頁。

(20) 前掲、安藤「文学と言語とを総合した教科書」。

(21) 「ポスト」『新しい教室』第一〇巻第五号、一九五五年五月、九頁。

(22) なお、「走れメロス」の手引きは、

一　メロスはどんな性質の人だろう。そして、彼はどんな点で勇者だろう。

二　この話のあら筋をまとめてみよう。そして、どこが話のやまか、考えてみよう。

三　最後の場面で顔をあからめた王様はどんな気持ちだったろう。

四　メロスは友の命を救っただけだろうか。もし彼の行為にほかに何かのねうちがあったとすれば、何だろう。

五　メロスとセリヌンティウスの友情がいちばん強く現れているところはどこだろう。

となっており、物語内容の読み取りが中心である。

(23) 日本教職員組合編『日本の教育第四集』国土社、一九五五年五月、二六四頁。

(24) 前掲、日本教職員組合『日本の教育第四集』、二六二頁。

(25) 丹藤博文『文学教育の転回』教育出版、二〇一四年三月、一一二―一三七頁。

(26) 前掲、時枝『国語総合編中学二年上　指導要領』、三六頁。

(27) 前掲、堀「「走れメロス」(太宰治)の教材史」、四五―五二頁、須貝千里『〈対話〉をひらく文学教育』有精堂、一九八九年一二月、一八四―一九七頁、吉田裕久「走れメロス」国語教育研究所編『中学校国語教材研究大事典』明治図書出版、一九九三年、二六六―二七〇頁、熊谷芳郎「「走れメロス」(太宰治)の授業実践史」田中宏幸・坂口京子編著『文学の授業づくりハンドブック　第四巻――授業実践史をふまえて　中・高等学校編――』渓水社、二〇一〇年三月、四〇―六一頁、前掲、幸田「「走れメロス」教材史における定番化初期の検討――道徳教育と読解指導に着目して――」、六五―七四頁、児玉忠「「リライト」のもつ教材性――教材「走れメロス」における批評的読解と創作的読解――」弘前大学教育学部編著『太宰へのまなざし――文学・語学・教育――』弘前大学出版会、二〇一三年三月、二二一―二五〇頁。次節「変動する教材「走れメロス」の受容」もこれらの文献を参考にした。

(28) 前掲、幸田「「走れメロス」教材史における定番化初期の検討――道徳教育と読解指導に着目して――」、七三頁。

(29) 須貝千里『〈対話〉をひらく文学教育――境界認識の成立――』有精堂出版、一九八九年一二月、一九五頁。

(30) 山田有策「〈主題〉なるものへの反逆」『月刊国語教育』一九九〇年四月(引用は、山内祥史編『太宰治『走れメロス』作品論集　近代文学作品論集成⑧』クレス出版、二〇〇一年四月、二一〇頁)。

(31) 田中実「〈メタ・プロット〉へ――『走れメロス』――」『都留文科大学研究紀要三八』一九九三年(引用は田中実「お話を支える力――太宰治『走れメロス』――」『小説の力――新しい作品論のために――』大修館書店、一九九六年二月、一一九―一六一頁)。

(32) 野田佐知子「考察―走れメロス」『早稲田大学国語教育研究』第一〇集、一九九〇年六月、四八―五九頁。

(33) 木下ひさし「メロスを教室で読む――読みの教材としての『走れメロス』――」『日本文学』第三七巻第七号、一九八八年七月、五一―六〇頁。

(34) 石原千秋「子どもの中の『走れメロス』」田近洵一・浜本純逸・府川源一郎編『「読者論」に立つ読みの指導/中学校編/』東洋館出版社、一九九五年二月、一九〇―二〇四頁。

(35) アルバート・ラズロ・バラバシ著・京都大学ネットワーク社会研究会訳『ネットワーク科学――ひと・もの・こ

との関係性をデータから解き明かす新しいアプローチ――』共立出版、二〇一九年二月、一七七頁。

「走れメロス」の素材「熱海事件」

「走れメロス」のもととなったとされるエピソードに「熱海事件」というものがある。そのエピソードは、小説家で、太宰の友人である檀一雄が書いた『小説太宰治』（六興出版社、一九四九年）に収められている。要約するとこんな感じだ。

　檀は、内縁の妻の依頼で、熱海へ仕事に行っている太宰にお金を届けてもらうように依頼される。檀は熱海へ行き太宰と合流するも、太宰と二人で放蕩にふけ、多額の借金をこしらえてしまう。太宰が金を工面するために「明日、いや、あさっては帰ってくる。君、ここで待っていてくれないか？」と言い残して東京に戻る。檀はこの間、宿屋で代金未払いのため実質、人質のようなかたちで待つことになるが、太宰は何日待っても戻ってこない。

　檀が、東京に太宰を探しにいくと、井伏のところで将棋をさしていた。これを見て激怒した檀に対して、太宰は「待つ身が辛いかね、待たせる身が辛いかね」と言ったという。

　以上が「熱海事件」である。

　檀は「熱海事件」と「走れメロス」を関連づけて、次のように語っている。

　私は後日、「走れメロス」という太宰の傑れた作品を読んで、おそらく私達の熱海行が、少なくもその重要な心情の発端になってはしないかと考えた。あれを読むたびに、文学に携わるはしくれの身の幸福を思うわけである。憤怒も、悔恨も、汚辱も清められ、軟らかい香気がふわりと私の醜い心の周辺を被覆するならわしだ。

　檀にとって、「走れメロス」は「熱海事件」に対する太宰からの詫び状に思えたのだろうか。太宰は、檀との約束を破り、戻ってはこなかったが、それを反省して、「走れメロス」では、自分の代わりに「メロス」に約束を守らせ、二人のあるべき友情の姿を示した。そのように捉えて檀は心打たれたのかもしれない。

　なお、「おわりに」でも紹介するが、平《ひら》田《た》駒《こま》の小説、『スガリさんの感想文はいつだって斜め上　3』（河出書房新社、二〇二〇年）の中には、この「熱海事件」の事情が踏まえられた話があり、面白い。

おわりに

広がり続ける「メロス伝説」のネットワーク

1　ネットワークから見えてくるもの

そろそろ、本書の目的である「メロス伝説」の全体像を明らかにするときがきた。

本書の第一部では、「メロス伝説」におけるテクスト間の引用関係を調査し、それらの関係をネットワークグラフで表した。それによって「メロス伝説」のネットワークは、スケールフリー性を有しており、多くの派生テクストを生み出すハブテクストが存在することを明らかにした。第二〜四部では、そのハブテクストの検討が「メロス伝説」の総体の解明につながるとして、それらのテクストが歴史・社会・教育の状況との関係で読書材としてどのような価値があったのかを解明してきた。

たしかに、これまでの作業によって個々のハブテクストの意味は理解できた。しかし、「メロス伝説」の全体像を理解するためには、総合的な視座から「メロス伝説」を検討する作業がまだ残されている。そのため、この「おわりに」では、まず、ここまで解明してきたことをもとに「メロス伝説」の総体の価値とその変容を「走れメロス」以前・以後に分けて整理する。次に「メロス伝説」が抱える問題とその解決方法を示す。そして最後には、広がり続ける「メロス伝説」の新たなネットワークの一端を紹介して本書を閉じることにしよう。「メロス伝説」の全体像を理解することを通じて、教材「走れメロス」や文学教材全般のあり方を捉え直すためのきっかけになればと思う。

2 「メロス伝説」の総体の価値

「メロス伝説」のハブテクストにはさまざまな価値が認められていたが、その中でも二つの価値が大きな比重を占めていた。一つには、道徳的な規範を感化する、規範感化材としての価値で、もう一つは、西洋の知と精神を伝える言語文化財としての価値である。前者については後述するとして、後者について少し補足したい。

言語文化財としての価値が認められていたハブテクストは、『泰西勧善訓蒙』の「朋友ノ交」、「フエイマスストーリーズ」の「ダモンとフィシアス」、『高等小学読本』の「真の知己」であったが、シラーの「人質」も、西洋の文学的教養を身につけるために読むわけであるから、これも言語文化財としての価値が認められていたと捉えられる。

「メロス伝説」に西洋の知と精神を伝える役割が期待されたのは、とりもなおさず、日本の近代化、あるいは日本の教育の近代化が西洋をモデルとし、西洋の知識と価値を摂取することで行われ、またそれが長期間続いたことによっている。裏を返せば、「メロス伝説」は日本の近代化（西洋化）が呼び込んだ物語なのだ。

「メロス伝説」には、ギリシャ・ローマを舞台とした伝説以外にも、『歌謡書』や『千夜一夜物語』で伝えられたアラブ中東やイスラム世界を舞台とした伝説も存在していた。それらは戦前の日本においても紹介されていたが、日本の社会に普及し、出回った話は、アラブ中東やイスラム世界のものではなく、ディオニュシオスが伝承したギリシャ・ローマのものであった。本書で検討したハブテクストは全てギリシャ・ローマの系統のものである。これは日本人の関心がアラブ中東やイスラムではなく、圧倒的に西洋に偏っていたからだろう。特にディオニュシオスが伝承した系統の「メロス伝説」は西洋社会にとっての原点であるギリシャ・ローマという理想的な舞台と結びついた伝説であり、近代化（西洋化）を急ぐ日本が見習うべき言語文化や精神として、信頼性の高い文化的価値が認められていたのである。

3　伝播にともなう、価値と文脈の変容・更新

たしかに「メロス伝説」には「規範感化材」と「言語文化財」としての価値が認められていた。しかし「メロス伝説」は、伝播し、他領域に越境する過程で変容し、その価値や付随する文脈も保存されるときもあれば、変化、または強化されたときもあった。ではどのように価値と文脈が更新されたのか。

結論から言うと、昭和初期までの「メロス伝説」は、伝播するにつれて価値の合理化が図られ、終局的には国民道徳に回収されていったのである。近代日本の歴史は西洋の文化・精神を摂取しながら、

独自の文化・精神を打ち立てようと揺れ動いた歴史でもある。「メロス伝説」は、その激動する歴史の中で、日本の社会・文化に適応しながらネットワークを形成していったのである。

このことを具体的に説明するために、まず、キリスト教の文脈が削除されたことについて取り上げたい。本書では「メロス伝説」からキリスト教の文脈がそぎ落とされる場面を二度、目撃してきた。

一度目は、ボンヌのテクストが『泰西勧善訓蒙』「朋友ノ交」に翻訳されたとき（第二部・第一章）、二度目は、ヤングのテクストが鈴木三重吉の「デイモンとピシアス」に再話されたとき（第三部・第三章）である。ヤングのテクストもボンヌのテクストもどちらもキリスト教の色彩の濃い、キリスト教宣揚教材とも呼べるテクストであったが、どちらも日本に取り入れられた時点でキリスト教の文脈は希釈されたり、削除されたりしていたのである。

『泰西勧善訓蒙』において、キリスト教の文脈が削除されたのには、一八七一（明治四）年というキリスト教禁制下に発行されたことが関係しているが、府川は、当時の翻訳者や洋学者は「外国の宗教の導入を排除しつつ、科学的なものの見方を身につけさせることによって、子どもたちの文明開化を推進しようとする「啓蒙」姿勢」[1]があったとし、「多くの翻訳啓蒙書は、英語読本や修身書にあったキリスト教宣揚教材を回避する姿勢を取ってい」[2]たという。当時は『泰西勧善訓蒙』に限らず、キリスト教を宣教したり積極的に紹介したりすることを意図しているのでなければ、翻訳書における宗教的な記述は削除されたのであり、それらは、西洋の文物や制度を取り入れ、文明開化を推し進めるために当時、必要とされた行程でもあった。

時代を下り、大正期に入るとキリスト教は「都市の知識層の宗教として階層的に固定化し[3]」ており、社会的にも一定の理解がなされていた。そのため大正期に発表された三重吉の「デイモンとピシアス」の場合は、教育的な配慮（子ども読者の知識量を考慮したうえで単純化する処置をとった）から削除されたと考えるのが妥当であるが、この削除も根本的には日本社会における宗教的な事情が関係していたと思われる。キリスト教の日本での位相について村上重良が「近代日本の宗教者は、太平洋戦争の敗戦によって国家神道体制が崩壊するまでの七〇余年間、天皇への忠誠と国策への奉仕を強制され、本来の意味での信教の自由を手にすることができなかった。[4]」と述べているように、日本におけるキリスト教は一八七三年に禁制が撤廃された以後も、天皇崇敬が推し進められる中で、国家神道に従属する周縁的宗教であり続けたからだ。[5]三重吉の力量であれば、ヤングの主題を分かりやすく子どもに伝えることもできただろうが、戦前の日本社会におけるキリスト教の地位からして、その教義内容は伝わらなくてもさしたる問題はないという認識だったのだろう。

翻訳とキリスト教というテーマについては、別の問題系としてきちんと論じる必要があるが、いずれにしても、これら二つのテクストでは、日本の社会に適応する時点で、キリスト教の隣人愛や自己犠牲の要素については案配よく摘出され、その大元である宗教的意味や教義内容については切り捨てられたのである。

他方で、逆に、日本へ伝播するときに付与された価値もあった。日本で翻刻された「フェイマスストーリーズ」では、西洋の精神を教養として摂取できることが新たに価値づけられていたし、先述したように『泰西勧善訓蒙』の「朋友ノ交」でも、西洋世界を知るための言語文化財としての価値が認められた。

以上のような「メロス伝説」に見られる、キリスト教の文脈を切り捨てながら西洋の文化・精神を摂取しようとする態度は、日本が皮相的に近代化（西洋化）を推し進めた、その足跡と重なっており、これらの価値や文脈の変容は西洋のテクストを日本に取り入れたり、日本語に翻訳したりする時点で生じたケースである。だが日本の国内において、ハブテクストが後続テクストへと伝播する過程でも、その領域や教育場の状況に応じて価値や文脈の更新が見られた。

再度、「朋友ノ交」を取り上げるが、この「朋友ノ交」は、日本国内で伝播する際には脱文脈化と再文脈化が行われた。「朋友ノ交」は『泰西勧善訓蒙』の中では、近代市民社会における道徳体系の一つに位置づけられていたが、後続するテクストでは、市民社会の道徳の文脈とは切り離され、規範としての話だけが独り歩きしていったのである。儒教道徳の文脈の中で「信」「信義」「信実」といった徳目の中に収められ、これらの具体例として利用されたのである。また、一八九〇（明治二三）年に「教育勅語」が発布されたことにともなって、勅語の中の徳目である「朋友相信」の規範を具体化する例話としても利用されたのだった。

「フェイマスストーリーズ」の「ダモンとフィシアス」も後続テクストでは、日本の子ども読み物に翻訳・変換され、そのストーリー性だけでなく、品性の陶冶や修養のために役立てられる徳性の高さがクローズアップされて評価されていった。

「ダモンとフィシアス」は元々、ディオニュシオス王に関するエピソードとして「ダモクレスの剣」の話とセットで掲載されていたが、後続テクストでは「ダモクレスの剣」と切り離されて単独の物語として扱われていたケースが目立った。紙幅の都合で切り離したのかもしれないが、「ダモンとフィシアス」は後続テクストにおいて、ディオニュシオス王を主体とした信頼回復の物語ではなく、信義や愛情をテーマとした訓話として受容されていったのだ。

越境した教育場の文脈に適応し、その価値を強めながら広まっていったのは「約束せば必ず遂げよ」である。人間形成に資することが評価され、中等国語教育の場では国語教科書に掲載され、学校教育の外では青年・一般を対象とした「修養書」に収録されたのである。そして、軍事教育の場では軍人勅諭の基本徳目である「信義」を具体化する例話として扱われた。

「真の知己」の場合は、伝播するに際して、規範感化材としての価値は強化されていったが、一方の言語文化財としての価値は後退していった。「フェイマスストーリーズ」から引き継いだストーリー性と徳性の高さが「教育勅語」の「朋友相信」の文脈に適合し、芸術・修身・家庭等の多様な場に越境したのだった。

以上をまとめてみよう。昭和初期までの「メロス伝説」の総体における読書材としての価値は、伝説が社会や教育場に伝播・拡大するにしたがって、日本の社会や文化に適合するかたちで合理化されていったと言える。その流れを整理すると以下のようになる。

①西洋から日本に伝播した段階で、規範感化材の価値が認められたり、西洋の言語文化財としての価値が付与されたりしたが、キリスト教の文脈は削除された。
②日本の国内で伝播するにつれて言語文化財としての価値は背景化し、人間形成に役立てられる規範感化材の価値が前景・強化されていった。
③そして終局的には、学校教育の内においてはその基本的理念である「教育勅語」の「朋友相信」に、学校教育の外においては、「修養」の文脈に回収されていった。

ただし、右に示した「流れ」はあくまで今回検討したハブテクストの動向を中心に説明したものである。必ずしも全ての「メロス伝説」が「教育勅語」や「修養」のために利用されたわけではないし、均質な読者が実在して一律に規範を感化させられたわけでもない。この「流れ」は、全体的な傾向を理解するための図式であることは断っておきたい。

4 「教育勅語」と「修養」と「メロス伝説」

では「メロス伝説」が規範感化材として「教育勅語」と「修養」に利用されたことにどのような意

味があり、またそこにどのような問題があるのか。
現代においても「教育勅語」はしばしば政治のニュースで話題となるが、「教育勅語」は西洋近代の道徳と儒教道徳を盛り込んで一八九〇（明治二三）年に発布されたものである。以後、国民道徳および国民教育の基本とされ、国家の理念を支えるものとして、家族国家観に基づく国民共同体をつくりあげるイデオロギー装置として機能してきた。
教育制度の中においては、一八九一（明治二四）年に、「小学校教則大綱」で小学校の道徳教育の方針に含められる。これに継いで、一九〇〇（明治三三）年の「小学校令施行規則」では「教育勅語」に基づいた徳性を育てることが定められ、一九四一（昭和一六）年の「国民学校令施行規則」では「教育ニ関スル勅語ノ旨趣ヲ奉体シテ教育ノ全般ニ亙リ皇国ノ道ヲ修練セシメ特ニ国体ニ対スル信念ヲ深カラシムベシ」とされ、日本の教育の在り方を長期間に渡り規定してきたのである。[6]
「教育勅語」の徳目は、儒教の五倫（父子の親、君臣の義、夫婦の別、長幼の序、朋友の信）、五常（仁、義、礼、智、信）を前提に、忠孝を基本として西洋市民社会の博愛等を加えて構成されており、それらが、「以テ天壌無窮ノ皇運ヲ扶翼スヘシ」に総括されている。そのため、徳目が天皇への忠誠に収斂している、とする解釈が可能であり、[7] 有事の際には天皇・国家のために自己を犠牲にして身をささげることが求められた。[8]
「メロス伝説」が適用された「朋友相信」、つまり、友人が互いに信じ合うことは、対人関係を成立させ、社会秩序を維持させる基盤として重要視された規範価値である。それればかりか、「朋友相信」は、天皇の子である国民（臣民）同士のあいだの一体感を強めるうえでも、重要な意味があった。国民同士が心を一つにして意思疎通を図り、連帯意識が芽生えれば、国民共同体への同胞愛を強化することができるためである。そしてこの同胞愛が強ければ、国が戦争を起こしたとき、人は当事者となって戦い、国家のために自ら進んで命を投げ打つこともいとわなくなるのである。[9]

周知のとおり、日本は戦争を起こし、天皇や国家のために自らの命を犠牲にすることが現実のものとなった。「教育勅語」の道徳が結果として日本や近隣の国と地域を悲惨な状況に追い込んだことは、ここで改めて論じる必要はないだろう。

つまり「メロス伝説」は、自己犠牲的な行為によって一貫した信実を達成した物語として、「自己犠牲」と「朋友相信」という「教育勅語」の精神に二重に奉仕し、非倫理的な戦争を支える国民性をつくることに加担させられてしまったのである。そのうえ「軍人の死は羽毛よりも軽い」などと説く『軍人勅諭』にも関わったことは、文学教材の扱い方として再考するべき重大な問題である。

では「修養」はどうか。「修養」のために「メロス伝説」が利用されたことに問題はなかったのか。「修養」に関する先行研究を参考に考察しよう。

「修養」とは、「近代日本人の人間形成における基本的枠組みとなった思想[10]」である。その修養主義の成立経緯については筒井清忠が、明治後期に立身出世主義に限りが見え、社会的弛緩状態となった、アノミー的状況への対応から生じたと論じている。[11] 竹内洋が調査した「修養読本刊行点数」を見ると[12]、修養書は明治三〇年代に台頭し、明治四〇年代には「修養書ブーム[13]」が起こっていることがわかる。

この時期は、説明したように、図書・雑誌・新聞等の活字メディアの急速な発達とともに、「メロス伝説」の学校外での利用が増加し始めた時期であり、「メロス伝説」は、「修養書ブーム」に乗じたかたちで「修養」に資する題材として、学校の外において利用されるようになっていったのである。

重要なのは、この「修養」の目的である。「修養」概念の成立期における特徴について和崎光太郎は、日清戦争以前の「修養」は「勅語の精神を活きたまま内面化し、かつその精神を発揮するための実践であった[14]」としたうえで、

日清戦争後には、修養論者はキリスト者に限らず幅広くなり、戦後の国民形成論の文脈で修養が説かれるようになった。当然ながらそこで目指された存在も、国家を変革させる主体ではなく、国家を支える国民であった。そこで語られた修養は、「自ら」「能動的」「主体的」な自己形成、内面からの自己形成で特に精神面を強調、プロセス重視であり最終到達地点が不明確、という三つの特徴を有しており、およそ三〇歳までの重要な自己形成として位置づけられたのである。[15]

とまとめている。日清戦争以後に盛んに論じられた「修養」は、自己を形成し、主体的に国家を支えることが目指されていたのである。

また、宮川透は「修養」が天皇制国家の「忠良なる臣民の形成という役割を演じたことは否定できない事実である[16]」と認めたうえで、「修養」の特徴を、

イデオロギー的には国家権力による忠君愛国思想の国民への注入に呼応する姿勢をしめしながら、しかしそれを単に受注するだけではなく、「人生の本然に稽へて」国民個々の〈自己支配〉の自律的要求へと切り換えていこうとする日本の知識階層の姿勢をしめしているという点である。（中略：引用者）このような〈自己支配〉の願望こそ、〈修養〉思想の本質を物語るものであった。[17]

とする。宮川は「修養」思想を天皇制国家の強制力、暴力性に対する「内面的な抵抗」として捉えているようだが、和崎の指摘も踏まえて「修養」の特徴を敷衍して言うと、国民道徳と密着しながら、主体的に国家を支えることを目指す思想であったということになるだろう。必ずしも「修養」という言葉の使用者が、そのような思想を自覚して用いたわけではないだろうが、本書においても「メロス伝説」を掲載する文献を調査する中で幾度も「修養」という言葉に出会ったが、この言葉を主張する文章では、自己を形成し、主体的に国家を支える存在になることを訴える傾向にあった。

問題は、「修養」が「教育勅語」と同様に戦時下において総力戦体制のための思想となったことである。清水康幸は「修養」を「錬成」のもっとも重要な先行形態とし、戦時期における「錬成」に「横取り」されたという。[18]「修養」が主体的に国家を支える思想であれば、総力戦体制のもとで天皇・国家のために身を尽くすことを実践させる「錬成」に転化する可能性があったことは容易に推察できる。

国民道徳はアンリ・ベルクソンの言う「閉じた道徳」である。というのも国民道徳は、社会的責務を個人に負わせることで、家族、国家を維持・統一することはできたが、戦時下において、他者を排除し闘争を生む結果をもたらしたからだ。「メロス伝説」は、大枠で見ると、学校の内では「教育勅語」に、学校の外では「修養」に利用されて、学校の内外を行き来しながら国民道徳という「閉じた道徳」に奉仕したのである。しかも、これまで見てきたように、明治後期から昭和初期にかけては、各ハブテクストが初等教育機関、中等教育機関、家庭や一般社会という、それぞれの教育場において伝説のネットワークを張り巡らしていたのであり、日本の国民はいつどこにいても「メロス伝説」によって嘘偽りのない自己犠牲の精神を内面化するようにと呼びかけられるような状況に置かれていたのである。当然、「メロス伝説」だけが自己犠牲を呼びかける言説であったわけではなく、この伝説は日本の社会に充満していた言説のうちの一つにすぎない。だが自己犠牲を呼びかける言説の積み重ねが、日本人の精神的土壌をかたちづくったのではないか。

5　「走れメロス」をめぐる問題

ここまでは主に昭和初期までの「メロス伝説」に関する考察を行ってきたが、本節では、昭和初中期における状況について、すなわち、太宰治の「走れメロス」を中心に考察を加えたい。

戦後は「走れメロス」が教科書教材に掲載されたことを契機として他のハブテクストを圧倒し、ネットワークを支配していくことになった。

第四部第一章では、「走れメロス」がネットワーク上で成長した要因を探るために、他のハブテクストとの比較を試みた。その結果、「走れメロス」には従来の「メロス伝説」には存在しなかった特徴があることを指摘した。その特徴とは、場面が追加され、登場人物の複雑な心理が描かれていることや、それらによって「信実」を一貫することは困難で、この規範概念には「疑い」や「欺き」が潜在していることが示されていることだとした。また、それによってこれまでの「メロス伝説」の価値を相対化できる契機を含んでいることも指摘した。

第四部第二章では教材化の時点でどのような価値が認められたのかを検討し、「走れメロス」の特徴が評価されていたことを確認した。だが一方で、信実に対する一貫困難性は等閑に付され、メロスは信実を貫いたことになっており、その勇者ぶりが強調されて解釈されていたのであった。

以後しばらく、国語教育の場では「走れメロス」は、「自己変革の物語」として、メロスの心情の変化からメロスの変容や成長を読み、「友情」「信実」といった主題に到達させる授業が定着していったのである。

このことが意味するのは、戦後となっても「メロス伝説」において、メロスとセリヌンティウスの自己犠牲的な行為によって達成された友情や信実を肯定する読みが中心的なスタイルの一つであり続けたということである。「走れメロス」以前において「メロス伝説」は「国民道徳」を具体化するかたちで、日本の社会に嘘偽りのない自己犠牲の精神的土壌をつくることに奉仕してきたわけであるが、戦後の国語教育の場においても、戦前戦中に耕された地続きの土壌で「メロス伝説」を人間形成に役立てようとしてきたのである。別の言い方をすると、自己犠牲の精神を善としてきた日本の社会や教育場が自己犠牲的な物語を「メロス伝説」に期待し続けたのである。

ここには根の深い問題が横たわっている。「走れメロス」を規範感化材のように扱ってしまっていることも問題だが、より大きな問題は、自己よりも他者を優先させることを無条件に善とする戦前・戦中から引き継がれた日本国民の心性が、教育内容を拘束し、また同時に教育が自己犠牲の精神を再生産しているという事態である。

そして、この問題は現在に至っても解決しているとは言い難い状況にある。今井康夫は、教科書の内容からアメリカ人と日本人の価値観を抽出する目的でアメリカと日本の教科書を比較調査している。今井は、日本の教科書においては、「暖かい人間関係」を題材とした話が多く、それが日本における「やさしさを持つこと、相手の気持ちになることが大切」という価値や「自己犠牲の精神に与えられる高い価値」に通じていると指摘している。[19] さらに日本の国語教科書には「自己犠牲の精神」を題材とした教材がアメリカの教科書よりも多く含まれていることを示し、「国語の教科書のうえでは、この自己犠牲の精神は、日本人のものの考え方、価値観の一つの華である」と述べている。[20] 今井の調査は八〇年代のものであり、いささか古いものではあるが、現在においても国語教科書の文学教材を見れば、自己犠牲的行為を行う人物が登場する教材（「きつねのおきゃくさま」「ごんぎつね」「大造じいさんとガン」等）が散見され、現状は変わっていないように思える。

また、「教育勅語」の自己犠牲の精神を検討した松下良平は、戦後においても教育によって自己否定が求められ、その自己否定が「人びとの心髄にまで達し、生き方と一体となって、もはや自覚困難なほどに根深い」として、日本の社会に負の側面（「国民の無責任さ・事なかれ主義」「自尊心や自己肯定感の欠如」等）をもたらすことに通じている可能性を指摘している[21]。

「自己犠牲の精神」は、この国が危機的な状況に直面し、それを乗り越えるために巧妙に利用されてきたことも考えるべきである。為政者たちは、戦争、震災、新型コロナウィルス等、非常事態に陥ると、「滅私奉公」「錬成」「絆」「自粛」といった言葉に象徴されるような行動様式、すなわち、個人の意思や行動を制限し、自発的に集団に追随させることによって危機を回避しようとしてきたのである。このことで一定の成果が得られた面もないわけではないだろうが、他方で、大きな代償をともなってきたことも否定できない事実だろう。同じ行動様式に従わなければ人格や個性を否定され、排除の対象となる場合もあったのだから[22]。

正確な現状把握にはより多くの証拠や裏付けが必要ではある。しかしこの「自己犠牲の精神」に限らず、教育における国民性の問題は重要な問題としてもっと議論されてよいように思える。教育制度の中で扱う読書材、特に教科書の教材は国民性をつくりあげるために利用される。人の生き方やあり方を扱う文学教材であればなおさらである。したがって、文学教材でものごとの価値を取り扱う際には、無意識の内にとらわれているものがありはしないか、と絶えず自らに問いかけていく必要がある。

6 「メロス伝説」の可能性と、問題解決の糸口

「メロス伝説」が問題に加担したからといって、「メロス伝説」自体を否定することは少し短絡的かもしれない。というのは「メロス伝説」には徳性が内包されてはいるが、問題は、社会・文化・教育の歴史的状況の中で、編纂意図に応じて書き換えたり、教材構成の中に布置させたりすることによって生じてきた面が大きいからだ。まして、「メロス伝説」の価値を相対化する契機を含んでいる、太宰の「走れメロス」を教材として適切ではないと切り捨てるのであれば、それは性急にすぎるだろう。また、前章で示したように、これまで「走れメロス」を扱った授業の歴史は、たしかに「友情」や「信実」という主題（徳目）に到達させる期間が長かったが、他方で「比べ読み」「書き換え」といった活動のみならず、表現に着目したり、小説の構造や語り手を扱ったりする読みの授業も構想されてきた。これらの授業は主流であったとは言えないかもしれないが、それでも「走れメロス」を用いた、豊かなことばの学びを目指した授業は国語教育史の中でしっかりと模索されてきたのである。

ここで、本書で明らかにした「メロス伝説」の総体という視点から、一つ実践を提案したい。それはある意味、道徳的な実践提案であるが、「メロス伝説」が背負わされた「閉じた道徳」とは異なっている。

そのヒントとなったのは、第四部第二章で検討した『国語　総合編』における「走れメロス」の単

元である。教材「走れメロス」はその出発点では、学習者に豊かな言語経験を与える方向の中で、学習者の「読むこと」の技術を高める「読む材料」として教材化されていた。そこでは「メロス伝説」の重層性という新たな読書材としての価値が発見され、単元学習の教材として扱われていたのであった。この単元を教科書単元で終わらせずに問題を学習者が探究して解決する、問題解決型の単元とすることで「メロス伝説」は国語教育の可能性を開き、また「メロス伝説」が関わった問題を解決することができると考える。重層化された「メロス伝説」のネットワークそれ自体を読書材とするのだ。

日本の文化の中に張り巡らされ、日本の文学と日本人の精神の中に組み込まれていった「メロス伝説」のネットワーク。この日本国民の内にネットワークを形成し共有された物語を用いて、比べ読む、あるいは重ね読む単元を組んだらどうか。つまり、「日本人に内面化された言語文化財」として「メロス伝説」を扱うのである。

もっとも、これまでも「走れメロス」とシラーの「人質」を比べ読む活動は頻繁になされてきた。だがそれらは、太宰や作品の意図や表現の特徴を探ることにゴールが設定されているものである。それはそれでよいのだが、重層化し、共有された物語という視点から、「人質」以外のテクストと重ね読み、テクストに反映された社会や文化へと目を向けることで、自分や社会の中に歴史的に積み上げられてきた物語を理解し、またそれを相対化できると考える。それは偏狭なナショナリズムのためではなく、社会や歴史、それから子どもたち自身の内にある物語を批判的に見る目を育てると同時に、閉じた道徳から私たちを解放するために行われるものである。

このような単元は、「メロス伝説」を「我が国の言語文化」の教材として扱うということでもある。平成二九年告示の学習指導要領には指導内容として「我が国の言語文化に関する事項」があり、その中に「伝統的な言語文化」があるが、古典文学作品の読解・鑑賞だけが言語文化を学ぶことではないだろう。桑原隆は「単に我が国の伝統的な言語文化財としての作品論・教材論だけではない。我が国の話芸としての言語文化や敬語という言語による言語文化、さらには日本人の言語行動様式をも我が国の言語文化として、広い視野から捉えていく必要があろう。[23]」と広い視野で教材開発する必要性を述べていたが、「メロス伝説」はギリシャ・ローマからグローバルに展開し、日本とつながりをもった話という特徴があり、これを言語文化財として扱うことで、日本の外へと視野を広げながら、日本の内なる言語文化を内省し、日本人としての国民性や言語行動のパターンを見つめ直すことができるはずである。

なお、この単元は「メロス伝説」以外にも日本の文化として根付いた他の伝説や昔話によっても応用できる。

いずれにせよこれらの構想を実践レベルに落とし込むためには、教材を個別に提示する従来の国語科の読書材（教科書）のあり方そのものを変える必要があり、大変な作業となるかもしれない。だが、この単元は、教室の中から「メロス伝説」や日本の言語文化をどのように扱うべきかという国語科の教科内容そのものを問うことになる実践である。従来の枠組みを固守するのではなく、国語科教育やその読書材の在り方を再検討する方向で取り組んだらどうだろうか。

7　新たな「メロス伝説」のネットワークへ

ここまで私たちは「メロス伝説」のネットワークの世界を旅してきたわけだが、本書で作成したネットワークグラフは主に一九六〇（昭和三五）年までのものであり、「走れメロス」がハブに成長する時点で止まっている。

しかしながら、現在、「メロス伝説」のネットワークがどのようになっているのかは気になるところである。「はじめに」で示したように、「走れメロス」に関しては多様なメディア展開を繰り広げ、複数のメディアを行き来しながら、より複雑なネットワークを築いている。特にインターネットの世界では多種多様な形態が表出している。ＹｏｕＴｕｂｅで「走れメロス」と検索すれば、その解説、あらすじ、朗読、唱歌、演劇が多数アップされており、新たに「～版走れメロス」と題したパロディ的な話も登場している。またネットの世界に限らず、メロスやセリヌンティウスというキャラクターだけが話型や物語の構造から離れ、別の設定の中で活躍している作品、つまり、二次創作が生まれていることも予想される。身近な事象に目を向けてみれば、国語教育の場では、「走れメロス」の「書き換え」が行われている。「走れメロス」の構造を用いて書き換えた作品は、学習者が作成した「メロス伝説」であり、学校教育の中でも、新たなメロス伝説が日々、生み出されている現状がある。

このように「メロス伝説」は現在、本書の扱ってきた範囲とは異なる次元や舞台でも広がりを見せ

ている と考えられる。

以下では、新しいネットワークの一端として、現代小説の中の「メロス伝説」(「走れメロス」)を紹介したい。「走れメロス」は現代小説の中で重要な素材として扱われたり、書き換えられたりしているのである。

平田駒『スガリさんの感想文はいつだって斜め上 3』(河出書房新社、二〇二〇年三月)の第五話「太宰治『走れメロス』」では、「走れメロス」のストーリーや太宰と檀一雄との「熱海騒動」のエピソードが基軸になって話が展開していく。この小説は、鶴羽学園高等部に新設された「読書感想部」が舞台となって事件が繰り広げられるのだが、第五話は、問題児の丹波舜斗がこの「読書感想部」に入部してくるところから話が始まる。感想文を書くことが卒業要件となっていた舜斗は、感想文の課題として「走れメロス」が与えられるものの、書くことができなかった。しかし、顧問の杏介が部長の須賀田綴(スガリ)等とともに、舜斗の過去の謎を紐解き、こじらせていた問題を解決することで、最後には舜斗は自分の言葉で感想文を書き上げる、という流れになっている。この間、「走れメロス」の物語内容と丹波舜斗の過去の事件とがオーバーラップしながら話が展開していくのである。

また、三上延《みかみえん》『ビブリア古書堂の事件手帖6』(KADOKAWA、二〇一四年一二月)の第一章は『走れメロス』となっているが、ここでも「走れメロス」が素材として活用されている。太宰の書き込みがあるとされる『晩年』の古書を捜索するという筋書きの中で、「走れメロス」や「メロス伝説」が、謎を解くための重要な情報として扱われているのである。『ビブリア古書堂』の場合は、読者がもつ「走れメロス」に関する知識を上回る情報をヒロインの栞子が開陳することで、読者の興味が喚起されるように仕組まれている。

この二つの小説では、共有化された物語としての「走れメロス」を活用し、それを新たなストーリーと往還させることで、厚みのある物語世界をつくりあげているのである。

「走れメロス」をベースにして書き換えられた小説も現代作家によって発表されている。読んでいて小気味がよいのは、柳広司《やなぎこうじ》の「走れメロス」(『柳屋商店開店中』原書房、二〇一六年八月)である。視点人物をメロスではなく、主にディオニスに設定し直した小説である。

話の概要はこうである。シラクスのまちには不穏な空気が流れており、人々は疑心暗鬼に陥っていた。ディオニス王はこの状況を危惧し、シラクスのまちに蔓延る不信の悪徳を払うために、メロスが命をかけて約束を守る姿をまちの人々に見せようと画策する。だが、単純で身勝手なメロスに約束を守らせることは一筋縄ではいかず、ディオニスはあれこれと手を尽くしてメロスに約束を守らせる。

メロスの行動の裏舞台を主にディオニスに焦点化してシニカルに描いており、非常にユニークな仕上がりとなっている。また王がこの話のシナリオを描いていたという設定によって、太宰の「走れメロス」に見られた矛盾点や欠陥も補填されている。

次の引用は、メロスが動けなくなり、不貞腐れた場面において、王が、メロスに語りかけるように発した心中語である。

これでわかったであろう。信実とは、安っぽい感傷の事ではない。いくら無二の親友とはいえ、軽々しく他人の命を賭けてはならぬのだ。約束を守るためには、人が己の言葉を信じてもらうためには、ただ全力を尽くせばよいというものではない。そのために人は、未来という曖昧な時間に対して、およそ考えつく限りの、ありとあらゆる想像力を働かせ、準備を怠らず、それでもなお、時には多くの犠牲を支払わなければならぬものなのだ。

太宰の「走れメロス」を読んだことのある読者ならば、この王の言葉は、強く印象に残るのではないだろうか。この小説を読めば、「メロス」が単純で身勝手な人物であったことや、「信実」というものが緻密な計画性のうえで成立するものであり、決して自己犠牲の精神だけでは遂行できないことに気がつくはずである。

もう一つ、挙げなければならないのは、森見登美彦《もりみとみひこ》の「走れメロス」（『「新釈」走れメロス』祥伝社、二〇〇七年三月）である。これは、太宰の「走れメロス」を書き換えた小説であるが、創作的な要素が大きい。大まかな構造は踏襲しつつも、舞台は、京都であり、発生する事件や出来事も異なっている。登場人物も大学生に置き換えられ、原典で緋のマントを捧げた「少女」は「須磨」という一人の人物となって活躍する。

話の概要は、「阿呆学生」呼ばわりされる芽野が、詭弁論部の存続をかけて図書館警察長官に掛け合い、友人の芦名を人質にして戻ってくることを約束するが、芦名の期待に応えるために敢えて約束を破って逃走する、というものだ。この芦名のために約束を破ることは、常識的にはおかしな話ではある。が、「誰にも目指す理由が分からない高みをともに目指しているという事実のみが、彼ら二人を結びつける絆」であったのであり、芽野にとって約束を守ることは「つまらん『友情』」に過ぎず、逃げることが「信頼しないという形をとった信頼、友情に見えない友情」なのである。ここには「走れメロス」における約束観や友情観の転倒が見られる。文学研究者の木村小夜が「「友情」の内実を反転させることで、原典はひとたび相対化された」と指摘するように、(24)森見版「走れメロス」は、太宰の「走れメロス」の構造を借りつつも、そのテーマを内側から打ち砕くように作用する小説なのである。

このように現在、「走れメロス」は日本で共有された物語であることを拠り所として、新たな物語を創造するための源泉となっている。「メロス伝説」のネットワークは「走れメロス」を源泉として次々と新たな物語が生まれているのだ。もちろん、物語内容が新しくなっているだけではない。柳や森見のような優れた文学実践においては、典拠である太宰の「走れメロス」の意味や価値に揺さぶりをかけることが企図されている。これらの書き換え作品を読んだ読者は、以前の「走れメロス」の読書経験を否定し、新たな解釈を再構築するはずである。私たちの心性を規定してきた規範価値も白明なものではないことに気づかされるのだ。

「メロス伝説」は古代ギリシャから連綿と受け継がれ、近代化とともに日本にやってきた。その後、日本の社会や文化に適合しながらネットワークを形成し、日本人の心性に影響を与える物語となった。

現在、私たちはこの物語とともに生きており、それに付随する価値や歴史を背負っている。他方で、私たちは、物語の受容者であるだけではなく、新しい物語を創り出す、言語文化の作り手でもある。現在、学校内外のさまざま場から新たな「メロス伝説」が生み出されており、その中には今回紹介したような、既成の解釈や価値を覆したりするような優れた作品も登場しているのである。

では、「走れメロス」を超える、次なるハブテクストは現れるだろうか。

そのハブテクストが、私たちの未来を明るく照らしてくれる物語であることを願って本書を閉じることにしよう。

注

(1) 府川源一郎『明治初等国語教科書と子ども読み物に関する研究――リテラシー形成メディアの教育文化史――』ひつじ書房、二〇一四年二月、一一九頁。

(2) 前掲、府川『明治初等国語教科書と子ども読み物に関する研究――リテラシー形成メディアの教育文化史――』、二〇〇頁。

(3) 村上重良『宗教の昭和史』三嶺書房、一九八五年一一月、一三頁。

(4) 前掲、村上『宗教の昭和史』、六頁。

(5) 島薗進は『国家神道と日本人』(岩波書店、二〇一〇年七月)五七頁で「国家神道」の用語について、国家と結びついた神道の一形態とする考えを示している。

(6) 米田俊彦「まえがき」教育史学会編『教育勅語の何が問題か』岩波書店、二〇一七年一〇月、二―六頁。

（7）高橋陽一「教育勅語の構造と解釈」前掲、教育史学会『教育勅語の何が問題か』、七―二六頁。

（8）国立教育研究所編『日本近代教育百年史　第一巻　教育政策　一』（国立教育研究所、一九七三年一二月）一七二頁には「一朝有事の際には義勇奉公の精神をもって「天壌無窮ノ皇運ヲ扶翼」しなければならないとし、国民生活のすべてがここに帰一することを要求した」とあり、安川寿之輔「学校教育と富国強兵」『岩波講座　日本歴史一五　近代二』（岩波書店、一九七六年一月）二四七頁には「天皇への絶対的献身の国家主義で強引に統一していた」とある。

（9）ベネディクト・アンダーソンは『増補　想像の共同体――ナショナリズムの起源と流行――』（NTT出版、一九九七年五月）二六頁で、「国民は、一つの共同体として想像される。なぜなら、国民のなかにたとえ現実には不平等と搾取があるにせよ、国民は、常に、水平的な深い同志愛として心に思い描かれるからである。そして結局のところ、この同胞愛の故に、過去二世紀にわたり、数千、数百万の人々が、かくも限られた想像力の産物のために、殺し合い、あるいはむしろみずからすすんで死んでいったのである。」と述べる。

（10）宮川透「日本思想史における〈修養〉思想――清沢満之の「精神主義」を中心に――」吉田光・作田啓一・生松敬三編『近代日本社会思想史Ⅱ』有斐閣、一九七一年七月、七一頁。

（11）筒井清忠『日本型「教養」の運命』岩波書店、一九九五年五月、四―四六頁。

（12）竹内洋『立身出世主義〈増補版〉――近代日本のロマンと欲望――』世界思想社、二〇〇五年三月、二一九頁。

（13）「修養書ブーム」という言葉は、前掲、筒井『日本型「教養」の運命』、一四頁、和崎光太郎『明治の〈青年〉――立志・修養・煩悶――』ミネルヴァ書房、二〇一七年三月、一〇四頁。

（14）前掲、和崎『明治の〈青年〉――立志・修養・煩悶――』、一三一頁。

（15）前掲、和崎『明治の〈青年〉――立志・修養・煩悶――』、一三二・一三三頁。

（16）前掲、宮川「日本思想史における〈修養〉思想――清沢満之の「精神主義」を中心に――」、七一頁。

（17）前掲、宮川「日本思想史における〈修養〉思想――清沢満之の「精神主義」を中心に――」、七七頁。

(18) 清水康幸「錬成の先行形態――「道場型」錬成の成立――」寺崎昌男・戦時下教育研究会編『総力戦体制と教育――皇国民「錬成」の理念と実践――』東京大学出版会、一九八七年二月、二五―三三頁。また、渡辺典子は「地域社会における青年・成人の〈教養〉と学習――埼玉県入間郡豊岡大学を中心に――」(千葉昌弘・梅村佳代編『地域の教育の歴史』川島書店、二〇〇三年五月)一六五頁で、修養は「主に後の錬成論を下から支えるもの」としている。

(19) 今井康夫『アメリカ人と日本人――教科書が語る「強い個人」と「やさしい一員」――』創流出版、一九九〇年四月、八三―八四頁。

(20) 前掲、今井『アメリカ人と日本人――教科書が語る「強い個人」と「やさしい一員」――』、二二六頁。

(21) 松下良平「道徳教育――ナショナリズム／教育勅語がもたらす自己否定――」森田尚人・森田伸子編著『教育思想史で読む現代教育』勁草書房、二〇一三年三月、九五―一一六頁。

(22) 佐藤優は『人類の選択――「ポスト・コロナ」を世界史で解く――』(NHK出版、二〇二〇年八月)一四二―一四九頁で、日本は「危機になると、同調圧力や相互監視メカニズムのような、日本の国民的特質の地金が出てくる」として、コロナ禍での「自粛」が、戦前戦中の「翼賛」(「人びとが自発的に天子を支持し、行動することが期待される」)や二〇一一年の東日本大震災後の「絆」と同じ発想の行動様式だとしている。

(23) 桑原隆「国語教育課程論に関する研究の成果と展望」全国大学国語教育学会編『国語科教育学研究の成果と展望Ⅱ』学芸図書、二〇一三年三月、二六頁。

(24) 木村小夜「森見登美彦『新釈　走れメロス　他四篇』論――連作としてのメタフィクション――」『福井県立大学論集』第四七号、二〇一六年八月、一―四八頁。

あとがき

本書は二〇二〇年一二月に東京学芸大学大学院連合学校教育学研究科に提出した博士論文「近代日本の教育場における「メロス伝説」のネットワーク形成過程とその読書材としての価値」をもとにしていますが、各誌に発表した主な論文は以下のとおりです。

・「明治四年、メロス型ストーリーの受容——箕作麟祥訳述『泰西勧善訓蒙』を中心に——」『横浜国大国語研究』第三二号、二〇一四年三月、三九—五五頁。
・「『フェイマスストーリーズ』の流入経緯と託された期待——女子英学塾と副読本——」『読書科学』第五七巻第三・四合併号、二〇一五年一〇月、七六—八八頁。
・「『高等小学読本』「真の知己」の歴史的意味——付与された機能に着目して——」『月刊国語教育研究』第五二巻第二号、二〇一七年二月、四二—四九頁。
・「大正時代の「デイモンとピシアス」——シャーロット・ヤングと鈴木三重吉の間——」『横浜国大国語教育研究』第四三号、二〇一八年三月、二七—三八頁。
・「教材「走れメロス」の生成過程」『読書科学』第六〇巻第二号、二〇一八年七月、一一五—一二七頁。
・「坪内雄蔵『中学修身訓』における「約束せば必ず遂げよ」の生成と展開」『横浜国大国語教育研究』第四五号、二〇二〇年三月、一六—三四頁。
・「「メロスの伝説」の中の「走れメロス」」『読書科学』第六二巻第三・四合併号、二〇二一年五月、一三二—

一四五頁
ただし、本書を執筆するにあたって、これらの論文は大幅に書き改め、構成も大きく変えています。

セリヌンティウスのように自分を信じて待ってくれる人がいたら、どれだけ心強いかと思う。現実にはあり得ない友情劇に反発しながらも、それでいて、彼らのような信頼関係を羨ましく思ったり、期待してしまったりする。「メロス伝説」はそんな複雑な感情を私に引き起こします。コロナ禍において人とのつながりが意識される中で、人との関係はどうあるべきかを考えながら、本書を執筆していました。読者の皆さんはどうだったでしょうか。

さて、二〇一三年に刊行した前著（『「山月記」はなぜ国民教材となったのか』）では、戦後から現在にかけて「山月記」の教材としての歴史をとおして国語教育のあり様を検討してきましたが、今回は、戦前期を中心に明治・大正・昭和の教育のあり様を「メロス伝説」の歴史をとおして検討してきました。書物の形態、出版・流通事情や読書の仕方についても目配りできれば、より深く「メロス伝説」の受容を記述できたのではないかとも思いますが、今回の仕事で、教材を軸として、近代年間を通じた教育の問題を検討することができたことになります。

それにしてもメロスの研究を開始し、本のかたちとしてまとめるのに一〇年近くかかってしまいました。正直に言いますと、この間、何度も挫折し、諦めそうになりました。研究は大体、時代の順に進めていったのですが、明治期までで三年以上かかっていました。本当に「走れメロス」（現在）まで戻ってこられるのだろうか、と、うっすらとしか見えない遠い未来に不安を抱きながら研究を進めていました。長い長い道のりでした。

そんな中、博論の指導教官であった髙木まさき先生はいつも温かい言葉をかけてくださいました。先生から

「面白いね」と言ってもらえるのが何よりの研究へのモチベーションとなりました。お忙しい中、多くの時間をご指導に当ててくださいまして、心から感謝しています。

また、府川源一郎先生は私の遅々として進まない研究を、長い目で見守ってくださいました。公私にわたってのご指導・ご鞭撻、改めて感謝申し上げます。

学位論文の審査をお引き受けくださった横浜国立大学の一柳廣孝先生、千葉大学の岩田美保先生、東京学芸大学の橋本美保先生、横浜国立大学の泉真由子先生、埼玉大学の戸田功先生におかれましては、論文の至らない部分をご指摘くださっただけでなく、私自身が気づいていない論文の魅力も教示くださいました。この場を借りて厚くお礼申し上げます。また、当然ですが、膨大な先行研究のおかげで本書は成り立っています。道を切り開いてくれた多くの先達の研究者に敬意を込めて感謝申し上げます。

今回も大修館書店から上梓する機会を与えていただきました。とりわけ、研究の進捗をいつも気にかけてくださった林雅樹さん、編集担当の原孝之さんには大変お世話になりました。文責は、私一人のものでありますが、読者の皆さんに本書に魅力を感じていただけたとすれば、それは原さんのお力によるものです。

職場の宮城教育大学では同僚にも恵まれ、研究活動に励むことができました。また、附属図書館の職員の方々はどんな時も笑顔で資料を取り寄せてくださいました。それから、本書の刊行を心待ちにして応援してくれた学生さんや友人・家族にも感謝の気持ちでいっぱいです。ありがとう。

このように「あとがき」を書いてみると、多くの人に支えられて本書ができたことを実感します。人とのつながりが確かにあったのだな、と思えてきます。もちろん、読んでくれる方がいなければ本書は意味を持ちません。最後まで読んでくださり、誠にありがとうございました。

二〇二二年七月一日　佐野　幹

〈付録〉「メロス伝説」テクストのリスト

リスト制作の経緯などについては、第一部「「メロス伝説」のネットワーク」を参照されたい。ここでは、リストを見るに当たっての注意点や、リストの決まりごとについて説明する。

・「ソーステクスト」には基本的に作品名を記したが、その他、書籍名等は「（　）」でくくった。

・「場・領域」とは伝説が使用された場のことであり、空間的な場所ではなく、目的や約束事などが共有されている領域のことである。「学校（国語）」のように「学校（教科名）」を記しているものは、学校教育制度内の教科で用いられることを想定したものである。ただし「学校（修身）」については課外活動等で用いられたと思われるものも含めた。「家庭」は、学校の外で用いられることを想定としたものである。家庭で子どもや青年・一般の人が自主的に読んだり、親が子どもに読み聞かせをしたりするテクストのほか、社会的活動で用いられたであろうものも「家庭」とした。併用できることを序文等から読み取れたものは「学校・家庭」とした。

・「メディア」は、その図書・雑誌の性格や用途を表している。「教科書」は教科の主たる教材として用いられている場合、「指導書」は教師を対象とした教科指導のための資料である。なお、修身口授の教科書は「指導書」ではなく「教科書」に分類した。学校や教育機関での使用を想定して作成されているものは「副読本」、家庭での使用を想定しているものは「参考書」とした。家庭と学校とを併用することを想定した教育図書は「副読本」に分類した。また、教育的な目的はないが、主に子どもを対象とした読み物は「読み物」とした。その他、「修養書」「脚本」「文芸書」等、適宜分類した。

・「対象」は想定された読み手を示す項目である。学校教育制度の中の子どもを対象としている場合は、「中学校生」「尋常小学校生」等と記した。学校外の子どもや学校と学校外の子どもを対象としている場合は「子ども」と記し、一般読者を対象としている場合は「一般」とした。青年会等における青年を対象としたものは「青年」とした。「一般」と「青年」との区別は難しいが、図書・雑誌の序文等に青年を対象としたことが分かる文言が見られた場合は「青年」に分類した。「高等学校生」は戦後の新制高等学校の生徒である。

・海外で発行された書籍は本リストには含まれないが、ネットワークグラフでは、便宜的に*Fifty Famous Stories Retold*等を含めている。

・ネットワークグラフには「図書・雑誌名」で太字になっている部分を掲載した。

No.	タイトル	出版年	作者・編者等	図書・雑誌名	出版社等	ソーステクスト	場・領域	メディア	対象
1	(朋友ノ交)	一八七一	箕作麟祥訳述	泰西 **勧善訓蒙** 前編下	愛知県学校蔵版	(Cours élé mentaire et pratique de morale pour les écoles primaires et les classes dádultes)	学校（修身）	教科書	小学校生
2	西人ダモン及ひ或る一人の話	一八八〇	吉田利行	修身学 **小学品行論** 上	古賀男夫	朋友ノ交	学校（修身）	教科書	小学校生
3	「シラキューズ」国の「ヒチアス」朋友の保人と為りし事	一八八一	宮本茂任・福井掬	小学必携 **修身読本** 巻二	林斧介	朋友ノ交	学校（修身）	教科書	小学校生
4	(なし)	一八八一	中嶋操・伊藤有隣編	**小学読本** 巻之五	小林八郎	朋友ノ交	学校（国語）	教科書	小学校生
5	(朋友)	一八八二	福田宇中編	**訓蒙修身書** 第十	福田宇中	朋友ノ交	学校（修身）	教科書	小学校生
6	(朋友)	一八八二	篠山晃三郎編	**小学修身編** 巻之二	大場学校	朋友ノ交	学校（修身）	教科書	小学校生
7	(なし)	一八八二	鈴木忠篤編	**小学格言訓話** 巻二	斎藤書房	朋友ノ交	学校（修身）	教科書	小学校生
8	新編三枝物語	一八八五	中村善兵衛	**新編三枝物語**	和田庄蔵	人質	文学	文芸書	一般
9	ダモン及ピチアス	一八八六	鈴木唯一撰定	新撰 **小学修身書** 巻之四	博文堂蔵版	朋友ノ交	学校（修身）	教科書	尋常小学校生
10	(なし)	一八八七	江尻千里編	尋常小学 **修身訓** 巻之七	成美堂	朋友ノ交	学校（修身）	教科書	尋常小学校生
11	信ヲ守ル	一八八七	バロー、山本勝助訳	**啓蒙修身要訓** 巻二	河村隆実	不明・その他	学校（修身）	教科書	その他
12	ダモンとピチアスの話	一八八八	石井音五郎・石井福太郎編	尋常小学 **修身口授教案**	文華堂	朋友ノ交	学校（修身）	指導書	教師
13	交情一片国王を感ぜしむ	一八八九	渡邊嘉重	尋常小学 **修身鑑** 三	中村与右衛門・寺田栄次郎	不明・その他	学校（修身）	教科書	尋常小学校生
14	恩義ヲ知リタル罪人	一八八九	文部省編集局	**高等小学読本** 巻之二	文部省編集局蔵版	不明・その他	学校（国語）	教科書	高等小学校生

15	ダモンとピチヤス	一八九〇	法科大学生 A・M・	**鉄研誌**	鉄研誌事務所	不明・その他	家庭	一般雑誌	一般
16	「ダモン及ピチアス」の交誼を尽せし事	一八九一	榎並則忠編	修身教育 **少年立志編**	濱本伊三郎	朋友ノ交	家庭	読み物	子ども
17	ピチアスの友誼遂にダモンの罪を救ふ	一八九一	森本園二編	新編小学 **修身事実全書** 巻之二拾三	岸本栄七	朋友ノ交	学校（修身）	教科書	尋常小学校生
18	ダモン、ピチアスの信誼	一八九二	那珂通世・秋山四郎編	**高等小学修身書** 巻の一	共益商社書店	朋友ノ交	学校（修身）	教科書	高等小学校生
19	ピチアス友ニ代リテ死刑ニ就カントスル事	一八九二	永松毅軒	日本青年立志 **国民振気篇**	積善館	朋友ノ交	家庭	読み物	青年
20	「ダモン及ピチアス」の交誼を尽せし事	一八九三	村上千秋	初等教育 **修身口授用書**	濱本伊三郎	朋友ノ交	学校（修身）	副読本	尋常小学校生
21	演劇脚本新編三枝譚	一八九三	勝彦兵衛	演劇脚本 **新編三枝譚** 全九幕	勝彦兵衛	新編三枝物語	文学	脚本	一般
22	（友誼と択友の道）	一九〇一	リギヨル、前田長太訳	倫理叢書 **正義**	前田長太	不明・その他	家庭	修養書	一般
23	愛と信（人質）	一九〇二	白水郎	**西詩余韻**	佐藤養治	人質	文学	文芸書	一般
24	（男子の一言は鉄の如し）	一九〇三	中村敬三訳	成功叢書（第一編）**品性の修養**	大日本実業学会	不明・その他	家庭	読み物	青年
25	保証（ダーモンとピンティアス）	一九〇六	秋元喜久雄訳	**シルレル詩集**	東亜堂書房	人質	文学	文芸書	一般
26	約束せば必ず遂げよ	一九〇六	坪内雄蔵	**中学修身訓** 巻二	三省堂書店	ダモンとフィシアス	学校（修身）	教科書	中学校生
27	約束せば必ず遂げよ	一九〇七	教育学術研究会編	**明治女学読本** 巻四	同文館	約束せば必ず遂げよ	学校（国語）	教科書	高等女学校生
28	真の知己	一九〇八	三土忠造	**西史美談**	三省堂書店	ダモンとフィシアス	学校（家庭）	読み物	子ども
29	約束せば必ず遂げよ	一九〇八	市川源三・大島庄之助	補習 **常識読本** 上巻	育成会出版部	約束せば必ず遂げよ	学校（国語）	教科書	尋常小学校生
30	デーモンの信義	一九〇八	西川三五郎編	**学校新聞資料**	不明	ダモンとフィシアス	学校（修身）	新聞	尋常小学校生
31	ヒトジチ（シルレル）	一九〇八	福田井村訳	**火柱**	ほのほ会	人質	文学	文芸雑誌	一般

No.	タイトル	出版年	作者・編者等	図書・雑誌名	出版社等	ソーステクスト	場・領域	メディア	対象
32	真友	一九〇九	吉岡郷甫	家庭お伽話 **梅若丸 真友**	春陽堂	人質	家庭	読み物	子ども
33	ダモン―フ井シアス	一九〇九	織戸正満著訳	新訳 **フェマス物語**	日進堂書店	ダモンとフィシアス	家庭	参考書・修養書	中学校生
34	デーモンの信義	一九〇九	西川三五郎編	学校家庭 **児童百話**	文盛館・二松堂	ダモンとフィシアス	学校・家庭	副読本	子ども
35	「アラビヤ」人の任侠信義	一九〇九	林董	**修養の模範**	丙午出版社	不明・その他	家庭	読み物	青年
36	(朋友の本務)	一九〇九	村上辰午郎	改訂増補 **実践倫理講義**	金刺芳流堂	不明・その他	学校(修身)	副読本	その他
37	刎頸の交克く友の生を全くし至誠の徳遂に王の心を和ぐギオニシウス王とダモン及びピチアス	一九一〇	濱田健次郎編	**経済** 第三号	日本経済社	不明・その他	家庭	一般雑誌	一般
38	真の知己	一九一〇	文部省	**高等小学読本** 巻一	大阪書籍	ダモンとフィシアス・西史美談	学校(国語)	教科書	高等小学校生
39	タモンとフキシアス	一九一〇	中村徳助	**世界新お伽**	盛林堂	ダモンとフィシアス	家庭	読み物	子ども
40	ダモンとフキシアス	一九一一	近藤敏三郎訳述	新訳 **西洋五十名話**	精華堂書店	ダモンとフィシアス	家庭	読み物	子ども
41	デモンとピセイアス	一九一一	吉田潔訳註	**著聞五十譚**	金刺源次	ダモンとフィシアス	学校(その他)	参考書	中学校生
42	約束せば必ず遂げよ	一九一一	藤井利誉	女子 **修養読本**	宝文館	約束せば必ず遂げよ	学校(修身)	教科書	高等女学校生
43	約束セバ必ズ遂ゲヨ	一九一一	坪内雄蔵・森慎一郎	新訂 **中学修身訓** 巻二	三省堂書店	約束せば必ず遂げよ	学校(修身)	教科書	中学校生
44	ダモンとピチュス(真の知己)	一九一二	小松久夫・小山保雄・後藤薫	国定教科書に見えたる **泰西教材の研究** 全	明誠館書房	ダモンとフィシアス	学校(国語)	専門書	その他
45	真の知己	一九一二	教育学術研究会	綴方自習 **小学手紙の文**	武田文盛館	真の知己	学校(国語)	参考書	高等小学校生

46	ダモンとフィニチアス (Damon ünd Phinitias.)	一九一二	馬渕冷佑	**高等小学読本参考**	弘學館書店	人質	学校（国語）	指導書	教師
47	ダモンとフィシアス (Damon and Pythias.)	一九一二	馬渕冷佑	**高等小学読本参考**	弘學館書店	ダモンとフィシアス	学校（国語）	指導書	教師
48	デーモンとピシアスの信義	一九一二	佐々木保次郎	初年兵教育参考資料 **精神訓話** 全	兵事雑誌社	ダモンとフィシアス	その他	副読本	その他
49	デーモンの信義	一九一三	西川三五郎編	学校家庭 **児童百話**	天川長蔵・大江保吉	ダモンとフィシアス	学校・家庭	読み物	子ども
50	約束せば必ず遂げよ	一九一三	野田千太郎編	入営準備 **壮丁指針**	浅見文林堂・浅見文昌堂	約束せば必ず遂げよ	その他	副読本	その他
51	約束	一九一三	落合直文	改訂 **中等国語読本** 巻一	明治書院	約束せば必ず遂げよ	学校（国語）	教科書	中学校生
52	約束	一九一四	関根正直	**女子国文読本** 巻一	大葉久吉・目黒甚七・河出静一郎	約束せば必ず遂げよ	学校（国語）	教科書	高等女学校生
53	親友	一九一五	馬渕冷佑	**内外教訓物語** 人の巻	東京宝文館	人質	家庭	読み物	子ども
54	ピチアス友の死刑に代らんとす	一九一七	薫風逸史	**修養訓話**	坂井芳文堂	不明・その他	家庭	修養書	一般
55	ダモンとバイシャスの親密の情は暴君の心をも感化す	一九一七	南條文雄	**仏教人生観**	中央出版社	（希臘物語）	家庭	修養書	一般
56	交道の典型	一九一七	米田克己	精神修養 **青年講話**	岡本増進堂	真の知己	家庭	修養書	青年
57	約束せば必ず遂げよ	一九一七	警察研究会編	警察 **修養読本** 全	豊文社	約束せば必ず遂げよ	その他	副読本	その他
58	約束	一九一八	藤村作	**女子国語読本** 巻一	大日本図書	約束せば必ず遂げよ	学校（国語）	教科書	高等女学校生
59	約束は必ず履行せよ	一九二〇	吉野芳洲	現代に於ける **青年の進路**	博愛書院出版部	約束せば必ず遂げよ	その他	副読本	青年
60	ダモンとピシアス	一九二〇	中井修	心身修養 **偉人の言行**	下村書房	不明・その他	家庭	修養書	一般

No.	タイトル	出版年	作者・編者等	図書・雑誌名	出版社等	ソーステクスト	場・領域	メディア	対象
61	デイモンとピシアス	一九二〇	鈴木三重吉	**赤い鳥**	赤い鳥社	The Two Friends of Syracuse	家庭	読み物	子ども
62	正直もの	一九二一	小山内薫	**石の猿**	赤い鳥社	(ロシアから)	家庭	読み物	子ども
63	デイモンとピシアス	一九二一	鈴木三重吉	**救護隊**	赤い鳥社	The Two Friends of Syracuse	家庭	読み物	子ども
64	人質	一九二二	世界文庫刊行会編	**独逸小学読本**　下	世界文庫刊行会	人質	学校・家庭	副読本	子ども
65	少年劇　友達	一九二二	葉多狂果	**子供さんのお芝居**　全十二編	岡田文祥堂	不明・その他	家庭	脚本	子ども
66	対話　ダモンとピチウス	一九二二	京都児童研究会編	童劇集　**みどりの笛**	一音社	不明・その他	学校（芸術）	脚本	高等小学校生
67	真の友	一九二二	萩之家蝶二	すてきに奇抜な**青年劇**	岡田文祥堂	不明・その他	その他	脚本	青年
68	約束せば必ず遂げよ	一九二三	春日靖軒	**現代の精神修養**	文武書院	約束せば必ず遂げよ	家庭	修養書	青年
69	まことの友だち	一九二三	世界文庫刊行会編	**イギリス小学読本**　第三学年	世界文庫刊行会	不明・その他	学校・家庭	副読本	子ども
70	ダモンとピチゥス	一九二三	学級文庫刊行会	**学級文庫**（高等科用）	学級文庫刊行会	デイモンとピシアス	学校（国語）	副読本	高等小学校生
71	友の真実	一九二四	桃井広人	子供に聞かせる　**世界名話五十集**	誠文堂	ダモンとフィシアス	家庭	読み物	子ども
72	身代り死刑の囚人	一九二四	石角春洋	修養道話　**人格と趣味**	榎本書店・進文館	約束せば必ず遂げよ	家庭	修養書	青年
73	約束	一九二四	江口治編	**修養読本**　全	豊文社	約束せば必ず遂げよ	その他	副読本	その他
74	ダモンとフィシアス	一九二四	児童文学会	標準　**国語副読本**　尋常科第六学年第二学期用	目黒書店	ダモンとフィシアス	学校（国語）	副読本	尋常小学校生
75	真の知己	一九二四	鳥取県教育会編纂	**鳥取県青年読本**	同文館	真の知己	その他	副読本	青年
76	王の涙	一九二五	江部鴨村	**美談逸話全集**	一人社	不明・その他	学校・家庭	読み物	子ども

77	ピチウスとダモン…（信義）	一九二五	佐藤武	学校用家庭用 **趣味の修身読本** 国定修身書準拠 尋常第五学年用	博文館	人質	学校（修身）・家庭	副読本	子ども
78	デイモンとピシアス	一九二五	菊池寛編	**小学童話読本** 第五学年 下巻	興文社	デイモンとピシアス	学校・家庭	読み物	子ども
79	真の知己（高小読巻一第三課）	一九二五	佐野元義	**教材劇化の実際**	平井書店	真の知己	学校（芸術）	脚本	高等小学校生
80	ダモンとパイシヤスの親密の情は暴君の心をも感化す	一九二五	南條文雄	**仏教より観たる人の一生**	中央出版社	不明・その他	家庭	修養書	一般
81	デーモンとピシアス	一九二五	清涼言訳	全訳 **小さき人々**	双樹社	不明・その他	学校・家庭	読み物	子ども
82	真の知己	一九二五	安部俊雄編	唱歌遊戯・童謡舞踊 **大正遊戯曲集**	音楽社	真の知己	学校（芸術）	脚本	尋常小学校生
83	真の知己	一九二六	文部省	**高等小学読本** 巻一	日本書籍	ダモンとフィシアス・西史美談	学校（国語）	教科書	高等小学校生
84	真の知己	一九二六	文部省	女子用 **高等小学読本** 巻一	日本書籍	ダモンとフィシアス・西史美談	学校（国語）	教科書	高等小学校生
85	ダモンとフィニチアス	一九二六	石松伴次郎	**高等小学読本学習指導案** 巻一 第一学年男女用	受験研究社	人質	学校（国語）	参考書	高等小学校生
86	信愛するピチウス	一九二六	石松伴次郎	**高等小学読本学習指導案** 巻一 第一学年男女用	受験研究社	真の知己	学校（国語）	参考書	高等小学校生
87	友情	一九二六	大瀬甚太郎	**中学新修身** 巻一	東京開成館	ダモンとフィシアス	学校（修身）	教科書	中学校生
88	殺人者の話	一九二六	国民文庫刊行会編	**千一夜物語** 第三巻	国民文庫刊行会	（アラビアンナイト）	家庭	読み物	一般
89	ダモンとピチアス	一九二六	友納友次郎	**新高等小学国語読本巻一原拠**	蘆田書店	ダモンとフィシアス	学校（国語）	指導書	教師
90	ダモンとピチス（シルレル詩集）	一九二六	友納友次郎	**新高等小学国語読本巻一原拠**	蘆田書店	人質	学校（国語）	指導書	教師
91	ダモンとピチアス	一九二七	武富重雄編著	国定尋常小学修身書準拠 **補充例話選輯** 巻二 第二学年用	東京出版社	真の知己	学校（修身）	副読本	尋常小学校生

No.	タイトル	出版年	作者・編者等	図書・雑誌名	出版社等	ソーステクスト	場・領域	メディア	対象
92	まことの友だち	一九二七	世界文庫刊行会編	選集 **世界小学読本** 第三学年下	世界文庫刊行会	まことの友だち（イギリス小学読本）	学校・家庭	副読本	子ども
93	ダモンの友情	一九二八	西田幾多郎・山本良吉	**中等教養** 巻二	弘道館	友情（中学新修身）	学校（修身）	教科書	中学校生
94	ダモンとピチアス	一九二八	三浦成作・宮川菊芳	高等読本を戯曲化せる**児童劇脚本**	厚生閣書店	真の知己	学校・家庭	脚本	高等小学校生
95	まことの友だち	一九二九	世界文庫刊行会編・友枝照雄纂訳	**イギリス小学読本** 第三学年	平凡社	不明・その他	学校・家庭	副読本	子ども
96	アラビア人の話	一九三〇	本地正輝訳編	**西洋小学修身読本** 五、六年の巻	金の星社	(The children's book of Moral Lessons)	学校・家庭	読み物	尋常小学校生
97	アルカータープのオーマールと若い漂浪者の話	一九三〇	大宅壮一訳	**千夜一夜** 第四巻	中央公論社	（アラビアンナイト）	家庭	読み物	一般
98	人質	一九三〇	青葉コドモ会編	国定教科書を標準とした**童話の六年生**	国華堂・大阪堂	人質	学校（国語）	副読本	尋常小学校生
99	約束を守つたお話二つ	一九三一	中西芳朗	**感動美談**	コドモ芸術学園	不明・その他	学校・家庭	読み物	子ども
100	約束せば必ず遂げよ	一九三二	軍事教育研究会編	**国のいしずゑ**	聚文館	約束せば必ず遂げよ	その他	副読本	その他
101	友情	一九三二	大瀬甚太郎	中学新修身 第二修正版 **教授資料**	東京開成館	ダモンとフィシアス	学校（修身）	指導書	教師
102	友のいのち	一九三二	村岡花子	**幼年倶楽部**	大日本雄弁会講談社	ダモンとフィシアス	家庭	読み物	子ども
103	デーモンとピシアス	一九三四	清涼言訳	全訳 **小さき人々** 原名「リツルメン」	現実処	不明・その他	学校・家庭	読み物	子ども
104	真の知己	一九三五	長谷川山峻彦	**高等小学学校劇集成**	大正書院	真の知己	学校（芸術）	脚本	高等小学校生

105	友情	一九三五	大瀬甚太郎・河田嗣郎	**商業学校修身書教授備考**	東京開成館	ダモンとフィシアス	学校（修身）	指導書	教師
106	正直もの	一九三五	阿部清見	**尋二新修身指導案**	明治図書	正直もの	学校（修身）	指導書	教師
107	ダモンとフイシアス	一九三五	鷲山重雄	童心訓化　**尋二修身指導書**	明治図書	ダモンとフィシアス	学校（修身）	指導書	教師
108	真の友	一九三五	教育資料編纂会	**式日・行事・随時月次講話掲示実演資料**	第一出版協会	人質	学校（修身）	副読本	尋常小学校生
109	真の友人	一九三五	小西重直	改訂　**昭和中学修身書**　巻一	永澤金港堂	真の知己	学校（修身）	教科書	中学校生
110	友情	一九三六	大瀬甚太郎	**女子修身教科書**　第二修正版　教授資料	東京開成館	ダモンとフィシアス	学校（修身）	指導書	教師
111	ピチウス（Pythius）とダモン（Damon）	一九三六	小西重直編	改訂　**昭和実業修身書教授資料**　巻一	金港堂書店	真の知己	学校（修身）	指導書	教師
112	人質　譚詩	一九三七	小栗孝則訳	**新編シラー詩抄**	改造社	人質	文学	文芸書	一般
113	人質	一九三八	水野葉舟編	**ドイツの読本**	春陽堂書店	人質	学校・家庭	読み物	子ども
114	ダモンとピシアス	一九三八	中井修	**世界偉人言行録**	大洋社出版部	不明・その他	家庭	修養書	青年
115	友のいのち	一九三八	村岡花子	**村岡花子童話集**	金の星社	ダモンとフィシアス	家庭	読み物	子ども
116	デーモンとピシアス	一九三九	清涼言訳	**愛の学園**	杉並書店	不明・その他	学校・家庭	読み物	子ども
117	走れメロス	一九四〇	太宰治	**新潮**	新潮社	人質	文学	文芸雑誌	一般
118	走れメロス	一九四〇	太宰治	**女の決闘**	河出書房	人質	文学	文芸書	一般
119	担保	一九四一	新関良三編	**シラー選集**　1　詩・小説	冨山房	人質	文学	文芸書	一般
120	デーモンとピシアス	一九四一	清涼言	**子供達**	霞ケ関書房	不明・その他	学校・家庭	読み物	子ども
121	走れメロス	一九四三	太宰治	**富嶽百景**	新潮社	人質	文学	文芸書	一般
122	ダモンとピシヤス	一九四三	秩父三郎	修養娯楽　**健全手帖**	大成社	不明・その他	家庭	修養書	一般
123	人質	一九四四	大野敏英・石中象治編	**シルレル詩全集**　上	白水社	人質	文学	文芸書	一般
124	走れメロス	一九四八	太宰治	**水仙**	文芸春秋新社	人質	文学	文芸書	一般
125	デーモンとピチアス	一九四八	伊藤金吾編	**少年クラブ**	大日本雄弁会講談社	ダモンとフィシアス	家庭	読み物	子ども

No.	タイトル	出版年	作者・編者等	図書・雑誌名	出版社等	ソーステクスト	場・領域	メディア	対象
126	走れメロス	一九四八	太宰治	太宰治全集　第五巻　**駈込み訴へ**	八雲書店	人質	文学	文芸書	一般
127	美しくけだかい友情—デーモンとピシアスの物語—	一九四九	加藤健吉編	**少年百科**　第一集	日米出版社	不明・その他	家庭	読み物	子ども
128	デイモンとピシアス	一九五一	塚原健二郎代表	少年・少女のための美しい話　**愛の学校・二年生**	東洋書館	不明・その他	学校・家庭	読み物	子ども
129	まことの友だち	一九五一	泉節二・飛田多喜雄・山下正雄	美しい心・明るい生活　**愛の教室四年生**	泰光堂	まことの友だち（イギリス小学読本）	家庭	読み物	子ども
130	走れメロス	一九五三	太宰治	**女の決闘**	創芸社	人質	文学	文芸書	一般
131	走れメロス	一九五四	太宰治	**富嶽百景**	新潮社	人質	文学	文芸書	一般
132	走れメロス	一九五五	時枝誠記	**国語**　総合編　中学校二年上	中教出版	（富嶽百景）	学校（国語）	教科書	中学校生
133	走れメロス	一九五五	太宰治	**東京八景**	角川書店	人質	文学	文芸書	一般
134	走れメロス	一九五五	太宰治	**太宰治全集**　第三巻	筑摩書房	人質	文学	文芸書	一般
135	走れメロス	一九五六	日本文学協会	**近代の小説**	秀英出版	（太宰治全集（筑摩書房））	学校（国語）	教科書	高等学校生
136	デイモンとピシアス	一九五六	小島トミ子	**アートリーのかね**	日本書房	ダモンとフィシアス	家庭	読み物	子ども
137	走れメロス	一九五七	太宰治	**富嶽百景・走れメロス**	岩波書店	人質	文学	文芸書	一般
138	ほんとうの友だち	一九五七	桃井広人	子供の聞かせる　**50の有名なはなし**	緑園書房	ダモンとフィシアス	学校・家庭	読み物	子ども
139	走れメロス	一九五七	麻生磯次	**国語**　二	秀英出版	（太宰治全集（八雲書店））	学校（国語）	教科書	高等学校生
140	走れメロス	一九五八	土井忠生	高等学校　**新国語**　総合一	三省堂	（太宰治全集（筑摩書房））	学校（国語）	教科書	高等学校生
141	走れメロス	一九五八	能勢朝次・石井庄司	**新中学国語**　総合　新訂版（三上）	大修館書店	（富嶽百景）	学校（国語）	教科書	中学校生

142	デイモンとその友	一九五八	唐沢富太郎	**のびていく** 5年生	好学社	人質	学校・家庭	読み物	子ども
143	メロスのやくそく	一九五八	輿水実・飛田多喜雄	**国語** 五年 上	二葉	(太宰治全集)	学校(国語)	教科書	小学校生
144	走れメロス	一九五八	土岐善麿	**中学国語** 二年 下	中教出版	(太宰治全集)	学校(国語)	教科書	中学校生
145	走れメロス	一九五八	西尾実	**国語**一(総合)	筑摩書房	(太宰治全集(筑摩書房))	学校(国語)	教科書	高等学校生
146	走れメロス	一九五八	柳田国男	新編 **国語** 総合編一	東京書籍	(太宰治全集)	学校(国語)	教科書	高等学校生
147	走れメロス	一九五八	岡崎義恵	**国語**二 中学校用総合	日本書院	(太宰治全集)	学校(国語)	教科書	中学校生
148	いのちをかけて、たすけあう友だち—ダモンとピシアスのはなし—	一九五九	日本児童文芸家協会編	**世界英雄ものがたり** 三年生	実業之日本社	不明・その他	家庭	読み物	子ども
149	走れメロス	一九五九	麻生磯次他	**国語** 新編 一	秀英出版	(太宰治全集(筑摩書房))	学校(国語)	教科書	高等学校生
150	走れメロス	一九五九	西下経一・熊沢龍・篠田融・河盛好蔵	改訂 **高等国語** 総合二	明治書院	(太宰治全集)	学校(国語)	教科書	高等学校生
151	走れメロス	一九五九	遠藤嘉基	高等学校 **国語** 総合一 改訂版	中央図書出版	(太宰治全集)	学校(国語)	教科書	高等学校生
152	走れメロス	一九六〇	太宰治	**太宰治全集** 第四巻	筑摩書房	人質	文学	文芸書	一般
153	メロスの約そく	一九六〇	輿水実・飛田多喜雄他	**国語** 五年 上	二葉	(太宰治全集)	学校(国語)	教科書	小学校生
154	走れメロス	一九六〇	志賀直哉・辰野隆・久松潜一・吉田精一他	**国語** 中学三	学校図書	(太宰治全集(筑摩書房))	学校(国語)	教科書	中学校生

■書籍名・作品名

索引

・本文における主な人名、書籍名・作品名を記した。
・表記は、多少の揺れがあるものを、一項目にまとめた場合がある。
・数ページにわたって連続して現れる場合、ページを「-」（ハイフン）でつないだ。

■人名

[著者紹介]
佐野　幹（さの　みき）
1976年、神奈川県生まれ。博士（教育学）。東京学芸大学大学院連合学校教育学研究科修了。宮城教育大学准教授。
岩手県立釜石高等学校、岩手県立一関第二高等学校など、岩手県の高校教諭（国語科）を経て現職。
単著に『「山月記」はなぜ国民教材となったのか』（大修館書店、2013年）。共著に『探究学習』（溪水社、2020年）など。全国大学国語教育学会、日本読書学会、日本国語教育学会、国語教育史学会に所属。

[図版協力者] 教科書研究センター、コルク、新潮社、東京書籍株式会社附設教科書図書館 東書文庫、広島市立中央図書館

「走《はし》れメロス」のルーツを追《お》う
――ネットワークグラフから読《よ》む「メロス伝説《でんせつ》」

NDC910/319p, 図版2p/19cm

初版第1刷――2022年10月1日

著者――佐野幹《さのみき》
発行者――鈴木一行
発行所――株式会社 大修館書店
〒113-8541 東京都文京区湯島2-1-1
電話03-3868-2651（販売部） 03-3868-2290（編集部）
振替00190-7-40504
[出版情報] https://www.taishukan.co.jp

装丁者――CCK
印刷所――広研印刷
製本所――ブロケード

ISBN978-4-469-22276-0 Printed in Japan